자작나무숲
어린이집

1 송휘령 지음

프롤로그

　지금으로부터 몇 년 전에 한 어린이집 원장님이 책을 한 권 냈다. 어린이집의 온갖 비리만 가져다가 쓴 핵폭탄 급 폭로였다. 꿀꿀이죽 사건, 그 책이 화제가 되어 인터넷과 텔레비전에서 이슈가 되는 동안 세상은 어린이집 원장과 교사들의 마녀사냥이 시작되었다. 마치 모든 어린이집이 그런 모습인 양 떠들어댔다. 그렇잖아도 불안정애착으로 들어 온 아이들을 안정애착으로 만들기 위해 여러 모양으로 애를 쓰는 교사들이 이 사건으로 패닉이 되었다. 다양한 성품의 아이들로 인해 매일 지치고 힘든 시간들을 견뎌내며 때때로 어린이집교사라는 직업을 택한 스스로에게 하루에도 열 두 번 씩 후회를 하다가 다시 사명감으로 스스로 마음을 다독이는 교사들은 뉴스에서 나오는 이런 사건사고를 접하면 온몸에 힘이 쭉 빠지고 만다. 그럼에도 불구하고 교사이기에 묵묵히 모든 것을 감내해야 했다. 나 역시 그 당시 경기도 시흥시의 한 시립어린이집 보육교사로 근무하면서 어린 선생님들이 흘리는 눈물을 자주 보아야 했다. 이제 막 둘째 아이를 낳고 겨우 백일을 보내고 다시 교사의 직분으로 돌아온 30대의 선생님 덕분에 책을 쓰는 계기가 되었다.

"선생님! 대한민국에 우리들처럼 말없이 아이들을 키워내고 있는 좋은 교사들이 더 많잖아요? 사실 저렇게 나쁜 교사보다 좋은 교사가 엄청나게 많다는 것을 알려주세요. 천에 하나라도 나쁜 일이 생기면 안 되겠지만 인간이 살아가는 현실을 그렇지 않잖아요. 선과 악이 엄연히 존재하는 세상에 악한 사람이 행한 한 개의 나쁜 일이 마치 모두를 대변하는 것처럼 매도되어서는 안 되잖아요. 평범한 가운데 선한 일을 하던 수많은 사람이나 그들이 행한 일들이 다 묻히고 말아요. 뉴스에는 연신 전체 어린이집 교사들이 모두 그런 꿀꿀이죽을 먹이는 것처럼 매도되는데 아이들을 위해 오랫동안 경영을 포기하고 교육현장에서 묵묵히 일하는 원장님들도 많다는 것을 알려주세요. 우리 같이 아이들에게 최선을 다하는 원장님이나 교사들을 위해서도 글 한편이 나와야 하잖아요. 제발 우리들을 위해서 글을 써 주세요. 그리고 책으로도 내주세요. 우리들의 기쁨이 되어주세요."라고 말했다.

60세가 되면 시집을 내고 시인이 되고 싶었던 나는 시집을 뒤로 하고 그녀의 바람대로 시 대신 어린이집에 관한 한권의 책을 쓰기 위해 다양한 방면의 책들을 읽어야 했다. 유아교육학, 심리학, 철학, 일반소설, 동화책들까지 읽어내야 했다. 방금 읽고 돌아서면 잊어버리는 나이가 되었고 생각은 젊게 가졌으나 몸은 늘 정직해서, 가끔 전화를 받으며 마트에서 사가지고 온 물건들을 정리할 때, 멀티적인 집중력이 떨어져 팬티스타킹과 마른 명태를 순간적으로 함께 냉동실에 잘 정리해 두거나 세탁물을 들고 가다 통화를 끝내고 스마트폰을 급하게 돌려야 하는 세탁물과 함께 자연스럽게 세탁기에 넣는 갱년기 건망증과 함께, 할 일이 많다보니 ADHD같은 산만함이 생기려고 하는데 책을 쓰려고 문장들을 만들고 있는 나는, 정말이지 스스로에게 대단한 용기가 필요했다. 우리들이 했던 많은 활동들을 긴 문장으로 호흡해내는 일은 생각보다 상당히 어려웠고 외우고 돌아서면 잊어버리는 전문적인 단어들과 사무용품들의 이름들은 기록으로 남겨둘 때마다 다 일일이 찾아야 했다.

어른이 읽는 동화 같은 이 소설을 본격적으로 쓰기 시작한 지 어느 덧 5년, 오프라인 수업이 온라인 수업으로 바뀌어서 당황했지만 이 책을 내는 이유는 조금 더 명백해졌다. 코로나바이러스가 오기 전 대한민국의 어린이집 오프라인 수업이 얼마나 아름답게 펼쳐졌는지 그것을 준비하는 과정은 또 얼마나 심오했는지 각 어린이집마다 규모 상 모두 다르겠지만 열심을 가진 교사들이 대한민국에 얼마나 많은지를 알려줄 수 있어서 감사했다. 지금도 아이들에게 정성을 다해 사랑으로 수업을 준비하고 교실마다 제대로 아이들을 돌보며 삶의 친절함에 대해 가르치고 있는 모든 보육교사 분들에게 심심한 감사의 박수를 보내드린다.

성경에 나오는 갈렙처럼 늦은 나이에 나는 이런 엄청난 사명감을 가진 글을 쓰기 시작했고 결국 책을 내게 되었다. 내 글은 유명한 소설가들처럼 잘 쓴 글도 아니고 탁월한 문장으로 써진 글도 아니지만 그저 어린이집에서는 이런 소소하고 행복한 Episode가 많았다는 것을 알려주고 싶은 어느 어린이집 교사의 뜨거운 눈물이 글이 되었다. 아프리카 속담에는 '한 아이를 키우려면 온 마을이 필요하다.'라고 했다. 영, 유아 모든 아이들을 위해 어린이집 교사, 부모, 이웃, 한 마을까지 소통을 이루는 아름다운 나라가 되기를 기도한다. 그리

고 다시 예전처럼 활기차게 어린이집에서 재미있는 활동들이 펼쳐지
기를 기대해본다. 마지막으로 나의 시로 모든 어린이집 교사들을 위
로하고 싶다.

기도

내 기도는 울트라마린블루색의
심연의 바다처럼 깊고 깊습니다.

하늘의 아버지
사람들의 성품이 온전한
인격들을 갖출 수 있도록 기도합니다
대한민국 한 사람 한 사람이
신뢰할 만한 성품으로 바뀔 수 있게
도와주십시오.

서초도 광화문도 아닌 것입니다
촛불시위도 아닌 것입니다
새로운 규제를 도입해도 문제는 생깁니다
규율을 지키는 것도 의미가 있지만
백의민족이었던
내 나라, 내 조국, 내 사람들이

눈물 빛처럼 투명하고
맑은 인격으로 거듭날 수 있도록
서로의 어깨를 토닥이며

일어설 수 있는 아름다운 성품을
가질 수 있는 견고한 성숙함으로
변화될 수 있도록
이 시간 무릎을 꿇고 앉아
하늘의 아버지께 기도를 드립니다

열 길 물속은 알아도
한 길 사람 속은 모른다는
속담이 대한민국에서 사라질 수 있도록
세종대왕이 사랑했던 나라
이순신장군이 자기의 목숨과 바꾼 나라
이 사랑스런 내 나라에서
다시 또
안중근이 유관순이 안창호와 윤동주와
유치환이 그리고 이승만과 김구가
쏟아져 나올 수 있는
복된 나라가 되게 해 주시옵소서

등장인물

원장선생님 | 고은희(60세)

주임선생님 | 곽세영(32세)

3세 함박꽃반 | 문희경(37세)

3세 목련꽃반 | 윤보영(32세)

4세 조팝꽃반 | 서푸름(23세)

4세 이팝꽃반 | 곽세영(32세)

5세 자작나무반 | 강은혜(24세)

통합교사 | 조나영(32세)

6세 떡깔나무반 | 김아연(24세)

통합교사 | 박광선(29세)

7세 물푸레나무반 | 박소연(30세)

통합교사 | 정샛별(24세)

조리실 | 조리사 정순영(52세)

부조리사 | 김보람(45세)

누리보조 | 이지연(24세)

공익근무 | 최동우(22세)

시간연장 | 달맞이꽃반 여수경(60세)

신입교사 | 서푸름, 강은혜, 김아연, 정샛별, 이지연

경찰 | 조민규(28세)

총 7개의 반과 원장실, 조리실, 교구교재실, 양호실, 도서실, 교사 휴게실이 있는 가상의 어린이집이다.

목차

1장. 봄이 오기 전

2장. 봄

3장. 여름

1장

봄이 오기 전

저것 좀 봐
하얗게 쌓인 눈밭 위
동백 꽃이 붉은 등처럼
환하게 켜졌네

1. 차를 마시며 마음 다지기

6세 떡갈나무반 신입교사 김아연 선생님

두 줄로 늘어선 찻상.

교사들은 모두 바른 자세로 앉아 있다.

둥글고 넓은 유희실에 라벤더와 오렌지향기가 은은하게 나고 있다. 봄꽃을 시샘하는 바람소리 대신 대금의 깊은 울림만이 무드용 등으로 밝힌 커다란 유희실에 애절하게 흐르고 있다.

이제 갓 들어 온 새내기교사인 나는 실눈을 뜨고 잠시 다른 선생님들을 둘러보았다.

'아! 다들 뭐하는 거지! 허구만은 음악 중 대금은 또 뭐고 저 징징거리는 해금소리는 또 뭐지! 아니 유아를 가르치는 사람들은 메탈, 록, 재즈는 안 되는 건가? 메탈이나 록까지는 바라지 않아도 바이올린도 있고 피아노도 있고 새소리, 물소리 나는 명상음악이 얼마나 많은데 조선시대도 아니고, 진짜!······ 오늘 같은 불금에는 홍대에서 밤새도록 춤추며 스트레스 팍팍 풀어야 하는데······ 초록색 라임을 꽂아 멋을 낸 모히토 한 잔 정도는 마셔줘야 불타는 금요일이지, 안 그래? 음 좋아! 뭐. 나도 이제 아이들을 가르치는 어린이집교사가 되었으니 자제 좀 해야겠지. 아니 그래도 유명한 문학가 어니스트 헤밍웨이가 마셨던 칵테일인데 모히토 정도야 어때서!…… 하지만 이 음악은 내 취향에 안 맞아! 지나치게 슬픈 곡조라 당황스럽군.'

명상 대신 마음속으로 이런저런 생각을 하며 어둠속에서 가늘게 실눈으로 쳐다보니 모두 어깨를 펴고 바르게 앉아 듣고 있었다. 올해 나와 같이 들어 온 신입들도 눈을 감고 차분하게 음악소리에 집중을 하고 있었다. 동기들의 모습에 민망해져 다시 눈을 질끈 감았다. 대금과 아쟁의 애절한 소리가 유희실의 공기를 사로잡고 있었다. 아까 주임선생님이 저 곡의 제목이 「사명」이라고 했던 것 같다.

'자작나무숲어린이집이라고 했는데 왜 사명이라는 곡으로 마음을 여는 시간을 만들었을까? 아이들을 보육하는 것이 우리같이 유아교육이나 보육학과를 나온 사람들에게는 사명이라는 뜻일까?'

생각이 또 쓸데없이 꼬리를 물기 시작했다.

오리엔테이션 오기 전 자작나무에 대한 꽃말을 찾아보았다. 자작나무는 낭만나무라고도 불리며 꽃말은 「당신을 기다립니다」였는데 일찍 도착을 해서 어린이집을 둘러보니 어린이집마당에 자작나무는 한 그루도 보이지 않았다. 자작나무 대신 꽃과 열매를 볼 수 있는 나무들이 하얀색으로 칠한 나무울타리를 따라 심겨져 있었다. 왜 자작나무숲 어린이집이라고 했을까? 그것도 자작나무어린이집도 아니고 자작나무숲어린이집이라니 내 참!…… 혼자 생각에 잠겨 있다가 오리엔테이션에 참석했었다.

"자작나무숲어린이집 교사 오리엔테이션을 시작하겠습니다."

곽세영주임선생님의 목소리와 함께 환하게 전기가 들어왔다.

앞쪽 고은희원장님 앞에 놓인 차탁은 나무하나를 반으로 툭 잘라 나무의 테가 그대로 보이는 차탁이었고 우리들 앞에 놓인 차탁은 1리터 우유 곽을 모아 만든 차탁이었다. 한자와 한글이 적당히 섞여 있는 한지를 발라 투명한 니스를 칠해 만들어 놓았다. 제법 멋있게 만들었다. 볼수록 감동스러웠다. 차탁은 선생님들이 만들었고 그 위에 깔아 놓은 탁보는 7세반 아이들이 오감놀이 시간에 만들었다고 했다. 늦봄에 세어진 쑥을 캐어 돌로 짓이겨 풀물을 낸 후 천에 염색을 하고 바람그늘에 말려서 만든 것이라고 했다. 쑥색 탁보가 덮여 있는 차탁을 앞에 두고 바른 자세를 한 선생님들은 암흑가 배경인 느와르영화의 깍두기들처럼 장엄하게 서로 마주보고 앉아 있었다. 나는 자꾸 엉뚱한 생각이 나서 집중을 못하고 있었다.

원장님의 차탁위에는 열여섯 개의 찻잔, 뚜껑을 잠시 올려놓을 수 있는 개반, 차의 양을 측정하는 차칙, 찻잎이 찻잔에 들어가지 않도록 하는 거름망, 찻잔을 데우고 나서 버리는 물을 담는 퇴수기, 익은 물을 담아놓는 숙우, 차와 탕수를 부어 차를 우리는 찻주전자 다관, 차칙을 올려놓을 수 있는 차시, 찻잎을 보관하는 대나무로 만든 찻통이 얌전하게 놓여있었다.

"조리사선생님! 따뜻한 물로 찻잔을 전부 데워주세요."

원장님은 조리사 정순영선생님에게 도움을 청하고 모두를 둘러보며 활짝 웃어주었다. 우리들이 궁금해 하는 것을 알기라도 한 것처럼 말을 시작했다.

"차를 따뜻하게 마시기 위해선 먼저 찻잔을 데워 놓는 것이 순서
예요."

모두 조용하게 원장님을 쳐다보았다. 다관뚜껑을 개반 위에 올려놓
고 차시에 놓인 차칙을 가지고 대나무 통에서 차를 끄집어내어 다관
에 넣고 숙우에 담아두었던 물을 다관에 부었다. 찻잎이 다관에서 우
려지는 동안 정순영선생님이 부어놓은 여섯 개의 찻잔에 든 물을 퇴
수기에 버리고 찻잔에 거름망을 올리고 한 잔, 한 잔, 차분하게 따라
주었다. 그렇게 연달아 세 번 차를 우려내는 동안 주임선생님은 차를
선생님들에게 한 잔씩 차탁위에 올려주었다. 본인의 다기에도 찻물을
가득 채우고 우리들을 쳐다보았다. 뜨거운 물에 달구어진 찻잔은 열
여섯 잔이나 차를 따르는 동안에도 식지 않았다.

"먼저 차를 두 손으로 잡고 왼손으로는 찻잔을 받치고 오른손으로
는 찻잔을 잡아 배꼽 있는 곳에 찻잔을 두세요. 그리고 눈으로 차를
바라보세요."

그러자 모든 선생님들이 찻잔을 정갈하게 잡아 원장님을 따라 찻
잔을 배꼽부근에다 두고 잔에 담긴 차를 바라보았다. 원장님은 선생
님들의 행동을 보시며 다시 말했다.

"그리고 다시 가슴 앞으로 찻잔을 가지고 와서 코로 한 번 차의
향을 맡아보세요."

열다섯 명의 선생님들은 원장님을 따라 모두 가슴 앞으로 찻잔을
가지고 와서 차의 향을 맡았다.

"이번에는 찻잔을 입술에 가져다대고 한 모금 마시며, 바로 삼키지
말고 혀로 입안을 둥글게 돌리며 차의 맛을 음미해보세요."

원장님이 먼저 차를 한 모금 천천히 마시며 차 맛을 음미하는 시

범을 보여주었다. 그러자 선생님들도 따라서 맛을 보느라 찻잔을 입으로 가져갔다. 그러는 동안 원장님은 찻잔을 잠시 내려놓았다.

"이렇게 차는 눈으로 한 번 마시고, 코로 한 번 마시고, 마지막으로 입속의 혀로 한 번 마시므로 총 세 번에 걸쳐 차를 마시는 것을 다도의 예라고 하죠. 아마도 선인들은 이렇게 차를 세 번에 걸쳐 마시며 차를 마시는 동안만이라도 다급하고 서두르는 모든 것을 내려놓는 쉼의 시간을 가져보기를 바란 것 같아요. 우리도 선인들의 마음을 헤아려 오늘 이 순간만이라도 차를 마시며 조급한 마음을 내려놓는 쉼의 시간이 되기를 원해요. 마음을 내려놓고 차분해지는 연습은 교실이나 놀이터에서 아이들을 지도할 때나 같이 놀아줄 때 모두 도움이 되죠."

원장님의 말씀이 끝나자 교사들은 천천히 차를 음미하며 마셨다. 향이 참 좋았다.

모든 선생님들이 차를 마시며 고개들을 끄덕거렸다.

"원장님! 제가 평소에 마셨던 녹차 맛은 좀 떫었는데 이건 떫지 않고 아주 고소하고 향이 너무 좋은데요?"

같은 동기 인 신입 정샛별선생님이 이야기를 했다.

"그렇죠. 아주 구수하죠. 지리산 둘레 길을 걷다가 화개장터 근처에 사시는 지인 분에게 들러 일부러 사가지고 왔어요. 지인의 말에 의하면 화개의 차밭에서는 비오는 날은 물론이고 흐린 날도 따지 않고 해가 슬슬 지면서 날이 저물어 올 때도 따지 않는다고 해요. 차맛의 절정은 햇살이 아주 좋고 바람이 살랑대는 오월, 꽃들이 지천으로 핀 초순 경 화개의 골짜기에서 부지런한 손들이 야생의 차밭에서 아주 어린잎들만 골라서 따 증열기나 건조기 등으로 말린다고 해요.

하지만 이것은 녹차를 엄청 사랑하시는 지인이 전통기법으로 가마솥에서 직접 손으로 잘 덖어서 만든 것입니다. 그래서 차 맛이 이리 좋아요."

신입으로 들어 온 강은혜, 정샛별, 서푸름, 이지연 그리고 나는 차 맛에 반하기도 했지만 원장님의 말씀에도 감동을 먹어서 동시에 말을 시작했다.

"차 맛이 훌륭한데요."

"보통 맛이 아닌 것 같아요."

"처음 마셔본 녹차 맛이에요."

"이런 녹차 맛 처음입니다."

"녹차의 맛이 이렇게 좋다면 커피 대신 녹차를 마시고 싶어요."

"원장님. 이 차를 자주 마시고 싶어요. 자주 마시게 해 주세요?"

그러자 문희경선생님이 웃으면서 원장님 대신 대답을 해주었다.

"선생님들이 차 맛을 제법 잘 아시네요. 이건 아주 비싼 차예요. 교사 전체 오리엔테이션이라 원장님이 특별하게 아주 귀한 것을 집에서 가지고 와서 맛보게 해주신 거예요. 평소 마시는 것은 어쩔 수 없이 일회용 티백으로 즐기세요!"

교사들 모두 각자 자기들의 다기에 남아 있는 차를 홀짝거리며 마셨다.

"오월의 새순을 따서 잘 덖어서 말린 후 달여 마시면 몸과 마음이 가벼워진다고 했어요. 이제부터 커피보다는 한국인의 몸에 좋은 녹차나 꽃잎으로 만든 꽃잎차 등 허브차를 많이 마시길 권합니다. 오늘 갓 볶은 어린녹차 잎의 차 맛을 보았는데 차 맛이 마음에 들면 앞으로 나와서 우려 놓은 차를 더 마셔도 좋아요."

나는 원장님의 말에 기다렸다는 듯이 성큼성큼 걸어가 빈 찻잔에 차를 따랐다. 다기가 작기도 작았지만 어찌나 조금 주던지 감질났던 차에 원장님께서 더 마셔보라는 말에 용기를 내어 앞으로 가서 차를 따라 연거푸 넉 잔을 마셨다. 일반 녹차는 끝 맛이 약간 쌉싸래했는데 오늘 마신 녹차는 고소하다 못해 숭늉처럼 끝 맛이 약간의 단맛까지 느껴졌다. 원장님께서 남아있는 물을 다관에 부었다. 그리고 뚜껑을 열어 찻잎을 더 넣었다. 그리고 선생님들을 둘러보며 이야기를 다시 시작했다.

　"이 시간 이후 저녁식사를 할 거지만 약간 출출하니 차와 함께 준비한 다과를 먹으며 다섯 편의 짧은 영상을 보도록 해요. 다섯 편의 영상 중 두 편은 토론을 할 것이고, 세 편은 선생님들에게 메시지를 준비한 각 담당 선생님들의 이야기를 듣고 난 후 서로의 의견을 수렴할 거예요. 우선 다섯 편의 영상을 보고 나서 얘기를 나누어 보도록 하죠. 오늘은 오리엔테이션이기도 하지만 선생님들의 날이기도 하니 선생님들이 작년 일 년 동안 쌓인 스트레스도 풀고 원장인 나와 주임선생님의 뒷담화도 좀 걸쭉하게 해서 묵은 감정도 풀고 암튼 자유롭게 얘기를 해보도록 하죠. 신입선생님들을 위해 현장에서 몇 년씩 아이들과 본의 아니게 애증관계를 만드신 선배선생님들이 먼저 많은 현장 경험을 얘기해주시기 바랍니다. 말하는 선생님도 듣는 선생님도 마음을 열고 고무적인 생각들로 서로 얘기 나누며 오늘의 시간들이 소통의 장이 되길 진심으로 바랍니다."

　선생님들이 원장님의 마무리 멘트에 고개를 끄덕일 때 갑자기 자작나무숲어린이집의 호칭이 만들어진 이유를 듣고 싶었다. 나는 참을까 말까 생각하다가 결국 참지 못하고 원장님을 쳐다보며 손을 들고 질문을 했다.

"원장님 영상을 보기 전에 궁금한 점이 있어서 그런데 우리 어린이집 이름이 왜 자작나무숲인가요? 어린이집을 둘러보니 자작나무는 한 그루도 없던데……"

"저도 궁금했는데!……"

"저도요!"

신입 선생님들 대부분이 궁금하다며 원장님을 쳐다보니 원장님은 활짝 웃으시며 부드러운 목소리로 대답을 해주었다.

"저는 예전부터 새벽 운동을 옥구공원으로 가지요. 천천히 걸어서 옥구공원을 한 바퀴 돌면서 하루의 일들을 계획하고 행사들의 진행을 생각하기도 하고 어린이집 아이들이 다치지 않도록 걸으면서 기도도 하지요. 옥구공원에는 80% 이상의 나무가 자작나무입니다. 저도 옥구공원의 나무가 자작나무들로 구성된 줄은 몰랐어요. 다른 나무들도 꽤 많으니까요. 공원안내책자를 보고 알게 되었지요. 길을 따라 걷다보면 숲은 늘 맑고 깊어 마음을 다스리게 되지요. 또 숲이라는 낱말의 표현이 너무 맘에 들었어요. 모든 아이들이 숲에 와서 심성이 맑고 부드러워지면 얼마나 좋을까 하는 생각이 간절했지요. 그래서 시에서 이 어린이집을 짓고 어린이집 이름을 무엇으로 지을까 고민했을 때 제가 건의를 드렸고 시장님 이하 보육담당공무원들도 좋다고 해서 이 이름으로 짓게 되었어요. 나무와 꽃으로 각 반 이름을 정하고 어떤 나무의 숲으로 할까 고민하다가 여러 나무 중 자작나무로 정한 것은 바로 꽃말 때문인데요. **'당신을 기다립니다.'** 라는 꽃말이 너무 예쁘지 않아요? 모든 어린이들을 기다리는 어린이집. 우리 자작나무숲어린이집! 그리고 우리 아이들이 자주 가서 놀이터처럼 사용하는 옥구공원의 나무들 중 80% 이상이 자작나무니 자작나무숲 어린이집이 된 거죠? 어때요! 답이 너무 길었나요?"

혁! 어린이집 이름을 짓는 일에도 이렇게 깊고 기품이 있을 줄이야!……

나도 모르게 박수를 쳤더니 선생님들이 웃으며 모두 같이 박수를 쳐주었다. 나는 더 힘껏 박수를 쳤다. 왠지 우리 원장님에게는 배울 점이 많을 것만 같았다.

어린이집 교사로는 부족한 덜렁이 같은 성격, 참을성이 없는 성격, 충동적인 성격, 홍대의 재즈 바에서 놀기를 좋아하는 이런 성격이 원장님을 만나면서 고요해지고 깊어지는 것 같았다. 4년 동안 대학에서 배웠던 이론보다 강력한 한방이 있었다. 갑자기 오리엔테이션에 궁금증과 함께 애정이 느껴졌다. 더 새롭고 깊고 커다란 대학에 들어온 기분이었다. 다시 배움의 시작이 된 듯했다.

그러는 동안 다관에 들어 간 찻잎은 어느새 깊이 우려져있었다.

2. 영상 두 편이 주는 의미

5세 자작나무반 신입교사 강은혜선생님

　맑고 연한 녹색의 차 한 잔으로부터 시작한 교사 오리엔테이션은 자작나무숲 어린이집의 첫 인상을 참으로 차분하고 정갈하게 느껴지게 했다. 아직 시작도 안했지만 어린이집 이름을 갖는 일조차 생각이 깊으신 원장님의 철학에 왠지 모르게 아이들을 참으로 길러내는 농부의 마음으로 읽혀졌다. 나도 원장님처럼 농부 같은 마음의 씨를 뿌릴 수 있을까?

　6세 장애통합 박광선선생님이 일어나 유희실 창문에 암막자바라를 내렸다. 주임선생님은 컴퓨터의 영상을 프로젝터로 쏘았다. 전등을 끄니 어느새 어둠이 내려 유희실 안이 깜깜해졌다. 유희실을 영화관처럼 만든 후 우리들은 짧은 영상 다섯 편을 보기 시작했다. 처음에 본 영상은 영국의 폴 포츠의 영상이었고 두 번째로 본 영상은 두 팔이 없는 수영선수 레나 마리아의 영상이었다. 세 번째로 본 영상은 전쟁을 치른 후 얼굴과 손에 때가 꼬질꼬질 묻고 신발도 없는 어린 아이가 아버지가 입던 구멍 난 러닝셔츠를 입은 채"기브 미 초코렛

21

또~"를 외치며 지프차를 따라가면 차에 앉아 있던 미국 군인들이 초콜릿을 던지는 영상이었다. 네 번째 영상은 가난하고 촌스러운 한국의 남자와 여자들이 괴나리봇짐 같은 보따리를 들고 배에 오르는 장면이었는데 몇날 며칠을 거친 바다에서 있다가 하와이에 도착하여 지친표정으로 배에서 내리는 장면이 흑백으로 나왔다. 보는 내내 빗발 같은 가는 줄이 화면에 비쳐지고 지지직거리는 소음과 함께 "대한늬유스"라는 남자아나운서의 음성으로 끝나는 영상이었다. 다섯 번째로 본 마지막 영상은 애착에 관한 아기원숭이 실험에 대한 영상이었다.

"처음 본 영상부터 서로 이야기를 나누어 볼까요?"
원장님의 말에 주임선생님이 말을 이었다.
"첫 번째 본 영상은 2007년 영국의 리얼리티 프로그램 인'브리튼스 갓 탤런트'를 통해 휴대전화 판매원에서 세계적인 스타로 주목받게 된 오페라가수이야기인데요, 다 아시지요? 이 영상을 보고 느낀 여러 가지 생각을 자유롭게 얘기해보죠."
나는 선배선생님들의 눈치를 보다가 작은 소리로 이야기를 시작했다.
"사실 교사 오리엔테이션이 처음이고 현장에서 아이들을 가르친 경험도 겨우 실습으로 나가서 배운 한 달이라 무엇을 어떻게 나누어야 할지 잘 모르겠어요. 사실 저 영상이 주는 의미를 어떤 식으로 풀어나가야 할지 잘 모르겠어요. 자작나무숲 어린이집 선배 선생님들의 의견을 들으며 배우겠습니다."
그러자 내 이야기에 같은 자작나무반 장애통합 조나영선생님이 이야기를 받아주었다.

"영상으로 두 가지를 자연스럽게 생각해 보았어요. 첫째, 아이들을 볼 때 외모로 판단하지 말자. 둘째, 아이들이 가지고 있는 꿈을 그러니까 아이들의 재능을 잘 살펴보자 입니다."

"음, 아주 잘 보셨어요. 그렇다면 이런 생각들이 각 반 교실에서 어떻게 적용이 가능할까요? 그 얘기도 해보죠? 다양한 이야기가 나오면 좋겠어요. 가끔 삼천포로 빠져도 좋으니 편하게 얘기를 해 보죠."

주임선생님이 다시 나를 쳐다보며 말을 마쳤다. 순간 나도 모르게 말이 튀어나왔다.

"아직 교실에서 수업을 해보지 않아 잘 모르겠습니다. 한 달 동안 실습했던 것을 가지고 굳이 얘기를 하자면 반에서 아이들을 대할 때 제일 먼저 눈에 보이는 외모로 아이들을 평가하는 것, 가령 아이들이 입고 오는 옷이나 신발, 장신구등을 보면서 그들이 가지고 있는 능력을 과대평가하거나 혹은 과소평가를 함부로 하면 안 된다는 생각을 해 봤어요. 사실 그것이 눈에 가장 많이 보이니까요."

"그렇죠! 그런 경우가 많죠. 매일의 시작을 시각적으로 시작하니 말이에요. 그럼 현장에서 8년 동안 수고하신 3세 목련꽃반 윤보영선생님이 현장에서 느낀 생생한 느낌을 말해 주시겠어요?"

윤보영선생님은 당황하지 않고 준비하신 것처럼 담담하게 이야기를 시작했다.

"지난 8년 동안 만났던 아이들은 엄청 다양하죠. 제가 만났던 아이들 중 맞벌이 부모라도 기본적으로 부지런하시거나 아침시간에 여유가 있어 옷이나 머리를 단정하게 빗어주고, 늘 예쁘고 깔끔하게 보내시는 분들도 계셨고요. 집에 계서도 시부모님을 모시고 살거나, 부업으로 시간에 쫓기거나, 부모님의 성격이 자녀에 대해 관심이 없거나,

산후 우울증을 겪는 분들 중에는 세수나 머리를 빗기지 않고 머리가 산발인 채 보내는 경우도 있었어요. 이해는 안 되지만 아이가 무슨 잘못이 있겠어요. 부모님을 잘못 만난 죄라면 죄죠! 교사도 인간인지라 당연히 예쁘고 깨끗한 아이들이 좋죠. 하지만 그러지 말아야겠지요. 우리는 교사니까요. 산발을 하고 온 아이는 엄마 대신 세수도 시켜주고 머리도 곱게 빗겨주고 로션도 발라줘야죠. 저는 집에서 샴푸와 린스를 가지고 와서 머리까지 감겨준 적도 많아요. 예전에 말이죠."

"그 정도면 신고해야하는 거 아니에요?"

나와 같은 신입교사 김아연선생님이 말했다.

"지금은 방임이라고 하는 신고 제도가 있긴 하지만 예전에는 없었고 또 사실 현장에서는 그 정도의 일로 신고하기에는 신고거리가 너무 많아지죠!"

눈빛이 똘똘하고 당차보이는 김아연선생님이 고개를 끄덕거리고 있었다.

나는 선생님들의 의견을 들으며 말을 정리해 수첩에 적었다.

누리보조 이지연선생님도 무언가를 열심히 수첩에 적다가 쭈뼛거리며 주위를 둘러보았다. 그러다가 나와 눈이 마주쳤다. 그러더니 빙그레 웃으며 얘기를 했다.

"저도 예쁜 아이들이 예쁜 것 같아요. 하지만 이 영상을 보니 앞으로 선생님으로서 아이들을 맡을 우리는 예쁘고 잘생긴 아이들만 좋아하는 선생님이 아니라 엄마, 아빠가 바빠 챙기지 못하는 아이들도 챙겨주며 소외된 아이가 없도록 아이들 모두 사랑해주고 잘 돌봐주어야겠습니다."

24

점점 작아져가는 이지연선생님의 목소리에 문희경선생님이 웃으며 말을 이었다.

"선생님도 사람이니까 어떤 상황을 맞닥뜨리면 상황에 대해 생각하며 마음을 다스리기 전에 순간적으로 뇌가 자각하고 바로 반응하는 것을 부인할 수 없겠죠. 하지만 아이들의 인성을 교육시키는 선생님들이기에 그런 부모님들의 아이일수록 세수도 씻기고 로션도 발라주고 머리도 빗겨주어야 한다고 생각해요. 부모님들이 챙겨주지 못하는 부분을 우리가 해주어야 아이들의 성품이 고르고 바르게 자라 특히 마음이 부드럽게 형성되겠죠. 결국 선생님들 모두 다섯 번째 영상으로 채택 된 원숭이 실험의 융으로 만든 엄마원숭이처럼 부드럽고 자애로운 선생님이 되어야 해요."

선생님들이 문희경선생님의 말에 잠시 말을 멈추고 깊은 생각을 하는 것 같았다.

짧은 순간이지만 침묵이 흘렀다. 원장님이 고개를 끄덕이고 계셨다.

나는 쓰던 수첩을 멈추고 다른 선생님들의 얼굴도 쳐다보았다.

'나는 과연 좋은 선생님이 될 수 있을까?……'

"그러니까요. 마음 가는 데로 착하고 예쁜 아이들만 좋아할 수 있다면 이런 영상을 보면서 마음을 다지는 시간을 가질 필요가 없겠죠."

주임선생님의 의견에 건너편에 앉아 포크로 과일을 먹던 7세반 박소연선생님이 들고 있던 포크를 접시에 내려놓으며 다소 굵고 단호한 목소리로 말했다.

"옷이 구겨지고 더러운데도 며칠째 계속 입혀 보내고, 비가 많이 오는 장마철에 습한 날씨 때문에 아이들 모두 냄새에 민감한데 옷이 덜 말라서 쾌쾌하고 꼬랑꼬랑한 냄새가 나는 옷을 입고 오는 아이는 정말 힘들었어요. 그런 옷을 입고 온 아이가 생기면 그날 수업은 망했다고 봐야죠. 아이들이 등원시간부터 하원시간까지 내내 냄새를 참지 못하고 냄새난다고 말하며 놀이에 집중하지 못해요. 실시간마다 제게 와서 얘기를 하거나 따지는 아이도 있어요. 우리 아이들 중에는 어른처럼 말을 너무 잘하는 친구도 있어 교사로서 정말 힘들죠. 엄마는 예쁘게 화장을 하고 오면서 아이는 씻기지도 않고 어제 집에 가기 전에 제가 빗겨준 머리 그대로 보내는 아이들의 엄마는 솔직히 이해하기 힘들어요. 제가 아직 결혼을 안해서인지 어머님들의 그런 행동을 이해할 수 없고 이해하기도 싫죠. 물론 회사를 가야하니 본인을 챙겨야하지만 아이들보다 자기치장하기 바쁜 엄마들은 좀 싫죠. 엄마도 자격증 반을 만들어 자격증이 있는 엄마들만 결혼을 해서 아이를 낳게 하는 것으로 하면 좋겠어요. 하하하!"

이야기를 하고는 본인의 이야기가 너무 강했는지 웃음으로 마무리를 했다.

4세반을 맡은 서푸름선생님은 우리들처럼 신입교사지만 다른 어린이집에서 벌써 3년 동안의 경력을 쌓은 우리들보다 나이가 3살이 많은 교사였다. 차분하게 앉아 탤런트 뺨치는 서글서글하고 예쁜 눈매를 가지고 연신 미소를 지으며 듣고 있다가 박소연선생님의 말에 고개를 끄덕이더니 동의하는 의견을 냈다.

"사실상 마음은 차별하지 말아야지 하면서도 사람인지라 그런 엄마의 아이들은 좀 그렇죠. 이제 겨우 4년차로 접어들지만 교사를 하면 할수록 그런 엄마들에게 실망을 하게 됩니다. 그런 엄마의 아이들에겐 그러지 말아야지 하면서도 진짜 정이 가지 않아요. 그렇게 방임적인 엄마의 아이가 또 교실에서 행동을 거칠게 하거나, 친구들 사이에 약삭빠른 행동을 하며 자꾸 또래 사이에 문제를 일으키면, 정말 그러지 말아야지 하면서도 마음엔 짜증이 올라오고 계속 같은 행동을 하면, 나도 모르게 화를 내거나, 화를 내게 될까봐 일부러 화를 내지 않으려고 아이에게 무관심으로 대하게 되기도 해요. 교실마다 CCTV도 있으니 더 더욱이요. 매년마다 사나운 아이가 들어오지 않기를 기도합니다. 사나운 아이에게 감정개입을 하지 않으려는 노력을 하죠. 교육은 관심과 사랑인데 시비에 걸릴까봐 무관심이라니 슬픈 일이죠! 사나운 아이는 인성교육도 지성교육도 다 포기하고 그저 시간 안에 사고만 치지 않고 놀다가 무사고로 귀가가 이루어지기만을 바랄 때도 많아요. 미안한데 사나운 아이들과 기 싸움을 하면 기가 빨려서 다른 아이들과 수업도 못하고 너무 지쳐요. 교사 양심에 위반되는 일이지만 그런 아이들은 제발 같은 반이 아니기만 바라게 되지요."

CCTV와 시비 걸린다는 말에 고개를 끄덕이는 선생님들이 제법 많으셨다.

서푸름선생님의 단호한 말에 몸이 통통하고 얼굴이 동글동글해 마음이 넉넉하고 좋아 보이는 문희경선생님이 다시 대답을 했다.

"맞아요. 물거나 친구를 때리는 사나운 아이만 아니면 만사 오케이죠. 부모님이 좀 못 챙겨줘도 다행히 아이가 정이 많고 예의 바르면 부모나 외모와 상관없이 너무 예뻐요. 좀 지저분하게 오면 어때요. 씻겨주고 여벌옷이 있으니 갈아 입혀주면 되죠."

문희경선생님의 의견을 듣고 있던 박소연선생님이 같은 의견으로 말했다.

"저도 그래요. 다행히 우리 반 아이들은 스스로 씻을 수 있으니 가서 씻고 오라고 말해주고 머리만 빗겨주죠. 영아반은 5명이지만 우리 반은 20명이고 작년처럼 여자 아이들이 10명이 넘으면 스스로 씻고 로션을 발라도 머리를 다시 빗겨주는 시간이 만만치 않아요. 그래서 자기아이에게 관심이 많고 정성들여 예쁘게 꾸며서 보낸 부모님의 정성이 고맙고 그분들의 노력이 사랑스러운 것은 진심이고 사실이에요. 하지만 그런 아이들만 예뻐하는 것에 대한 마음은 교사다운 마음가짐과 행동이 아니라고 지금 이 시간 깊이 반성하고 있어요. 앞으로 어머님들의 행동과 상관없이 아이에게 사랑을 줄 수 있는 바른 교사가 되도록 노력하겠습니다.”

그러자 나이가 가장 많으신 여수경선생님이 손을 들더니 말을 하셨다.

“아직 결혼을 하지 않은 선생님들은 그저 외모가 예쁜 아이만 눈에 들어오고 옷을 잘 입고 오는 아이만 예쁘죠? 하지만 저처럼 결혼을 하고 연륜이 쌓이면 그런 건 별로 중요치 않아요. 나도 문선생님처럼 부모들과 상관없이 아이가 질서를 잘 지키고 행동이 반듯하면 정말 예쁘죠. 기저귀를 차고 있어도 얼굴이 나이든 아저씨나 아줌마 같은 생김새를 가지고 있어도 너무 귀엽고요. 아빠나 엄마와 생김새가 너무 같아서 붕어빵인 아이들도 너무 예쁘고 사랑스럽죠!…… 아이들은 그냥 사랑스러워요.”

선생님들이 아이들 중 누군가가 생각나는지 신입을 빼고 동시에 웃음을 터트렸다.

“어머! 왜 웃는데요? 우리도 궁금해요?”

“누가요? 어떤 아이가 생각이 나서 웃어요?”

또 참지를 못하고 김아연선생님이 질문을 연달이 두 개나 했다.

주임선생님이 토끼눈을 하고 쳐다보는 우리의 궁금증을 이해하셨다는 듯 손으로 허공을 토닥토닥 하시며 대답을 해주었다.

"작년 3세반에 40대 아저씨의 표정을 지닌 남자아이가 있었어요. 눈에 인상까지 쓰면 카리스마가 장난이 아니었죠. 화가 나서 눈썹 양미간을 찡그리면 얼마나 웃음이 나던지! 쫌 나이 든 아저씨 같았지만 기저귀를 차고 있으니 더 웃기고 엄청 귀여워보였어요."

선생님들은 아저씨같이 생겼다는 아이의 얼굴이 생각났는지 웃음을 참지 못하고 손바닥으로 박수를 치며 눈물까지 흘리는 분도 계셨다. 그러자 박소연선생님이 배를 잡았던 손으로 손사래를 치면서 말을 이었다.

"자꾸 생각이 나니까 웃음을 참지 못하겠어요. 그만 웃어야지. 하하하 웃음을 참기 위해 다른 아이 얘기를 해야겠어요. 작년 함박꽃반 선우지성과 선우지우는 정말 엄마 아빠를 빼다 박았어요. 얼마나 예쁘고 잘생겼는지. 완전 킹카예요. 외모지향주의는 아니지만 아가들이 모델처럼 너무 예쁘니 자꾸 쳐다보게 되죠."

"어머! 쌍둥인가 보네요?"

작은 소리로 내가 물어보았다.

"네! 남자아이는 엄마를 여자아이는 아빠를! 정말 너무 잘생겼어요."

박소연선생님은 자기반 아이들에 대해 이야기를 하는 것처럼 신나서 대답을 했다.

"내가 너무 예쁜 아이만 선호하는 것처럼 느껴지려나? 원장님 아닙니다. 저 다 예뻐해요. 지성이랑 지우의 아빠 엄마가 워낙 미남이고 미녀시잖아요. 완벽한 붕어빵에 놀라서 이야기를 하는 겁니다. 이번에 조팝꽃반으로 올라갔어요."

원장님을 향해 아니라는 듯이 손을 흔들면서 이야기를 했다. 원장님은 이런 모든 이야기를 들으시며 빙그레 웃었다. 그리고 말씀하셨다.

"박소연선생님도 함박꽃처럼 예뻐요. 나중에 아가 낳으면 엄청 예쁠 거야!"

"어머 원장님 감사합니다. 조팝꽃반으로 올라간 지성이랑 지우가 너무 예뻐서 그만!"

듣고 있던 서푸름선생님이 박수를 치면서 좋아했다.

"어머, 우리 반이네요! 보고 싶다. 아이들!……"

"쉬는 시간에 사진 보여 드릴게요."

작년 담임 선생님이었던 함박꽃반 문희경선생님이 손가락으로 브이를 하며 말했다.

주임 선생님의 목소리에 흘러갔던 이야기들이 다시 현실로 돌아왔다.

"이야기가 재미있지만 너무 곁가지로 흘러갔는데 겉모습만으로 아이들을 판단하면 안 될 것 같습니다. 아이들의 속마음을 잘 볼 줄 아는 심미안적인 눈을 가질 수 있도록 노력해보기로 합시다."

아직도 웃음기를 거두지 못한 몇 몇 선생님의 얼굴이 웃음을 억지로 참느라 볼이 터지려고 했다. 웃고 있던 문희경선생님이 손을 들었다.

"아까 박소연선생님이 말하던 냄새나는 옷이라고 하니까 나도 생각이 나서요. 우리 반은 세살이라 대체적으로 봄에는 거의 기저귀를 차다가 여름에 배변훈련이 이루어지면서 가을부터 기저귀를 떼잖아요. 작년 6월 말 즈음 시작된 장마로 비가 며칠째 내리던 시기였어요. 지하에 사는 은정이가 옷이 구겨지고 옷이 안 말라 평소보다 심하게 냄새가 났어요. 어린이집에 있는 여벌옷으로 갈아입혀주려고 했는데 창유의 기저귀가 너무 묵직해 보여 먼저 창유의 기저귀를 갈아주고 있는 동안 다른 영아들이 놀이를 하지 않고 은정일 꼬집고 때리고 있었어요. 순간 너무 놀랐죠! 24개월도 안된 어린 영아들에게 그런 무서운 면이 있다는 것이 놀랍기만 했어요. 그래서 모두 벽 쪽으로 주르르 앉혀놓고 왜 때렸는지 물어보고 또 아직 말을 하지 못하는 영아들에게는 그런 행동을 한 것에 대해 꾸중을 했어요. 벽에 기대고 앉아서 천진난만한 표정으로 모두 언제 그랬느냐 듯이 말똥말똥한 눈망울을 하고 나를 쳐다보아 더욱 경악스러웠죠."

"말을 할 줄 아는 아이가 뭐래요?"

"은정이 지지 냄새난다고"

"지지냄새? 어떤 냄새?"

"평소에 소변 지린내나 젖을 토한 냄새가 나면 지지냄새라고 했어요."

유아반 선생님들은 영아들이 하는 말이 귀여운지 문희경선생님의 말에 나무라는 표정은 없고 다들 사랑스러워 죽겠다는 표정들을 짓고 있었다.

"지지라고 말한 아이는 백소라죠?"

"네. 소라는 평소에 아주 깔끔한 아이거든요."

"깔끔한 아이가 까칠할 수 있죠. 거의 그래요!……"

6세 장애통합반 박광선선생님은 혼자 무슨 상상을 했는지 웃음을 참지 못하고 두 손으로 입을 가리며 웃음을 터트렸다. 아까 억지로 참던 웃음 때문에 그런 것 같았다.

"우하하하하하! 어떻게? 나 웃음을 못 참겠어요."

박광선선생님이 큰소리를 내며 웃자 아까 웃음을 참았던 선생님들이 다시 웃음보가 터졌다. 한참을 깔깔거리며 서로를 쳐다보면서 웃다가 웃음소리가 자자들자 다시 문희경선생님이 이야기를 했다.

"영아들이 대변을 보면 개월 수가 빠른 영아들은 기저귀를 가리키며 응가냄새 난다고 하거나 언어가 발달한 영아는 똥냄새라고 분명하게 말해요. 대변은 아니고 젖을 토하거나 옷에 소변을 지려서 나는 냄새를 대부분의 아이들이 지지냄새라고 말하죠. 그 날 은정이한테 퀴퀴한 냄새가 나니 그렇게 말한 것 같아요."

"냄새가 난다고 기저귀를 찬 영아들이 한꺼번에 구타라!"

"영아들도 무섭네."

"선함과 악함. 본능적인 거죠!"

"평소에도 냄새가 나는 은정일 모두 싫어했는데 소라가 그러니까 같이 머리카락 잡아당기고 꼬집은 거 같아요. 창유 기저귀 갈다말고 쫓아가서 못하게 말렸으니까."

"세상에~ 은정이 많이 울었겠네."

"다행히 바로 발견해 울지는 않았어요. 표정이 친구들이 나한테 왜 이러지 하는 표정인 듯했어요. 얼른 어린이집에 있는 여벌옷으로 갈아입혀주었죠. 얼굴 닦이고 베이비로션 발라주니 아이들이 자기들이 언제 은정일 때렸냐는 듯 머리를 쓰다듬으며"은정이 예뻐~"라고 했어요. 교사 생활 13년을 했지만 영아들이 단체로 한 아이를 구타하려는 모습이 처음 있는 일이라 나도 너무 놀랐어요."

"그래, 그랬을 거야! 아이들 중 특별히 냄새에 민감한 아이들이 있어. 우유 마시던 컵을 잘못 씻어 우유 비린내가 나면 물마시다 비위 상해서 토하는 아이도 있으니까."

"교사들도 마음가짐을 잘 가져야하지만 아이들에게도 말을 해서 이런 일로 왕따 사건이 생기지 않도록 각별히 신경을 써야 할 것 같네요."

"올해 은정이와 소라는 같은 반이 아니지요?"

"네 조팝꽃과 이팝꽃으로 각 각 따로 배정했어요."

"잘했네요. 서푸름선생님 반이니 올 한해 은정이에게 관심과 사랑으로 잘 보육해주세요. 영아들은 스스로 옷이나 몸단장을 하지 못하니 부모님이 부족하면 선생님이 좀 더 신경을 쓰셔야 해요. 고생하시겠네요."

"이 얘기를 듣고 보니 영아반 아이들에게도 외모로 친구를 판단하지 않게 영아들만의 특별교육이 필요할 것 같습니다."

조나영선생님의 말이 끝나자 모두 고개를 끄덕거렸다. 잠시 침묵이 흐르자 주임선생님께서 교사들을 둘러보면서 다시 말을 이어갔다.

"처음 본 영상을 보고나서 자유롭게 여러 선생님들의 얘기를 들어보았는데요! 강은혜선생님은 여러 선배 선생님들의 얘기를 듣고 어떤 생각이 들었나요?"

수첩에다가 선생님들의 말을 적고 있던 나는 깜짝 놀라며 시선을 맞추었다.

"네~ 어…… 그러니까!……"

"당황하지 마시고 이야기하세요."

"네 아직 경험이 부족한 초임이지만 오늘 여러 선배 선생님들의 의견을 듣고 나니 이제부터 내가 만나는 모든 아이들에게 편견 없이 대해주고, 보이는 외모보다는 보이지 않은 아이들의 마음을 읽어주려는 노력을 해야겠어요. 또 아이들을 관찰해 잘하는 점이 있다면 이루

33

어낼 수 있도록 자존감을 높여주어야겠다고 생각했어요."

"네, 좋은 의견입니다. 각 반 선생님들마다 아이들의 자존감을 높일 수 있게 수업에 임해주시고 첫 영상에 대한 이야기가 길어졌으니 두 번째 영상으로 토론을 이어가도록 하겠습니다."

주임선생님께서 이번에는 두 번째 영상에 대하여 토론을 한다고 했다.

"레나 마리아의 영상입니다. 이번에는 장애통합반 교사들의 많은 관심과 토론을 부탁드립니다. 토론 된 내용은 각 반에 적용하시기 바랍니다."

그러자 5세 장애통합반 교사 조나영선생님이 이야기를 시작했다.

"방금 본 레나 마리아의 영상은 두 팔이 없고 한 쪽 다리가 짧은 중증 장애를 입었지만 다른 아이들과 똑같은 교육을 받아 수영을 하는 모습을 보았죠. 발가락으로 화장을 하고 발가락으로 포크를 사용해 음식을 먹고 발가락으로 대바늘을 잡아 스웨터를 뜨고 발가락을 사용해 운전하는 모습을 보았어요. 이렇게 되기까지 레나 마리아를 평범한 아이들과 똑같이 생각하고 정신적으로 건강하게 키운 어머니와 장애를 극복하고 자기 자신의 한계를 극복한 레나 마리아가 자랑스럽습니다. 하지만 현재 우리 장애통합반에 있는 아이들은, 눈으로 보이는 장애가 아니라 눈에 보이지 않는 장애를 가진 아이들이 더 많아요. 자폐도 그렇고, 다운증후군도 그렇고, 요즘은 경계성 장애를 가진 아이들이 참 많아졌어요. 몸의 장애극복과 정신의 장애극복이 다르기는 하지만 긍정적 반응을 위해 이 영상을 준비하신 것 같으니 최선을 다해보지요."

"조나영선생님 영상에 대해 너무 감명 깊게 이야기해주셨어요."

"현장에서 올해로 20년차 교사인데도 아이들마다 장애정도가 매우 달라 더욱 어려움을 느끼지만 레나 마리아 어머님처럼 긍정적인 생각으로 내가 만나게 되는 장애아동들에게 최대한 맞춤형으로 수업이나 지원을 준비해 보겠습니다."

6세 장애통합반 박광선선생님도 조나영선생님의 말에 동감하며 말을 이었다.

"그렇습니다. 21세기로 접어들면서 육체적 장애보다 뇌에 장애를 가진 아이들이 많아졌습니다. 이런 아이들을 어떻게 다루어야 할지 총체적 난감함에 빠졌습니다."

한손으로 머리칼을 쓸어 올리며 박광선선생님이 다시 말을 이었다.

"나라에서는 5세의 경우 일반아동 15명과 장애아동 3명 총 18명이 같은 반에서 수업을 받게 하고 있지요. 5세는 37개월에서 48개월 사이의 나이를 가지고 있는 아이들입니다. 5세 아이들은 전체적으로 어린이집의 시간표와 놀이의 규칙에 대해 알고 있지만 놀이를 하다보면 아직 6,7세 아이들보다 규칙을 무시하고 각자의 놀이방법에 맞추어 놀이를 하려는 경향이 짙어요. 그런 모습은 때때로 수업이나 놀이를 산만하게 흐려놓기도 해요. 놀이를 잘하고 있는 아이들조차도 덩달아 산만해지는데 그런 것을 감안해서 수업을 준비하지만 때때로 결과가 나빠질 경우가 꽤 많아요. 그럼에도 불구하고 5세반에 장애아이가 들어와서 일반 아이들과 같이 활동을 한다는 것은 정말 놀라운 일이예요. 다행히 원장님께서 **-아이들의 특성에 맞춰 끝까지 부모님과 교사가 함께-** 라는 슬로건을 추구하며 장애아이의 면면을 확인하고 장애 아이들이 교실에 일반 아이들과 잘 어울러 놀이를 할 수 있도록 부모님과 함께 적응을 시켜주셔서 감사할 따름이지요."

박광선선생님의 말에 주임선생님이 말을 이었다.

"그래도 다행인 것은 우리 어린이집은 4세반을 두 반으로 운영해 5세가 되면 모두 자작나무반으로 올라가기 때문에 특별하게 이사 가는 경우만 아니면 모두 함께 올라가지요. 이미 1년에서 2년 동안 아이들이 어린이집에서 활동을 하며 규칙과 질서에 대한 것을 습득했고 다양한 놀이를 통해 하루의 일과를 자유로운 가운데 반복적으로 교육을 받아 자기 집처럼 편안함을 느끼고 그런 편안한 마음이 자기 반 교실에서 모든 놀이 활동을 차분하게 할 수 있게 해 다른 어린이집에 비해 덜 복잡하고 덜 산만하죠. 하지만 이번 년도엔 6명이나 이사를 갔어요. 거의 한 반이 이사를 가게 되었죠. 그러다보니 올해 5세반의 일반아이도 적응을 6명이나 시켜야 되고요. 또 장애아이도 3명 모두 신입이니 적응을 시켜야하기에 걱정이 이만저만이 아닙니다. 더구나 신입교사 강은혜선생님이 자작나무반을 맡게 되어 조금 걱정됩니다."

주임선생님의 말에 5세 장애통합교사 조나영선생님이 대답을 했다.

"올해에는 각오를 단단히 하고 있어요. 새로운 신입 아이들이 총 9명이 되기 때문에 긴장을 많이 하고 있어요. 3월 한 달 동안 다치지 않고 잘 적응할 수 있도록 어머님들께 많은 도움을 받아야겠어요."

주임선생님이 조나영선생님의 의견에 질문을 했다.

"다행이네요. 그럼 어떤 식으로 어머님들에게 도움을 받으려고 준비했나요?"

주임선생님의 질문에 조나영선생님이 답을 했다.

"우선 각 아이들마다 성향이 달라 부모와 떨어질 때 울지 않고 자연스럽게 떨어질 때까지 아이들의 성격에 맞추어 적응하는 시간을 기다려주고 있어요. 적응이 될 때까지 부모님께 교실에서 놀이를 같이 해달라고 부탁을 해야겠지요."

이번에는 7세 장애통합 신입교사 정샛별선생님이 소심하게 손을 들며 질문을 했다.

"주임선생님, 저 역시 올해 처음으로 장애반 아이들을 맡아서 보육하게 된 정샛별인데요. 그것이 가능한가요?"

6세 장애통합반 박광선선생님이 대답을 했다.

"물론 어렵죠. 어머님들은 아이를 어린이집에 맡기는 즉시 아이들로부터 해방을 하고 싶어 해요. 어머님들이 대체적으로 안정애착에 대해 잘 알지 못하니까요. 원장님께서 그런 어머님들에게 아이들이 불안정애착이 될 경우 나타나는 문제행동에 대해 이야기를 충분하게 해드리면 달라지긴 해요."

"조금 더 자세하게 듣고 싶습니다."

박광선선생님 대신 장애반 선생님들 중 나이가 가장 많고 현장경험이 풍부하신 조나영선생님이 대답을 해주었다.

"원장님은 어머님들에게 아이들이 안정애착이 되지 않을 경우 발생할 수도 있는 청소년기의 문제행동에 대해 얘기를 해주지요. 불리불안을 느끼는 아이들의 행동에 대해 종적으로 횡적으로 일어난 사례에 대한 이야기지요. 안정애착과 불안정애착을 가진 아이들이 하는 행동에 대해 경험했던 실제적인 얘기를 해주면서 처음 엄마와 떨어지는 단계에서 안정적인 애착을 가질 수 있도록 먼저 아이와 엄마를 함께 훈련시켜주시죠. 안정애착에 대한 반복적인 훈련을 통해 아이의 성격이 바뀝니다. 그러면서 엄마의 성격도 대체적으로 한결같으면서도 부드럽게 바뀌게 됩니다. 우리가 원하는 교육의 힘이 바로 이런 거죠. 이렇게 바뀌면 미래적으로는 아이의 인생이 변하고 당장은 우리 어린이집에서 그 아이가 소속된 교실에 안정감을 주죠. 평화로움이요. 하지만 현장은 아이들보다 직장이라는 변수와 에고이즘을 가진 어머님들 때문에 어렵게 되는 경우가 많아요."

조나영선생님은 이야기를 마치고 양손을 펼치며 어깨를 들썩이는 몸짓을 했다.

"마지막으로 짚고 넘어가야 할 사항이 있어요."

주임선생님께서 세 분의 장애통합교사를 쳐다보며 얘기를 했다.

"뭐죠?"

세 분의 교사들이 동시에 대답을 했다.

"이 영상을 보여준 것은 우리 어린이집 장애통합반 아이들과는 장애정도가 맞지 않지만, 레나 마리아의 부모님이 레나의 조건을 충분하게 읽고 그것을 레나의 조건 안에서 긍정적인 교육으로 발현하니 저토록 놀랍게 변화되는 것을 보여준 영상입니다.

이런 긍정적 교육관을 닮을 필요가 있다고 생각해 올해에 선택한 영상이죠. 일반 아이들도 성격이나 재능이 각 각 인 것처럼 통합 아이들도 장애의 정도나 성격과 재능이 다 각 각이에요. 장애통합반 선생님들은 이점 각별하게 유의하여 자기가 담당한 세 명의 아이들의 교육이 개별적으로 이루어 질 수 있도록 지도계획을 세워주세요. 떡갈나무반, 물푸레나무반 선생님은 작년 활동을 토대로 올해의 계획을 세우시고 자작나무반 선생님은 우선 1개월 정도 아이들을 관찰하시면서 계획을 세우시되, 계속 조절하시면서 3개월 동안 관찰하여 최종적이고 개별적인 교육계획안을 만들어 보시기 바랍니다. 이렇게 뜻을 세우고 계획을 하여도 시간이 지나면 사람인지라 편하게 가려는 습관이 나

오죠. 교사 스스로 자기를 조절하면서 동료 교사들에게도 힘을 실어
주자고요. 기왕에 우리 모두 교육현장에 섰으니 아이들을 위해 최선
을 다해 보아요."

주임선생님의 말에 장애통합반 아이들을 교육하는 조나영, 박광선,
정샛별선생님이 고개를 끄덕였다. 나도 하워드 가드너의 다중지능이
론에 대한 책을 다시 읽으며 우리 반 아이들에게 좋은 선생님이 되
어야겠다고 다짐을 했다.

주임선생님이 주변을 둘러보며 잠시 쉬는 시간을 갖겠다고 말을
하자 선배 선생님들이 각자 준비했던 수첩을 덮어 차탁에 두고 유희
실 바닥에 벌러덩 들어 눕는 모습을 보면서 몸에 있던 긴장감이 스
르르 풀어졌다.

'나는 정말 잘해 낼 수 있을까?'

몇 번이고 마음속에서 떠오르는 이 질문을 스스로에게 하며 선배
선생님들처럼 유희실 바닥에 들어 눕지는 못했지만 나는 가만히 눈
을 감아보았다.

아빠가 하신 말씀이 떠올랐다.

우보천리(牛步千里) 마보십리(馬步十里)

소걸음으로 느릿느릿 걸어가도 반복하기를 멈추지 않으면 천리 길
에 이를 수 있다는 뜻인 이 말을 아빠는 자주 힘들고 지쳐하면 자식
인 우리들에게 말해주었었다.

우리의 지친 어깨를 두드려주면서……

소걸음으로 선배 선생님들의 길을 묵묵히 걸어보아야겠다.

3. 처연한 흑백사진 두 장처럼

7세 물푸레나무반 장애통합 신입교사 정샛별선생님

3번째 본 영상과 4번째 본 영상에 대해 생각을 하고 있었다. 두 영상은 보는 내내 형용사 「처연하다」라는 단어를 떠오르게 했다. 두 영상은 마치 흑백사진 두 장이 나뭇잎처럼 떨어져 내려와 인생이라는 장소에 삶이라는 바람이 부는 데로 바닥에 이리저리 나뒹구는 느낌이었다. 영상을 보는 내내 마음은 쓸쓸해지고 심장은 자꾸 아파왔다. 눈을 감고 두 영상에 대한 감상에 젖어 있는데 갑자기 어디서 웃음소리가 들려왔다. 웃음소리에 놀라 눈을 떴다.

아까 얼굴이 아저씨 같다는 남자아이의 사진과 쌍둥이 사진을 보는지 신입선생님들이 우르르 문희경선생님 곁에서 스마트폰의 사진들을 보면서 웃고 있다. 박소연선생님이 나에게 오라고 손짓을 했다. 나도 궁금해서 슬그머니 일어나 걸어가서 사진을 보았다. 인형처럼 예쁜 쌍둥이사진을 박소연선생님이 보여주었다.

'이 아이들이 지성이와 지우란 말이지. 아가들이 정말 예쁘네!……'
문희경선생님의 스마트폰에는 기저귀를 찼는데 중후한 아저씨처럼

씩 웃고 있는 건강한 남자아이의 사진이 있었다. 나도 모르게 웃음이
툭 터져 나왔다.

'어머 딱 봐도 아저씨 얼굴이네.'

사진 덕분에 웃음이 나서 좀 전에 본 가슴 아픈 영상에 대한 생각
이 엷어져가는 느낌이 들었다.

다른 선배선생님들은 눈을 감고 잠시의 휴식을 통해 누워서 쉬고
있었다. 유희실바닥이 따뜻했다. 아이들 사진을 다 보여주신 문희경
선생님과 박소연선생님은 누워서 눈을 감고 쉬고 있는 선생님들을
스마트폰으로 찍었다. 신입선생님들은 톡을 확인하는지 연신 스마트
폰을 들여다보고 있었다. 누워서 눈을 감고 있던 조리담당 두 분의
선생님은 일어나서 서로 마주보고 앉더니 번갈아가며 어깨를 주물러
주었다. 공익근무요원인 최동우군도 힘들었는지 일어나 허리를 몇 번
좌우로 돌리며 허리운동을 했다. 부유물이 떠다니듯 소란스럽게 유희
실이 한동안 어수선했다. 공익근무요원 최동우군을 쳐다보던 원장님
도 일어나서 두 손을 하늘로 올리고 스트레칭을 몇 번 했다. 그리고
유리에 기대서서 선생님들을 둘러보다가 눈이 마주치면 빙그레 웃어
주었다. 주임선생님이 차탁에 앉으며 다시 선생님들을 불러 모았다.
부유물처럼 떠다니던 소란함이 주임선생님의 말 한마디에 다시 고요
를 불러들였다.

모든 선생님들이 다시 각자의 차탁 앞으로 앉았다.

"이번영상부터는 달맞이꽃반 여수경선생님이 준비하신 의견을 듣겠

습니다."

여수경선생님은 수첩을 펴고 교사들을 한 번 쭉 둘러보더니 얘기를 시작했다.

"원래 원장님께서 이 시간을 통해 절약에 대한 얘기를 나누어보자고 해 어떻게 하면 절약을 강조할 수 있을까 고민하다가 어렵던 우리나라의 모습을 통해 절약정신을 고취시켜야겠단 생각이 들어서. 2014년 겨울 유명했던 '국제시장'이라는 영화 기억하시죠? 70년 전 우리나라의 모습입니다. 미국인 병사의 지프차를 따라가는 아이들은 지금 70대에서 80대의 노인이 되었어요. 6,25전쟁으로 인해 국토는 폐허가 되었지만 70년이 지난 지금 그 당시를 생각해보면 감히 상상하기 어려운 부유함을 누리고 있죠. 아마 선생님들 중 가장 나이가 많다보니 내 나이만큼의 우리나라 발전상을 가장 많이 체험하고 느꼈을 것을 감안해서 원장님께서 절약에 대한 코멘트를 부탁하신 듯합니다. 이 영상을 준비한 이유는 가난했던 시절을 다시 돌아봄으로써 지금의 시대를 감사하고, 넘쳐나는 물자들이지만 적절하게 절약하여 다음 세대가 잘 사용하기를 바라는 마음으로 준비해 봤어요. 우리 어린이집은 시에서 운영되는 곳이죠. 아이들의 교육을 위해 아낌없는 지원이 필요하지만 또 시에서 운영하는 만큼 아낄 수 있는 것은 아껴야 한다고 생각합니다. 선생님 한 사람 한 사람이 사용하는 모든 물건들을 지혜롭게 절약 한다면 우리가 생각지 못한 곳에서 발생하는 누수를 방지 할 수 있으리라 생각합니다. 우선 전기, 수도, 가스에 관한 절약사항을 말해보겠습니다."

나는 수첩에 전기, 수도, 가스를 받아 적고 단어 옆에 '-'표시를 했다.

다른 선생님들도 모두 각 자 준비한 수첩을 펴고 받아 적을 준비를 하고 있었다.

"우선 전기는 비어있는 교실에 전등이 켜져 있으면 우리 교실이 아니더라도 끄는 습관을 들이시고 교실에 혼자 남아 일을 할 땐 전체를 켜지 말고 한 줄만 켜서 사용하면 좋을 것 같아요. 가끔 일지를 쓰고 있을 때 컴퓨터를 사용하는 쪽만 켜면 되는데 무의식적으로 교실 전체의 전등을 켜고 사용하고 있는 경우가 종종 있어요. 또 에어컨이나 난방도 너무 춥게도 너무 덥게도 하지 않고 적절한 온도를 유지하여 필요할 때만 켜고 끄는 습관을 들인다면 일 년 동안 많은 부분에서 절약이 가능하다고 믿어요."

여수경선생님은 잠시 말을 멈추고 숨을 고른 후 다시 말을 이어 갔다.

"수도는 실외놀이를 한 후 아이들이 손을 씻고 손목 힘이 약해 제대로 잠그지 못해 수도꼭지에서 물이 흐르거나 똑똑 떨어지는 물을 선생님들 중 누구라도 보면 항상 잠그는 습관을 들이기 바랍니다. 실외활동을 할 때 놀이터에 있는 수돗가에서 아이들이 지나치게 물을 가지고 물장난을 치지 않도록 주의를 주세요. 조리실에서도 물 사용을 할 때 계속 틀어 놓고 세척하지 말고 귀찮더라도 물을 받은 후 잠갔다가 사용하는 습관을 들여 주시기 바랍니다. 특히 가스 사용은 조리실 담당 선생님 두 분이 안전에 대한 규칙을 숙지하고 절약에 대한 방침을 스스로 생각해 주시기 바랍니다."

여기까지 얘기를 마치자 조리실 선생님 두 분이 동시에 대답을 했다.

"그래 유. 올해는 여~기저~기 살펴보며 좀 더 절약을 해 볼 팅께 기대해유!"

구수한 충청도 사투리에 신입교사 다섯 명의 눈이 동그래졌다.

"두 분 다 충청도가 고향이신 분들이에요. 고향 분들이 만나서 그런지 충청도 사투리를 즐겨 쓰셔요!"

주임 선생님이 우리들에게 두 분의 정보를 전달해 주었다.

두 선생님의 말투를 아는 선생님들이 웃었다.

"다시 얘기를 시작해 볼까요? 이번에는 문구에 대한 절약이에요. 복사할 때 꼭 필요한 것인지 한 번 더 생각해본 후 복사하고 필요 없는 복사가 생겼을 경우 발생한 이면지도 어떤 방식으로든 활용을 할 수 있게 계획해 주세요. 아이들과 작업을 할 때 미리 알찬 계획을 세워 실천해주세요. 계획을 세울 때 부모님들에게 보여주기 보다는 보여주지 못해도 실질적으로 알차게 교육되는 계획을 세운다면 '**보여주기식**'수업이 이루어질 때마다 발생되는 누수를 막는 일이 될 거예요. 반이 많은 우리 어린이집은 이런 작은 절약이 모여 일 년 치를 계산하면 아마도 굉장한 돈이 될 거예요.

나라와 정부가 알아주지 않고 우리가 살고 있는 시흥시의 공무원들이 알아주지 않아도 오늘 보신 영상을 생각하며 저토록 살기 어렵던 나라가 이렇게 잘 살기까지에는 우리처럼 평범한 사람들의 바른 생각과 실천하는 행동들이 모아져 지금의 부강한 나라를 이루어 냈다고 생각해요."

같은 신입교사 김아연선생님이 번쩍 손을 들었다.

"여수경선생님 좀 더 구체적으로 알려주세요?"

"음! 그럼 우선 비중을 가장 많이 차지하는 문구용품들부터 설명을 할게요. 아이들이 쓰는 미술용품에는 색종이, 딱풀, 색연필, 크레파스, 사인펜, 유성매직, 점토, 종이점토, 여러 가지색의 클레이와 여러 종류의 종이들이 있고 헝겊들과 가위가 있어요. 이 모든 것들을 사용할 때 적용하면 되죠."

여수경선생님의 얘기가 끝나자 나도 손을 들고 질문을 했다.

"그러면 문구의 종류가 많은데 그런 문구들을 구체적으로 어떻게 절약을 하면 실용적인가요?"

앞에 앉은 같은 반 교사 박소연선생님이 대답을 했다.

"실질적으로 경험하다보면 다 알게 돼요."

나와 같은 신입교사 강은혜선생님도 조심스럽게 이야기를 했다.

"그래도 예를 좀 들어주시면……"

여수경선생님이 웃으면서 대답을 해주었다.

"그래요. 신입교사들은 경험이라야 겨우 한 달 실습했던 것이 전부이니 무엇을 어떻게 절약을 해야 할지 막막할 거예요. 들어보면 다 알고 있는 것들입니다. 먼저 뚜껑을 잘 닫지 않으면 방금 산 새것이라도 바로 쓰지 못하는 것이 세 종류입니다. 딱풀, 사인펜, 유성매직입니다. 아이들에게 쓰고 나서 뚜껑을 닫으란 이야기를 매 번 당부해야 합니다. 뚜껑이 잘 닫혀있지 않으면 바로 말라버리죠. 바쁘더라도 이 세 가지는 수업을 한 후 아이들이 뚜껑을 닫았어도 교사가 재확인을 해야 합니다. 반드시 뚜껑을 잘 닫고 보관해야 오래도록 끝까지 사용할 수 있어요."

유아반 선생님들을 쳐다보며 이야기를 하셨다.

"미술활동을 마치면 뚜껑 닫는 것 까지 확인하는 시간을 가져야 해요."

이번엔 영아반 선생님들을 쳐다보았다.

"자작나무반 이하는 선생님들이 수업을 마치고 아이들 대신 확인을 해야 합니다."

손가락을 가위처럼 만들어 가위질을 하는 모습을 보여주며 얘기는 계속되었다.

"가위를 사용할 때 아크릴, 철심, 은박지, 구리 종류를 자르는 가위는 오래된 가위 중에서 하나를 선택해 따로 사용해야 합니다. 정하지 않고 사용하면 매 번 가위 날이 망가져버릴 것입니다. 철심을 잘랐던 가위로 종이를 자르면 종이가 잘라지지 않고 찢어집니다. 종이나 천 같은 얇은 것을 자를 때 사용하는 가위와 따로 구분해 두세요. 또 새것인데 아이들이 자주 사용해 가위 날이 잘 들지 않으면 철 수세미를 사용해 날을 닦아주면 가위가 다시 잘 들죠."

"선생님 점토와 클레이 사용법도 알려주세요?"

"점토나 클레이는 수업을 계획하고 바로 바로 사용하시지 않으면 딱딱하게 굳어 사용할 수 없게 되죠. 점토나 클레이수업은 적절한 양이 필요하고 혹시 여러 가지색이 필요해 구입했다면 굳기 전에 여러 반이 돌아가며 사용해도 좋은 효과를 볼 듯합니다."

"크레파스나 색연필은 어떻게 하죠?"

"6, 7세반의 경우 부모님께 말해 개별적으로 낱개마다 아이들의 이름이 붙어있어야 해요. 수업 후 물건이 서로 교차되어도 아이들에게 찾아 줄 수 있을 거예요. 아이들은 새것으로 보이면 서로 자기 것이라고 다투거나 헌것으로 보이면 서로 자기 것이 아니라고 우기는 경우가 종종 있습니다. 자기이름이 쓰여 있으면 아이들의 다툼을 없애고 정리하는 시간을 낭비하지 않게 되죠! 어린반의 경우 색연필을 돌려서 심을 길게 빼서 부러뜨리며 놀이를 하는 경우가 있어요. 색연필 사용할 때 그런 영아는 돌려쓰는 색연필보다는 손톱으로 종이를 떼어서 돌려야만 심이나오는 색연필을 제시해주면 영아가 놀이처럼 색연필을 계속 길게 빼서 부러뜨리는 일을 방지 할 수 있죠. 대신 선생님이 매번 실을 당겨 종이를 미리 까두서야 아이들이 색연필을 사용할 수 있어요."

"또 다른 의견이 있습니까?"

주임선생님의 말에 박소연선생님이 말을 이었다.

"음!…… 그럼 이번엔 제가 얘기 할 것이 있어요. 아이들 하루생활을 매일 수첩에 써 보내고 있잖아요. 매일 아이들과 생활하다보면 생각지 못한 일들이 다채롭게 펼쳐질 때가 있어요. 보통 낮잠시간에 쓰는데 낮잠을 안자는 아이들이 꽤 있죠. 그 아이들을 돌보다보면 수첩 쓸 시간이 없을 때도 많아요. 그래서 아이들 놀이나 학습 하는 모습을 사진으로 찍어서 프린터로 뽑는 경우가 있는데 가끔 잉크가 부족할 때 색이 선명하게 나오지 않죠. 잠시 갈등을 해요. 버릴 것인가? 살릴 것인가? 교사 대부분이 모두 버리고 잉크가 많이 들어있는 프린터를 찾아 다시 뽑지요. 엄마들이 보는 거니까."

가만히 이야기를 듣던 원장선생님이 박소연선생님의 의견을 존중하며 말했다.

"그럼 올해부터는 수첩과 스마트폰을 같이 사용하려고 했는데, 대신 스마트폰에 어린이집 수첩을 대신 할 수 있는 앱을 사용하여 어머님들과 소통하기로 해요. 그러면 오전 수업을 한 내용을 같이 보내고 특별하게 아픈 영유아가 생기거나 개인적으로 써 보내야 하는 내용이 생긴 영유아만 그 내용을 덧붙여서 보내면 그동안 개별 수첩 쓰느라 드린 시간을 줄일 수 있겠죠?"

원장선생님의 말에 주임선생님이 대답을 했다.

"원장님! 그러면 올해부터 수첩이 하는 일을 스마트폰의 앱으로 대신 할까요?"

"그러죠. 다른 선생님들도 동의하죠. 볼펜으로 써야했던 모든 것을 손가락으로 두드려 어머님들께 전송하면 되겠네요!"

"그럼 올해는 아이들 수첩을 주문하지 않아야겠어요."

교사들 모두가 고개를 끄덕였다.

나와 신입교사들은 이 많은 정보를 수첩에 적느라 정신이 없었다.

박소연선생님이 또 말을 했다.

"에어컨의 온도를 2도씩 올리고 난방 온도도 2도씩 낮춥시다."

그러자 문회경선생님도 큰 소리로 말했다.

"오후에 남아서 일할 때에는 한 교실에 모여서 일을 하면 어떨까요? 개인적 컴퓨터 작업을 할 때는 책상 쪽 전기를 한 줄만 켜서 일하고 환경정리를 하거나 교구제작을 할 때는 함께 모여 하면 전력을 좀 더 아낄 수 있을 것 같아요."

활기차게 의견을 교환하는 선생님들을 흐뭇하게 바라보시던 원장님께서 말을 했다.

"그럼 귀한 아이디어가 나올 때마다 매주 회의에 안건을 올려주세요. 절약에 대한 좋은 안건을 많이 내시는 선생님은 1년 후 어린이집으로부터 특별상이 있겠습니다. 전기는 현재 형광등에서 LED형광등으로 교체하려는 계획이 있었어요. 전력소모는 적고 밝기는 더 환하다고 해서 올 여름방학에 하려는 계획이 있으니 그때까지 참아요."

교사들이 와~~ 하고 박수치며 좋아했다.

나와 신입교사들은 이 상황을 어떻게 받아들일지 몰라 그저 웃으며 박수만 쳤다.

"그럼 절약에 대한 안건은 이것으로 종결하겠습니다. 쾅쾅쾅"

여수경선생님이 한 손은 손바닥을 펴고 한 손은 주먹을 만들어 판사처럼 망치질을 했다. 주임선생님이 연이어 말을 이었다.

"네 번째 영상에 관해선 원장님의 말씀이 있겠습니다."

주임선생님이 또 흐트러지려는 정신을 주목시키고 있었다.

네 번째 영상은 1902년 12월부터 1903년 5월까지 45명의 남성과 60명의 여성 그리고 아이들 60명 전체적으로 대략 600명의 조선인들이 하와이로 이민을 가는 장면이었다. 뜨거운 쇳덩이가 물에 들어가면 "지지직"소리를 내는 것처럼 소음이 일었고 화면에는 빗줄기 같은 사선 들이 많이 보이는 흑백영상을 기억해 내며 원장님을 쳐다보았다. 몇 몇 선생님들이 길어지는 회의에 지쳐보였다.

"여러분 힘드시죠? 이제 거의 막바지에 다다랐으니 힘을 좀 냅시다. 제가 여수경선생님에게 이 영상을 준비시킨 이유는 요즈음 우리나라에 하염없이 들어오는 동남아시아 쪽 사람들과 그들과 결혼을 하면서 생기게 된 다문화 가정의 문제 때문에 이 영상을 준비한 겁니다. 조선의 마지막 임금인 순종시절 가난을 이기지 못해 오로지 양식을 위하여 생명부지의 나라 언어도 되지 않는 하와이로 이민을 갔던 우리나라 사람들이야기입니다. 우리나라도 약 20년 전부터 동남아시아나 이슬람국가에서도 양식의 문제로 인해 언어와 인종의 장벽을 넘어 우리나라로 들어오고 있죠. 20대나 30대의 젊은 여성들은 문화에 대한 이해도 없이 낯선 이국의 나라로 오면 밥을 먹을 수 있다는 생각과 잘 사는 한국으로 가면 자기들도 잘 살게 된다는 코리안 드림을 안고 한국으로 오고 있죠. 그러나 그들 중 대부분은 한국으로 와서 아이를 낳고 식당일이나 허드렛일까지 하며 가정을 꾸리게 되자 육체적으로 힘든 과정에서 생기게 되는 여러 문제점들과 한국사회에 익숙해지면서 감당하기 어려운 가정생활을 포기하고 이혼을 해버리는 다문화가정들이 많이 생긴다는 것입니다. 우리 어린이집에도 4살 이팝꽃반 김혜나아버지는 62살이고 어머니는 32살 베트남 여성분입니다. 두 사람이 거의 30살이나 차이가 나지요. 다행히 이 가정은 아버지가 나이가 많지만 일을 하시고 계시고 어머님 성격도 온유하고 착하세요. 그러나 혜나가 이번에 자작나무반으로 올라가는데 여자아이치고 우리나라 말을 정확하게 하지 못합니다. 말을 잘하지 못할 뿐만 아니라 선생님이 하는 이야기를 이해하지 못해 교실 안에서 수업이 잘 이루어지지 않고 있어요. 아버지는 나이가 많아 아이의 언어지도를 어떻게 해야 할지를 모르는 것 같고 어머니는 지난번 상담을 하면서 느꼈는데 아직 한국말이 많이 서툴러 알아듣기는 하지만 말은 하지 못해요. 이런 다문화가정들을 올해부터는 조금 다른 방식으로 교육을 하고 싶어 이번 영상을 준비했어요."

"원장님! 그럼 다문화 아이들만 따로 수업을 하시려고요?"

윤보영선생님이 원장님께 질문을 했다.

"그 방식도 괜찮겠는데요? 사실 아직 정하지 못했습니다. 우선 문제를 제시하기 위하여 영상을 준비한 것이고 예전에는 우리나라 사람들도 남의 나라에서 받았을 서러움을 생각하며 역지사지의 마음으로 다문화아이들을 돌아보면 어떨까 생각한 것이지요. 선생님들의 좋은 의견이 필요한 시점입니다."

교사들이 고개를 끄덕였다. 그 때 문희경선생님이 말을 했다.

"원장님! 베트남이나 필리핀, 동남아 쪽 엄마들만 생각하면 안 될 듯합니다. 우리 어린이집 다문화가정 중에서 현재 인도분들은 대부분 고학력자이고 박사과정을 이수한 분들이라 한국말도 아주 잘하십니다. 그리고 한국가정보다 연봉도 높습니다. 그리고 우즈베키스탄이나 파키스탄, 아프카니스탄이나 터이키에서 오신 분들도 있습니다. 너무 다국적이고 사는 환경도 너무 달라 도움을 주기가 꽤 어려울 것 같은데요?"

골똘히 생각에 잠겼던 원장선생님께서 말을 했다.

"그럼 우선 우리어린이집 다문화가정을 좀 더 세밀하게 조사해보죠. 나라별로도 분류하고 사는 형편에 대해서도 알아봐주세요. 부모님들 중 한 부모라도 한국말을 할 수 있는 분이 계신지도요. 또 특별히 필요한 부분이 있으면 체크해주세요. 각 가정마다 좀 더 세밀하게 도움을 줄 수 있도록 계획을 잡아보겠습니다. 각 반에서는 다문화 아이들의 가정상황을 조사해 늦어도 3월 첫 주까지 주임선생님에게 제출해주시면 감사하겠어요."

원장선생님은 주임선생님을 쳐다보시며 다시 이야기를 했다.

"주임선생님 그렇게 하는 것이 좋겠지요?"

"네 원장님 알겠습니다."

다른 교사들이 원장님과 주임선생님의 이야기에 고개를 끄덕였다.

오늘 본 영상은 다문화에 대해 전혀 문외한이었던 신입교사 우리 모두에게 다문화를 바라보는 것에 대한 새로운 패러다임을 제시해주었다. 신입교사 대부분 1990년 전,후반에 태어났다. 우리나라가 일본에게 오랜 시간동안 식민지로 있었던 사실이나, 이념의 문제로 북한에서 밀고 내려와 지독한 전쟁이 있었다는 이야기는 우리나라 역사책에 나와 있어 혹시 시험에 나올지 몰라 외워두어야 할 문제였었고 태어나기 전에 있었던 일이라 드라마의 소재로 다루어질 하나의 이야기처럼 멀게만 느껴졌었다.

일제 강점기에 있었던 독립투사들의 이야기, 전쟁으로 인해 남쪽을 향해 피난을 내려왔던 이야기, 먹을 것이 없어 가난했던 보릿고개 이야기, 나라전체가 가난하여 잘 사는 나라를 향해 이민을 갔다는 이야기, 독일로 파병된 광부나 간호사 이야기도 우리는 사실 피부로 와 닿지 않는 세대이다.

원장님과의 교사 면담시간에 들었던 필독도서 7권은 오늘 오리엔테이션 오기 전까지 읽어야 했다. 그 중 하나인 캐나다 소설가 '가브리엘 루아'의 「내 생애의 아이들」이란 책을 통해 생소한 다문화에 대해 알게 되었다. 1910년 당시 캐나다로 이민을 온 다문화 아이들에 대한 이야기가 나와 있었는데 그저 이야기로 재미있게 읽었을 뿐이었다. 다문화 아이들을 내가 이제부터 가르치는 교육현장에서 만나게 될 줄 생각도 못했다.

영상 한 편을 통해 파급된 효과란 참 대단한 일이었다. 짧은 영상 한 편과 그 영상을 준비한 이유에 대해 원장님에게 듣게 되자 나를 포함한 신입교사 모두 외국에서 온 부모님과 그 과정 속에 태어난 다문화 아이들에 대하여 관심을 갖고 잘 돌봐주어야겠다는 긍정적인 생각이 들었으니 말이다. 한국으로 오게 된 분들마다 수많은 사연이 있을 테고 이민가족이든 한국인과 결혼한 혼혈가족이든 아이들뿐만 아니라 아이들의 부모까지 좀 더 세심하게 돌보고 챙겨야겠다는 긍정적인 마음이 들기 시작했다.

　'원장님은 참 아름다운 마음을 가진 분이다' 는 것이 깨달아졌다. 편견하지 말고 아이들 사랑하기, 장애 아이들에 대한 관심, 다문화아이들에 대한 사랑, 자유롭게 의견을 내어 절약방법 제시, 나도 원장님처럼 나이가 들어갈수록 더 아름답게 마음을 가꾸는 사람이 되어야겠다는 생각이 들었다.

4. 대한민국 어린이 헌장

4세 조팝꽃반 신입교사 서푸름선생님

마지막 영상에 대한 토론을 남기고 다시 20분가량 쉬는 시간을 가졌다. 나는 선배선생님들처럼 편안한 자세로 바닥에 누워 보았다. 유희실 천장은 아주 높았다. 크고 넓은 타원형 천장에 촘촘히 붙어있는 할로겐 전등은 금빛의 별처럼 화려하고 고와 계속 쳐다보니 눈이 부셨다.

새롭게 들어 온 자작나무숲 어린이집 교사 오리엔테이션은 내가 졸업 후 3년 동안 다녔던 다른 어린이집과는 많이 달랐다. 생각했던 것보다 독특하고 재미있다. 오리엔테이션을 1박2일로 하는 것도 대단했지만 공익근무요원까지 퇴근도 하지 않고 자발적으로 남아 함께 하고 싶어 했던 이유도 알 것 같았다. 이제 4년차로 넘어가는 교사인데도 새로운 뭔가가 느껴져 기대가 됐었다. 그러니 이제 졸업을 하고 들어온 새내기교사들은 얼마나 이 상황들이 별천지처럼 느껴질지 생각하니 절로 미소가 지어졌다. 또 영상을 본 후에 토론을 하니 나름 감을 잡을 수 있어 토론하기에 좋았다. 원장님이나 선배교사들의 눈치를 보지 않고 편하고 자유롭게 토론에 참여 할 수 있도록 분위기를 만들어 주는 것도 인상 깊고 참으로 좋게 느껴졌다.

1박2일의 오리엔테이션시간을 짧게 나눠 이번에 들어 온 5명의 신입 교사들에게 A4용지 3장~7장까지 각 자 느낀 것을 글로 써 내라고 한 것 역시 독특했다. 올 한 해 계절별로 선생님들이 각 반의 활동이나 재미있는 일화에 대해 써 낸 글을 잘 간추려 한 권의 책으로 낸다고 했다. 책으로 만든다고 하니 글을 쓰는데 엄청 부담이 되겠지만 재미있는 발상이라 생각했다. 나에겐 다섯 번째 영상이 주어졌다. 영상과 토론을 마치면 할당된 부분을 글로 써서 내야 된다는 말을 듣는 순간부터 글의 시작과 마무리를 어떻게 해야 할까를 계속 생각했다.

원숭이 실험에 대한 영상을 계속 떠올리는데 대학에서 윤리와 철학 강의시간에 교수님이 들려준 「어린이헌장」이 생각났다. 나는 쉬는 시간을 통해 스마트폰에서 어린이 헌장에 대한 내용을 찾아보았다. 어린이 헌장은 한국 동화작가협의회에서 제정을 하고 1957년 5월 5일 보건사회부에서 선포한 헌장이라고 위키 백과에 나와 있었다.
(어린이는 나라와 겨레의 앞날을 이어나갈 새 사람이므로 그들의 몸과 마음을 귀히 여겨 옳고 아름답고 씩씩하게 자라도록 힘써야 한다.) 라고 서두를 밝힌 후 9가지 내용으로 압축해 놓았다.

1. 어린이는 인간으로서 존중하여야 하며 사회의 한 사람으로서 올바르게 키워야한다.

2. 어린이는 튼튼하게 낳아 가정과 사회에서 참된 애정으로 교육하여야 한다.

3. 어린이에게는 마음껏 놀고 공부할 수 있는 시설과 환경을 마련해 주어야 한다.

4. 어린이는 공부나 일이 몸과 마음에 짐이 되지 않아야 한다.

5. 어린이는 위험한 때에 맨 먼저 구출하여야 한다.

6. 어린이는 어떠한 경우에라도 악용의 대상이 되어서는 아니 된다.

7. 굶주린 어린이는 먹여야 한다. 병든 어린이는 치료해주어야 하고 신체와 정신에 결함이 있는 어린이는 도와주어야 한다. 불량아는 교화하여야 하고 고아와 부랑아는 구호하여야 한다.

8. 어린이는 자연과 예술을 사랑하고 과학을 탐구하며 도의를 존중하도록 이끌어야 한다.

9. 어린이는 좋은 국민으로서 인류의 자유와 평화와 문화발전에 공헌할 수 있도록 키워야 한다.

나는 이 글을 천천히 읽으며 새롭게 들어 온 자작나무숲어린이집에서 내가 만날 4살 아이들과의 조우가 사랑이 넘쳐나기를 기대해보았다. 그리고 잠시 눈을 감고 휴식을 취했다.

마지막 영상에 대한 토론만을 남겨두고 있었다. 주임선생님이 교사들을 모두 일으켜 세우더니 두 명씩 짝을 지어 서게 한 후 서로 어깨를 잡고 고개를 90도로 숙이고 허리를 구부려 스트레칭을 하거나 서로 등을 기대고 구부렸다가 폈다가를 하면서 스트레칭을 시켰다. 그렇게라도 잠시 스트레칭을 하고 나니 몸이 시원해졌다. 그리고 다시 앉게 해 긴장감과 피로감을 없애고 다시 토론이 가능할 수 있게 했다. 선생님들이 각 자의 차탁 앞으로 가 정렬을 하고 앉기 시작했다.

"많이 힘들죠?"

"……!"

"허리가 아파요!"

"슬슬 배가 고파지고 있어요."

"이제 마지막 토론만 하면 바로 식사를 할 테니 조금만 참아보도록 하죠. 우리 스스로 토론을 많이 해봐야 유아반 같은 경우 아이들과 함께 프로젝트수업을 할 때 브레인스토밍이 가능해져요. 의견을 내거나 의견을 듣는 모든 태도에 대해 선생님들이 스스로 느껴봐야 지도할 때 아이들이 서로 소통을 할 수 있도록 이끌 수 있는 경험치가 생기고 우리 스스로도 브레인스토밍이 더욱 가능해집니다. 다섯 번째 영상을 가지고 얘기할 교사는 3살 영아반을 맡고 계시는 문희경선생님입니다. 마지막 다섯 번째 영상을 가지고 토론을 이끌어주시기 바랍니다."

주임선생님이 문희경선생님에게 눈빛을 보내자 선생님은 기다렸다는 듯 얘기를 시작했다.

"이번에 다룰 내용은 다들 알고 계시는 해리 할로우 박사님의 원숭이 실험이에요. 실험을 하던 중 엄마와 떨어진 새끼 원숭이가 바닥에 있는 수건에서 떨어지지 않고 집착을 보이는 것을 보고 의문을 갖게 되면서 새끼 원숭이가 왜 수건에 애착을 갖는 것인지 의문을 가진 할로우 박사님은 한 가지 실험을 하게 되는데, 아까 보신 바와 같은 영상이죠. 해리 할로우 박사님은 새끼 원숭이를 엄마와 격리시킵니다. 그리고 본 것처럼 철사에 우유병을 단 철사엄마와 우유병은 없지만 부드럽고 폭신한 융으로 만든 엄마, 두 종류의 새로운 엄마를 제공해줘요. 이 실험이 있기 전까지 이론에 따르면, 새끼 원숭이는 젖을 주는 엄마에게 가야 하죠. 하지만 실험결과는 전혀 달랐어요. 새끼 원숭이는 친엄마와 떨어진 후 불안해했지만 점차 안정을 되찾으며 부드러운 천으로 만든 융엄마에게 애정을 느끼기 시작했어요. 배가 고플 때만 잠시 철사로 만든 엄마에게 가서 젖을 먹고 그 외에는 융으로 만든 엄마에게 붙어 있는 것을 볼 수 있었어요. 새끼 원숭이가 공포를 느끼도록 자극을 주면 안정이 될 때까지 융으로 만든 헝겊엄마에게 붙어있는 것을 볼 수 있었어요. 이 실험을 통해 새끼들이 엄마를 찾는 것은 젖을 먹기 위한 일차적인 기능 때문이 아니라 포근하고 따뜻한 품이 그리워 엄마를 찾는다는 사실이 확인 된 것이죠. 이 실험을 통해 해리 할로우 박사님은 **접촉이 주는 편안함을 사랑의 본질적인 요소**로 파악하게 된 거예요. 설명은 다 했으니 아까 본 영상을 기억하며 의견을 나눠주세요.”

“안녕하세요? 저는 이번에 자작나무반을 맡게 된 신입교사 강은혜입니다. 학교에서 수업시간에 여러 번 본 영상이지만 오늘 다시보고 문희경선생님이 조사한 내용을 들으며 교사로서 무거운 책임감을 느낍니다.”

“어떠한 책임감을 느끼나요?”

주임선생님이 웃으며 물어보았다.

“수업에서 들을 땐 그저 하나의 실험이라고만 느꼈는데 이제 아이들과 함께 하며 혹 교사인 내가 나도 모르게 철사엄마처럼 행동해 아이들이 상처를 받으면 어떻게 하나 걱정되네요. 융으로 만든 엄마처럼 따뜻한 교사가 되려면 무엇을 어떻게 아이들과 소통을 해야 하나 생각해볼 때 너무나 막막하고 교사라는 직업에 대한 막중한 책임감을 느낍니다."

문희경선생님은 강은혜선생님의 말에 함박꽃 같은 미소를 지으며 대답을 했다.

"위의 실험은 안정 애착에 대한 실험이죠. 융처럼 부드럽고 따뜻한 기운을 좋아하는 대부분의 아이들이 젖이 있는 친엄마라도 까칠하면 안정애착은 친엄마보다 융으로 만들어진 가짜엄마에게 생긴다는 실험이에요. 아이들이 엄마를 떨어져 어린이집에 와서 만나게 되는 교사 한 분, 한 분이 아이들에게 따뜻하고 온유한 마음을 가지고 아이들을 보살펴준다면 어렸을 적부터 부모님과 떨어진 아이들일지라도 안정적인 애착을 가지고 자랄 수 있으며 부드러운 사람으로 클 수 있다는 긍정적인 실험입니다. 이 실험을 토대로 아이들에게 좋은 영향력을 주는 봄바람 같은 교사가 되기를 서로 소망해 봅시다."

"봄바람이라 말했는데 특별한 이유라도 있습니까?"

눈빛이 강렬하고 거침없어 보이는 김아연선생님이 또 참지를 못하고 질문을 했다.

"좋은 질문이네요. 봄바람은 꽃을 피우는 따뜻하고 온유한 바람이죠. 현장에 있다 보면 마음을 부드럽게 다잡다가도 까칠한 부모님이나 까칠한 아이들 때문에 교사인 우리도 상처를 받을 때가 있어 봄바람보다는 겨울 삭풍처럼 차가운 마음이 될 때가 제법 있죠. 오늘 본 이 영상을 기억하고 그럴 때마다 삭풍이 아닌 미풍의 좋은 마음의 교사가 되기를 서로 소망해 보아요."

단정하게 앉아 듣고 있던 정샛별선생님이 조용하게 말을 했다.

"제가 학교에서 심리에 대한 공부를 할 때 비행청소년에 대한 가족치료의 예를 들어보면 폭력적이고 가학적인 부모들이 꽤 있어요."

"한긴 친엄마라도 어릴 때 잘못 키워진 분이나 환경이 어려워 성격이 삐뚤어진 분이 엄마가 되면 비정하고 잔혹한 엄마가 되는 거겠죠. 아빠들도 마찬가지고요."

문희경선생님의 말에 같은 3세를 맡으신 윤보영선생님도 결연한 의지로 말을 이었다.

"맞아요. 정말 어떤 부모는 낳기만 하고 자기 아이인데도 불구하고 아이를 돌보지 않는 짐승만도 못한 부모가 있어요. 하지만 오늘 이 실험영상을 통해 전 결심을 했어요. 그런 부모님들의 아이 일수록 더 따뜻하게 양육해 이 세상에 꼭 필요한 어른으로 만들겠다고요."

두 주먹을 불끈 쥐고 힘 있게 말하는 윤보영선생님의 말에 박수가 터졌다.

주임선생님이 앉아서 듣고 있다가 선생님들의 얼굴을 쳐다보며 말을 했다.

"작년 5세를 맡았던 선생님이 남편의 지방발령으로 인해 함께 이사를 가는 바람에 그만둬서 대신 얘기를 하는데 좋은 부모님도 많아요. 올해 6세반으로 올라가는 정유미는 대부분의 선생님이 알다시피 아빠가 미혼부예요. 나이가 어렸던 엄마는 아이를 낳고 바로 아빠와 아이를 두고 떠나버렸다고 했어요. 하지만 유미아빠는 남자인데도 불구하고 유미를 아주 잘 키우고 있죠. 한 예로 견학과 소풍을 갈 때 유미도시락뿐만 아니라 선생님도시락까지 챙겨 보내는 성실하고 다정

한 아빠예요. 선생님의 도시락을 준비해주어서 이런 말을 하는 게
아니라 혼자서도 정성을 다해 자녀를 키우는 분들도 많다는 것을
잊지 말라는 부탁이에요. 무조건적인 편견은 안 돼요. 이 점 유의해
주세요."

"그 정도는 알죠. 주임선생님! 선과악은 늘 존재해요."

"아직 나이가 서른하나밖에 안 되었고, 성실하고 얼굴도 잘생겼죠.
직장도 탄탄한 유미아빠가 얼른 좋은 사람을 만나 유미와 함께 행복
하게 살기를 바라죠."

주임선생님의 말에 갑자기 분위기가 조용해졌다.

"6세면 우리 반 아이네요. 정유미! 궁금하네요?"

웬일로 김아연선생님이 놀란 표정을 하고 낮은 목소리로 천천히
질문을 했다.

"우리들은 모두 알고 있죠. 신입선생님들만 모르죠!"

"괜찮다고 말씀하니까 궁금해서 더 보고 싶네요."

"한 개를 보면 열 개를 안다고 아주 성실한 분이에요. 유미아빠는
우리 어린이집을 신뢰하고 고마워하고 있죠. 이제 유미는 시간연장까
지 하고 늦은 귀가를 하죠. 저녁을 먹고 여수경선생님과 여러 가지
활동을 하다가 가요."

"정유미는 아빠와 친할머니, 친할아버지와 안정애착이 잘 이루어졌
어요."

"한 부모 가정이라도 혼자 키우는 분의 성품이 성실하고 좋으면
아이도 안정적이죠."

"엄마가 없어 안쓰럽지만 아빠가 정신적으로 건강하고 좋아 다행이
네요."

"……!"

잠시 침묵이 흘렀다. 문희경선생님이 주위를 살펴보다가 얘기를 했다.

"안정애착이 어린이들에게 미치는 여러 가지 현상에 대해 얘기를 나누다가 가정폭력에 이어 유미아빠 얘기까지 흘러갔네요. 원숭이들 조차 부드러운 융으로 만든 헝겊엄마를 좋아하는데 하물며 인간으로 태어난 아이들은 더 더욱 부드러운 엄마, 부드러운 선생님을 좋아하겠지요. 규칙을 알려주기 위해 단호함이 때론 필요할 때도 있지만 늘 다정한 마음의 선생님이면 좋겠어요."

선생님들이 모두 고개를 끄덕이고 있었다. 원장님이 교사들의 얘기를 듣고 얼굴을 둘러보신 후 부드러운 목소리로 말을 이었다.

"안정애착이 안 된 아이일수록 탈선 가능성이 많고 문제아동으로 자랄 확률이 많죠. 선생님들이 이 모든 영상을 통해 깨달음을 얻고, 현장은 늘 생각지도 못한 많은 일들로 힘들지만 그럴 때마다 오늘의 시간들을 기억하며 매일 잡초를 뽑고 물을 주는 성실하고 부지런한 농부처럼 아이들을 키워낸다면 훗날 그들은 시대를 이끌어가는 인물들이 될 것입니다."

"원장님! 그건 너무 거창한 것 아닌가요?"

김아연선생님이 또 거침없이 말했다. 에고, 아직 신입인데 원장님께 저런 대 실수를…… 일은 추진력 있게 할지 모르겠지만 보육교사를 하기엔 좀 거칠었다.

"그럴지도 모르지만 거시적인 안목에서 그렇다는 말이에요."

원장님은 화 대신 웃으며 부드러운 음성으로 대답을 했다. 내가 한 행동도 아닌데 심장이 쿵쿵거리다 못해 밖으로 튀어나오는 것 같았다.

"눈에 보이지 않지만 우리들의 작은 수고가 이 땅의 아이들을 시대에 필요한 귀한 아이들로 만들 수 있는 엄청난 일이 될 것입니다. 모두 이 엄청난 사명을 일 년 동안 잘 이루어내기를 바라는 마음으로 서로에게 힘찬 응원의 박수를 치며 마치겠습니다."

3년 경력을 가진 나였지만 신입교사 오리엔테이션을 통해 다시 많은 것을 깨닫게 되었다. 그냥 아이들이 마냥 좋아 유아교육을 전공했는데 오리엔테이션을 시작하며 들었던 「사명」이라는 노래처럼 이토록 대단한 일을 하는 것이 우리들의 몫인가? 사명이란 단어를 다시 한 번 생각하게 됐다.

나는 1년 동안 잘 해내리라 생각하며 내 손으로 내 어깨를 토닥여 주었다.

*대한민국 어린이 헌장 -위키백과 참조

5. 푸짐한 밥상에서 우러나는 사랑 만 사발

7세 누리보조 신입교사 이지연선생님

조리실 바로 앞에 있는 교실은 7세 물푸레나무반이다. 물푸레나무반에 차려 놓은 저녁식사를 보고 신입교사 다섯 명은 정말 깜짝 놀랐다. 아이들이 활동하는 앉은뱅이책상을 길게 붙여서 하얀 전지를 깔고 상을 차려 놓았는데 완전 생일상인 줄 알았다. 반으로 잘라 속을 다 파낸 파인애플에 하와이안 볶음밥이 멋지고도 맛있게 담겨져 있었다. 네모난 접시엔 중국식 꽃빵이 담겼고 옆에 부추와 고추를 함께 볶은 소불고기가 있었다. 색색의 채소가 투명하게 보이는 월남쌈은 커다랗고 둥근 접시에 공작새의 깃털처럼 펼쳐져 있었다. 딸기 쨈을 다 먹고 깨끗하게 씻은 유리병에 노란색 후레이지아가 식탁의 중앙에 턱하니 자리를 잡고 향기를 풍기고 있었다. 김치와 세 가지의 나물반찬도 작은 옹기그릇에 담겨 있었다. 너무나 잘 차려진 식탁을 보며 지난 24년 사는 동안 생일에도 이런 밥상을 받아보지 못했던 나를 기억해냈다. 엄마의 음식솜씨가 '꽝'인 탓도 있었지만 그래도 이런 밥상은 처음인 듯했다. "세상에~" 탄성이 절로 나왔다. 담당조리사 정순영선생님과 부조리사 김보람선생님은 교사들을 위해 일 년에 한 번 교사 오리엔테이션 시간을 통해 특별히 멋과 맛을 책임지신다고 했다. 식탁 위를 보자 눈이 휘둥그레져서 교사들이 탄성을 질렀다.

정성이 듬뿍 담긴 저녁식탁이었다.

우리는 오리엔테이션 시간에 원장님이 준비한 녹차 맛을 보며 들었던 말처럼 정성을 다해 잘 차려진 식탁의 음식을 보며 색깔에 반하여 눈으로 먼저 먹었다. 파인애플과 땅콩소스, 여기 저기 음식에서 나는 참기름 향을 맡으며 코로도 먹었다. 드디어 참았던 마음을 무장해제하고 수저와 젓가락을 들고 입으로도 먹었다. 꽃빵을 들고 그 위에 고추와 부추를 넣어 볶은 소고기를 얹어 먹으니 먹는다는 것은 참 행복한 일이었다. 새우와 파프리카를 넣어 색이 화려한 볶음밥은 파인애플향이 살짝 나 입맛을 돋우었다. 월남 쌈을 찍어 먹는 땅콩 소스는 정말 너무 기가 막힌 맛이었다. 일반적으로 시중에서 파는 맛하고는 차원이 달랐다. 모든 음식이 너무 맛있었다. 최고의 요리였다.

저녁식사를 하면서 우리 어린이집 아이들은 정말 맛있는 음식을 먹었겠구나 하는 생각이 들었다. 음식의 양도 중요하지만 우선 질적으로 정성이 듬뿍 들어간 음식이었다. 하나를 보면 열 가지를 아는 법. 뉴스에서 나오던 개밥, 돼지꿀꿀이죽 등 여러 가지 걱정들이 순식간에 사라지는 순간이었다. 더 놀란 사실은 오늘 식사의 레시피와 재료를 교사 분들 중 나이가 가장 많으신 시간연장 담당이신 여수경선생님이 젊은 교사들을 섬기고 싶어서 개인적으로 사비를 털어 준비했다는 것이다. 왜? 개인이 이렇게 많은 교사의 식사비용을? 무언가 독특한 어린이집이라고 생각했지만 사람이란 게 맛있는 음식을 먹으니 뱃속에서도 무한 긍정의 힘이 나왔다.

아이들을 지도하는 교사로도 선배님이고 인생을 산 것으로도 선배님들이신 분들의 멋진 인생패턴을 믿고 그냥 따르기로 했다. 식사비를 내신 분, 정성껏 요리를 해주신 분, 이렇게 훌륭한 밥상을 준비한 분들이라면 좋은 선배님들이 맞는다는 생각이 들었다. 맛있는 음식 앞에서 자꾸 웃음이 났다. 아까 영상을 보고 난 후 이야기를 나눌 때 입을 꼭 다물고 있던 신입교사 동기들도 지금 이 시간만큼은 입을 쩍쩍 벌리며 음식들을 열심히 먹고 있었다. 푸짐한 밥상에서 사랑만 사발을 먹자 기쁨이 흘러넘쳤다.

역시 먹는 일은 아주 중요하다.

금강산도 식후경이라는 속담처럼 아무리 좋은 것, 재미있는 일이 있더라도 배가 부르고 난 뒤에야 좋은 줄 안다. 즉 먹지 않고는 좋은 줄 모른다는 뜻이다.

그러니 우리 모두 냠냠 맛있게 먹자.

6. 각자의 성품으로 어린이집 일 년 행사를 치러요

4세 조팝꽃반 신입교사 서푸름선생님

암막 자바라를 올리니 유리로 만들어진 유희실 안으로 휘영청 달빛이 그대로 들어왔다. 멀리 보이는 서해바다는 다시 들어 온 밀물로 인하여 갯벌은 보이지 않고 깊은 바다처럼 웅숭깊은 표정이 되어 휘영청 달빛과 별빛을 받아들이고 있었다. 나는 식사를 마치고 커피 한 잔을 들고 미리 유희실로 내려왔다. 불을 켜지 않은 유희실은 서해바다를 잘 볼 수 있게 해주었다. 둥글게 돌아서 서해바다가 보이는 반대편에 서면 그곳에서는 옥구공원이 보였다. 유리로 만들어진 둥근 유희실에서 보이는 풍경은 돈 주고도 사지 못할 너무나 아름다운 풍경이었다. 어린이집의 주변 환경으로 인해 정이 들기 시작했다.

식사를 마치고 잠시 자유 시간을 보낸 모든 선생님들이 다시 한 분씩 유희실로 내려왔다. 유희실은 아이들이 국악수업을 하고, 발레를 배우고, 악기를 다루고, 부모님들에게는 세 달에 한 번 부모교육을 시키는 어린이집에서 가장 넓은 공간이라고 했다.

이 시간에는 원장님 주관으로 행동 유형에 대해 검사를 한다고 했다. 나누어 주신 DISC행동 유형 검사지 프린트에는 이렇게 쓰여 있었다. -DISC란? 한 사람의 선천적인 자질과도 물론 연관이 있지만 그 사람의 본성 자체를 파악하는 것이라기보다는 어떤 특정한 상황이 놓여있을 때 그 사람이 어떤 행동 유형으로 반응하고 어떤 형태의 태도를 취하는 가에 대한 것이다. 목표로는 자신의 행동유형과 강점을 발견하고 이를 활용할 수 있다. 타인의 행동을 이해하고 효과적으로 다른 사람과 상호작용을 할 수 있다. 자신에게 맞는 갈등관리, 대인관계 유지방법이나 학습방법을 발견할 수 있다.- 라고 적혀있었다.

원장님을 중심으로 둥글게 앉았다. 커다란 원을 만들어 모두 앉게 하고 설문지를 나누기 위해 세고 계실 때 궁금증이 생긴 나는 옆에 앉은 박광선선생님에게 작은 목소리로 질문을 했다.
"박광선선생님! 유형을 알게 되면 무엇을 하려고 이렇게 하는 걸까요?"
"확실히 모르지만 어린이집의 세부적인 일을 나눌 때 같은 유형의 선생님들끼리 뭉치거나 일의 성격에 따라 그것에 맞는 유형으로 일을 분담하게 되지 않을까!"
"아~~ 그렇구나. 진짜 대단하다."
원장님이 설문지를 돌리면서 이야기를 했다.
"먼저 받으신 분은 눈으로 한 번 읽어보세요."
설문지와 볼펜이 각 선생님들에게 돌려진 것을 확인한 후 다시 말을 이어갔다.
"DISC의 행동 유형의 이해에 대해 먼저 말하겠어요. DISC는 인간의 성격을 구성하는 핵심적인 4개 요소로서 Dominance, Influence, Steadiness, Conscientiousness의 약자예요. 일반적으로 사람들은 태어나서, 성장하여, 현재에 이르기까지, 나름대로 독특한 동기요인에 의해 선택적인 일정한 방식으로 행동을 취하게 된다고 합니다. 그것은 하나의 경향성을 이루게 되어 자신이 일하고 있거나, 생활하고 있는 환경에서, 아주 편안한 상태로 자연스럽게 그런 행동을 하게 된다고 하는데요. 우리는 그것을 행동패턴, 또는 행동스타일이라고 해요. 사람들이 이렇게 행동경향성을 보이는 것에 1928년 미국의 콜롬비아 대학 심리학교수인 William Marston박사는 독자적인 행동유형 모델을 만들어 설명하고 있죠. Marston박사에 의하면 인간은 환경을 어떻게 인식하고 또 그 환경 속에서 자기 개인의 힘을 어떻게 인식하느냐에 따라 4가지 형태로 행동하게 된다고 해요. 이러한 인식을 축으로 한 인간의 행동을 Marston박사는 각 각 주도형, 사교형, 안전형, 신중형 즉 DISC행동유형이라고 부르고 있어요."

그리고 쭉 둘러보시다가 강은혜선생님을 쳐다보았다.

"Dominance주도형에 대해 새로 들어 온 강은혜선생님이 읽어주세요?"

멍 때리고 있던 강은혜선생님은 화들짝 놀라며 프린터를 자세히 쳐다보며 읽기 시작했다. 모두 고개를 숙이고 귀로는 강은혜선생님의 목소리를 눈으로는 프린터에 쓰여 있는 글을 쳐다보았다.

"주도형의 일반적 특징은 경쟁적, 추진적, 논리적, 독립적이며 의지가 강하고 모험하는 것을 즐깁니다. 강점으로는 위험부담을 힘들어하지 않고, 목표 지향적이며 빠르게 행동하고 조직적입니다. 약점으로는 쉽게 화를 내고 논쟁적이며 참을성이 없어 분노하고 이런 행동으로 인해 예의가 없어 보입니다. 남에게 이용당하는 것을 두려워하고 이런 유형이 성공을 하려면 감정조절이 필요하고 삶의 우선순위를 바꾸어야합니다."

　"다음 Influence사교형에 대해 신입교사 김아연선생님이 읽어주세요."
　"사교형의 일반적 특징은 자발적, 열정적, 관계 중심적입니다. 강점으로는 화려한 언어의 마술사이며 감정이 풍부해 표현력이 많습니다. 이로 인해 인기가 많고 사람을 좋아하며 무대체질입니다. 약점은 꼼꼼하지 않고 변덕스러우며 원칙을 중요하게 생각하지 않습니다. 의지가 약하고 무대의 중심에 서기를 좋아합니다. 거절당하는 것을 가장 두렵게 생각하지만 이 유형이 성공하려면 반대로 자기 자신이 거절하는 법도 필요합니다."
　"다음 Steadiness안정형에 대해 신입교사 정샛별선생님이 읽어주세요."
　마음의 준비를 하고 있었는지 바로 정샛별선생님의 편안한 목소리가 들려왔다.
　"안정형의 일반적 특징은 남의 말을 잘 경청하며 감정을 숨기고 보수적입니다. 동정심이 많지만 어떤 면에서는 소유욕이 강합니다. 변화를 거부하는 면이 있습니다. 이 유형의 강점은 신뢰할 만하고 남의 말을 잘 들어주며 동정심이 깊고 사교적입니다. 하지만 약점으로는 신속한 결정을 내리지 못하고 우유부단하고 게으름이 있고 열정적이지 않으며 압박을 싫어합니다. 안정을 잃어버리는 것을 가장 두려워하고 이 유형이 성공하려면 새로운 것에 도전하는 것이 필요하고 열정이 필요합니다."

나는 계속 되는 신입교사의 이름으로 인해 침을 꿀꺽 삼켰다. 읽을 내용이 하나 남았다. 나는 목소리를 가다듬고 신중형……하고 생각하고 있을 때 소리가 들렸다.

"이제 Conscientiousness신중형 하나 남았군요. 이것은 신입교사 서푸름선생님이 읽어주시기 바랍니다."

"신중형의 일반적 특징으로는 완벽주의자이며 신중하고 생각이 많습니다. 강점으로는 목표가 높고 신중하며 논쟁을 좋아하는 사색가입니다. 여러모로 철저한 면도 많지만 헌신적이고 희생적입니다. 약점으로는 완벽해야하기 때문에 움직임이 쉽지 않으며 또 이해가 되지 않으면 움직이지 않습니다. 여러 면에서 만족이 없으며 부정적입니다. 상처를 받으면 복수심이 강해집니다. 비난과 조롱받는 것을 가장 두려워하고 이 유형이 성공하려면 좀 더 감정표현을 하고 자신의 의견을 말해야 합니다."

'오호호호 별것도 아닌데 이렇게 떨릴 줄이야.'

나는 다 읽고 나서 손을 가슴에 대고 심호흡을 했다.

다시 원장님의 목소리가 들려왔다.

"각 유형에 대해 잘 들었을 줄 압니다. 자! 이제부터 제한 시간동안 40가지 문항에 체크를 하세요. 1번에서 40번 까지 체크를 하되 우선 1번 문제를 한 번 같이 풀어보도록 하겠어요. 1번에 나온 단어는 순서적으로 A-모험적인, B-활기찬, C-순응하는, D-분석적인 이라고 나와 있죠. 나온 4개의 단어 중 가장 자신과 적합한 순서대로 적어넣으시면 되요. 예를 들자면 나는 1번에 나온 활기찬 단어가 가장 나와 적합하고 그다음은 분석적인이고 그다음은 모험적인이고 마지막이 순응하는 것이라 생각될 경우 1번의 문항에는 B, D, A, C, 순으로 적어 넣으세요. 이렇게 자기와 성향이 같은 단어를 우선 순으로 적어 40개의 문항을 체크하세요. 자! 시~~~~작!~"

시작 소리와 함께 다들 문항을 체크하느라 조용해졌다. 아주 긴 시간은 아니었지만 숨소리조차 들리지 않았다. 어느새 40개의 문항에 체크를 다 했는지 조금씩 소란스러워지기 시작했다. 나는 마음이 급해졌다. 아직도 7개의 문항이 남아있었다.

"아직 다 풀지 못한 교사가 있으니 조금 조용히 해 주세요. 10분 후에 마치겠어요. 자기 유형을 알아보도록 해요."

다시 조용해졌다. 나는 급하게 7개의 문항을 풀어나갔다. 40개의 문항을 다 풀어내자 마음이 놓였다. 고개를 돌리고 같은 신입교사들을 쳐다보았다. 다들 풀었는지 볼펜은 놓고 행동 유형 검사용지를 다시 살펴보고 있었다.

"이제 다 풀었죠! A줄은 주도형. B줄은 사교형. C줄은 안정형. D줄은 신중형이에요. 각 각 우선순위로 가장 많이 나온 알파벳과 그다음 순위로 나온 알파벳을 정리하여 줄마다 몇 개씩 나왔는지 셈을 하세요."

다시 교사들은 엎드려서 각 자 검사지의 우선순위로 나온 알파벳을 세어보기 시작했다. 나도 엎드려서 세어 본 결과 A와 C줄에 나와 있던 단어들을 첫 번째 칸에 가장 많이 적어 넣었다. 그러니까 나는 경쟁적이고 추진적이며, 논리적이고 독립적이라 의지가 강하고 모험하는 것을 즐기는 주도형 인간과 남의 말을 잘 경청하며 감정을 숨기고 보수적이며 동정심이 많지만 어떤 면에서는 소유욕이 강한, 안정형 인간이 반반씩 섞여 있었다. 안정형보다 주도형을 한 문제 더 맞추어 주도형 인간이 되었다.

"이제부터 자기 유형을 알았으니 4팀으로 나누어 앉아보시기 바랍니다."

선생님들은 자리에서 일어나 같은 유형대로 나뉘어 4팀으로 앉았다. 원장님이 계신 신중형에는 원장님과 달맞이꽃반 여수경선생님이었다. 나이가 많아 신중한 걸까! 주임선생님이신 곽세영선생님이 있는 주도형에는 떡갈나무반 김아연선생님과 함박꽃반 문희경선생님, 나까지 4명이었다. 목련꽃반 윤보영선생님이 계신 사교형에는 물푸레나무반 박소연선생님과 조나영선생님, 박광선선생님, 정샛별선생님 통합교사 세분이 모두 그 유형에 있었고 누리보조 이지연선생님, 부조리사 김보람선생님까지 총 7명이나 되었다. 어린이집 교사이다 보니 반짝반짝 빛나는 성격을 가진 사교형이 가장 많이 나온 것 같았다. 그리고 나머지 자작나무반 강은혜선생님, 조리사 정순영선생님과 공익근무요원으로 근무하는 최동우군까지 총 3명은 안정형이었다.

각 각 4팀으로 나누어 앉아 팀끼리 대화를 나누라고 약 30분간 시간을 주었다. 원장님과 여수경선생님은 매트 한쪽에 앉아 조용하게 얘기를 나누기 시작했다. 안정형 팀은 유일한 남자인 공익근무요원의 웃음소리만 간혹 크게 들렸다. 원래 공익근무요원은 6시에 퇴근인데 신입교사 오리엔테이션에 같이 참가하고 싶다고 해 끼어주었다고 했다. 웃음소리와 함께 가장 목청이 높고 시끄러운 팀은 역시 사교형 팀으로 7명이 앉아서 얘기를 나누다보니 아주 시끌벅적했다.

내가 있는 주도형에는 주임선생님이 가장 먼저 얘기를 시작했다.

"여기서 내가 가장 연장자는 아니지만 내 소개를 먼저 할게요. 아시다시피 나는 주임이고 나이는 32살입니다. 서푸름선생님과 함께 4세를 맡은 이팝꽃반 선생님이에요. 우리 주도형은 모험심이나 새로운 것에 대한 두려움이 없는 성격들이라 행사나 대회준비를 우리가 주로 할 거예요. 어머님들에 대한 두려움도 다른 선생님들에 비해 없으니 겁이 많고 마음 약한 선생님들 대신 나서서 도와주면 되죠."

"반가워요. 나는 3세 함박꽃반 문희경입니다. 나이는 37살! 말을 조리 있게 하는 편이죠. 아마도 1학기와 2학기 각 각 학기 중에 부모님들과 면담을 시작할거에요. 전, 선생님들의 스피치교육을 담당할 거예요. 그리고 레크레이션 자격증도 있어서 운동회나 체육에 관계된 행사를 주도적으로 이끌 수 있죠."

"안녕하세요. 저는 신입교사 서푸름입니다. 주임선생님 옆 반이고 조팝꽃반 4살을 맡았습니다. 나이는 27세이고 다른 어린이집에서도 4살을 3년 맡아서 보육을 했습니다. 이곳은 제가 다니던 어린이집과 많이 다른 것 같습니다. 열심히 배우면서 일하겠습니다. 아참 저는 풍선아트 자격증이 있어요. 생일잔치나 행사에 도움이 되었으면 합니다."

"안녕하세요? 저도 신입교사입니다. 이번에 6세 떡갈나무반를 맡게 된 김아연입니다. 저는 독서지도와 아동미술 자격증을 땄어요. 아이들에게 도움이 되었으면 합니다. 6세 아이들 17명을 잘 통솔할 수 있을지 걱정입니다. 잘 부탁드립니다."

옆에 앉아 있던 문희경선생님이 김아연선생님의 등을 쓰다듬으며 말했다.

"아까 보니까~ 원장님이 준비해놓은 녹차도 열심히 마시고, 다른 사람 눈치도 잘 보지 않던데 그 정도면 그 용감함으로, 어린이집에서 떡깔나무반 아이들도 많이 사랑하고, 행사도 잘 치러내면 되는 거예요. 부탁은 우리가 해야 할 것 같은데……안 그래요, 주임선생님!"

문희경선생님의 말에 주임선생님이 뭔가 생각 난 듯 웃으며 김아연선생님을 쳐다봤다.

"아까 목이 많이 말랐어요? 연거푸 여러 잔의 차를 마시던데? 그 녹차 맛있죠? 오리엔테이션이나 특별행사 때 원장님 개인적으로 준비해 주시는 거예요. 우리가 마신 녹차는'명전'이라고 보통 왕의 녹차라고 하죠. 녹차가격이 우리의 상상을 넘어요. 사실 우린 더 마시고 싶었지만 참았죠. 원장님이 준비하신 녹차의 가격을 알았으니까요. 그리고 저녁식사로 스페셜 요리가 준비되어 많이 마시면 식사 못할까봐! 하하하!"

문희경선생님이 웃으며 대답을 대신 했다.

"아무것도 모를 때 뭐든지 용감하죠! 그래도 다들 세 잔 이상씩 마셨어요."

옆에 앉아 얘기를 듣고 있던 나는 나도 모르게 고개를 끄덕거렸다.

"제가 너무 눈치가 없었나 봐요. 그런데 제가 그동안 마셨던 녹차 맛과 너무 달라 그만, 아무튼 약간 달달하면서도 고소했어요. 그런데 앞으로 우리는 무슨 행사를 하나요?"

얼른 화제를 돌리고 싶었는지 김아연선생님은 행사에 대한 질문을 하며 주임선생님의 얼굴을 쳐다보았다. 행사라는 말이 나오자 나도 모르게 긴장이 되었다. 어린이집은 보육, 서류, 다음이 행사였다. 행사를 준비하고 서류를 해내느라 출근을 하지 않는 주말에도 집에서 밀린 서류 일을 하는 경우가 많아 주말이 없기가 허다했다.

주임선생님이 문희경선생님을 툭 치며 얘기 하라는 시늉을 했다.

"음 그러니까 여러 가지 행사들이 있지만 우선 당장 신입생 어머님들의 오리엔테이션, 입학식, 봄에는 영아반과 유아반의 봄 소풍, 아빠와 함께하는 갯벌체험이 있을 예정이고 여름에는 별밤지기 캠프, 물놀이, 삼겹살파티가 있고 가을에는 가을 소풍, 6,7세 우주 탐험 천문대 방문, 별빛 달빛 운동회가 있고 겨울에는 졸업반의 졸업기차여행과 파자마파티가 있고 산타행사, 추석에는 송편을 설날을 앞두고는 고유명절 세시풍속알기, 눈썰매장, 졸업식 및 수료식 이렇게 하면 일년의 기본행사이고 각 반별 견학이나 지역사회탐방이나 역사탐방 같은 소규모행사들이 있어요. 작년과 비교해서 추가되거나 삭제되기도 해요. 전체 프로젝트수업은 색으로 노랑, 초록, 보라, 빨강, 파랑 등으로 매 달 하고 5, 6, 7세는 각 반 별 프로젝트를 따로 만들어야 할 거예요."

떡갈나무 김아연선생님의 눈이 거의 왕방울이 되었다. 나도 놀라서 잠시 말을 하지 못했다.

"세상에!…… 그럼 거의 한 달에 두 번 이상의 행사가 있네요?"

그러자 옆에서 듣고만 있던 문희경선생님이 김아연선생님의 등을 툭 치며 말을 했다.

"왜이래! 아마추어같이, 이제 당신은 오늘부로 진정한 교사가 된 거야! 6세는 영아반과 달리 더 많은 견학과 탐방이 있어! 봄, 가을 프로젝트수업을 하려면 정신 바짝 차려야 해. 일 년에 4번하는 부모교육도 우리가 준비해야 하는 경우도 많아. 또 대학에서 실습생들을 보내면 그들을 교육시켜야하고 평가인증이 있는 해엔 그냥 올 한 해는 죽었구나!~ 생각하면 되는 거야. 하기야 아직은 2급 선생들이니 실습교사들 교사일지는 챙기지 않아도 되겠구먼."

떡갈나무 김아연선생님 뿐 아니라 나도 놀라서 겁을 집어먹은 표정이 되었다.

'여기는 시립이라 특별하게 행사와 프로젝트를 많이 하는 구나'라고 생각했다.

"문희경선생님! 아직 시작도 안했는데 겁을 그렇게 주면 하고 싶은 맘이 생기겠어. 행사보다 서류는 더 많아! 김아연선생. 크크크 눈 커진 것 봐 완전 놀란 토끼눈이네. 크크크크……"

갑자기 김아연선생님은 나를 붙잡고 안으며 속삭이듯 얘기를 했다.

"서푸름선생님! 주임선생님의 저 웃음소리는 또 뭡니까? 행사가 이렇게 많을 줄이야. 행사 준비하면서 아이들 교육은 언제 시킵니까? 여기도 열정페이 이러면서 늦은 밤까지 마구 혹사시키는 거 아닐까요? 어떡해? 무서워요!"

"김아연선생님! 사실 저도 무서워졌어요!"

김아연선생님의 목소리가 너무 컸는지 우르르 신입교사들이 우리 곁으로 몰려왔다. 그런 모습을 보고 기존에 계시던 선생님들이 박장대소를 터트렸다. 기겁을 하는 우리들 행동이 엄청 웃기게 보였나보다.

때마침 원장님의 목소리가 들려왔다.

"이제 각 팀들끼리의 대화를 정리하고 마무리해주세요."

잠깐이었지만 소란하게 떠들며 이야기를 나누던 신입들과 웃고 있던 선생님들이 일사분란하게 정리를 했다.

"일 년 행사에 대한 안내 및 각 행사를 진행시킬 담당선생님에 대한 것은 주임선생님과 함께 오늘 나온 여러 선생님들의 유형에 따라 적절하게 나눈 뒤 내일 아침 식사 이후에 알려드리겠습니다. 모두 궁금하겠지만 정리해서 나올 때까지 기다려주고 시간이 많이 흐른 관계로 오늘은 여기까지 진행을 하겠어요."

"잠은 어떻게 자야 하나요? 김아연선생님이 용감하게 질문을 했다.

"지난번에 설문조사 결과 오늘 잠은 각 각 나이별로 자고 싶다고 해 20대 선생님들은 7세반에서 자고, 30대 선생님들은 6세반에서 자고, 40대 이상 선생님들은 5세반에서 잡시다. 각 반에 있는 아이들 화장실과 1,2층 교사화장실에서 씻고 각 반에서 모인 선생님들끼리 찐한 대화를 나누며 멋진 추억을 만들 길 바라요!~"

"20대는 간단히 맥주파티를 하고 싶습니다."김아연선생님이 또 용감하게 말을 했다.

"30대도 필요합니다. 소맥?"소주랑! 맥주랑! 나는 속으로 깜짝 놀랐다.

"약간의 간식은 조리실에 준비해 두었으나 조리실 선생님들도 쉬셔야하니 지금부터는 조리실에 있는 그릇, 컵, 수저 사용 시 설거지필수. 조리실 깨끗하게 사용. 너무 새벽까지 이야기꽃을 피우면 내일 남아 있는 일정에 피곤하니 적절하게!……"

"알겠습니다."

이미 이런 과정을 알고 있는 선배선생님들이 씩씩하게 대답했다.

"각 반으로 헤어지기 전 새로 들어 온 교사들도 있고 오늘 서로 수고 했다는 의미로 옆에 있는 동료와 한 번씩 Hug를 하고 헤어집시다. 덕담을 해줘도 좋아요."

원장님이 먼저 옆에 여수경선생님을 안아주었다. 각 선생님들이 서로 서로 안아주면서 일 년 동안 또 열심히 살아보자는 덕담을 했다. 누군가 나를 와락 껴안았다.

"서푸름선생님! 놀란 토끼눈 하지 말고 옆 반이지만 4세 아이들 나와 함께 많이 사랑하고 서로 도웁시다."

언제 왔는지 주임선생님이 나를 안아주며 말을 했다.

갑자기 눈물이 핑 돌았다. 신입이지만 나이가 많아 괜히 주눅 들었는데 먼저 와 나를 힘 있게 안아주니 주임선생님 곁에서 열심히 하며 많이 배워야겠다는 다부진 생각이 들었다. 언제 내 옆으로 오셨는지 원장선생님도 덕담을 하며 나를 안고 내 등을 토닥거려주었다.

"올 한 해 주임선생님과 함께 4살 아이들을 잘 부탁합니다."

결국은 옆에 있던 선생님뿐만 아니라 16명의 선생님들 모두 서로서로 안으며 덕담을 했다. 아마도 이것은 자작나무 숲 어린이집의 미풍양속인 것 같았다. 처음엔 어색했지만 뭐 기분은 좋았다. 누군가를 안자 마음이 따뜻해졌다. 누군가에게 안기면서 행복해졌다. 많은 행사와 더 많은 서류, 이미 겪어서 알고 있는 보육의 어려움 때문에 불편하고 두려웠던 마음이 편안해지기 시작했다. 아주 특별한 어린이집이었다.

창밖으로 보이는 옥구공원과 서해바다도 더욱 푸근하게 보였다. 휘영청 뜬 달님이 우리를 지켜보고 있었다. 나는 달님을 향해 웃어주었다.

*cafe.daum.net/happychurch8299/mxMx/37 DISC 행동유형검사와 검사지

7. 나의 아버지 나의 조국

공익근무요원 최동우

    나는 우리 집 삼형제중 가장 막내둥이 셋째아들이다.

    아버지는 외과의사이고 어머니는 간호사셨다. 내가 자란 곳은 대한민국이 아니고 지구촌 곳곳까지는 아니지만 22살의 인생에 지구촌의 7개의 나라에서 살아봤다.

    아버지는 늘 말씀했다. 대한민국은 6,25전쟁에서 지구촌에서 도움을 가장 많이 받은 나라라고 말씀했다. 참전국 16개 나라, 의료지원국 5개 나라, 물자지원국 39개나라, 물자지원 의사표명국 3개나라 총 63개의 나라에서 도움을 받아서 지금의 대한민국이 되었다고 했다. 아버지는 이 감사함을 본인이라도 갚아야 한다며 간호대학을 다니던 어머니를 꼬였다고 했다. 어머니는 아버지의 세상에 대한 철학, 인간에 대한 감사를 존경했고 그 존경심을 가지고 결혼을 한 후 아버지와 함께 의술을 펼칠 어려운 나라들을 향해 갔다고 했다. 엘살바도르, 자메이카, 우루과이, 칠레, 온두라스, 코스타리카, 파라과이의 나라에서 아버지는 환자들을 돌보았다. 그러면서도 아버지는 우리 삼형

제가 모두 대한민국에 가서 병역의무를 반드시 하고 오라고 했다. 두 형들은 육군 군인의 병역의무를 마치고 아버지가 현재 계시는 파라과이에서 아버지와 함께 의사로 일을 하고 있다. 나 역시 아버지의 바람대로 병역의무를 위해 한국으로 왔고 두 형님들이 육군 보병이었기에 세 번째로 온 나는 공익근무요원으로 처리되었다.

친할아버지와 친할머니, 큰고모가 계시는 경기도 시흥시로 발령이 났다. 처음에는 시청으로 파견이 되어 시청의 일을 보다가 다시 시흥시에서 운영하는 시립의 한 어린이집으로 발령이 났는데 바로 자작나무숲어린이집이었다. 매 달 첫날에는 어린이집에서 있다가 오후에 시청으로 모여 교육을 받지만 나머지 날은 모두 어린이집으로 직접 출퇴근을 했다. 물론 출근시간과 퇴근시간을 기록하고 하루의 일과를 보고서 형식으로 준비했다가 제출해야한다. 한국어가 부족해 선생님들의 도움을 받았다.

아버지가 병원을 하시는 파라과이의 바닷가는 참 아름답다. 파라과이도 많이 발전을 해서 지금 살기 좋지만 아버지의 나라에 와보니 대한민국만큼 좋지는 않은 것 같다. 일단 한국은 물이 너무 좋다. 수돗물을 그냥 마셔도 될 만큼 깨끗하고 좋다. 다만 아쉬운 점이 있다면 정작 대한민국에 살고 있는 분들은 이 사실을 잘 모르는 것 같다. 물이 정말 부드러워 씻을 때도 설거지를 할 때도 좋다는 점을 스스로 모른다는 것이다. 가끔 대한민국사람들이 안타깝다. 저 좋은 물을 또 정수를 해서 마신다. 아버지의 대한민국은 깔끔하고 깨끗한 나라라는 생각이 든다.

처음 이곳으로 온 날 자작나무숲어린이집 원장님과 상담을 하면서 나의 환경에 대해 충분히 이야기를 나누었다. 병역의무로 하는 공익 근무요원으로 이곳에서 활동을 하는 동안 집에서만 사용하던 모국어인 한글을 좀 더 배우고 싶다고 말씀을 드렸다. 그리고 한국의 문화와 한국의 정서에 대해 많은 것을 배우고 싶다고도 말했다. 원장님은 시간이 허락하는 데로 어린이집의 모든 행사에 참여하면서 말도 많이 알게 되고 한국을 많이 찾아 읽어서 좋은 점은 배우고 가라는 훈훈한 말씀을 해주었다.

나는 지금 대한민국을 배우는 중이다. 아버지의 나라가 좋다. 형님들처럼 병역의 의무를 마치고 아버지의 뜻을 따라 나도 지구촌에 꼭 필요한 사람이 되고 싶다. 이 글을 같이 정리해 준 서푸름선생님에게 감사를 전한다.

2장

봄

저것 좀 봐
황토색 땅바닥 위
아지랑이가 아롱아롱
꽃처럼 피어나네

1. 한 땀 한 땀 수를 놓듯 소중한 시간

3세 함박꽃반 교사 문희경선생님

봄방학을 이용하여 환경정리를 하는 이 시간은 어쩜 일 년 동안 아이들과 함께 있을 교실을 최대한 아름답고 청결하게 꾸미는 시간이다. 스마트폰과 텔레비전에 노출된 아이들은 아주 어린 시절부터 지나치게 강렬한 색상들을 보며 자란다. 이를 염려한 원장님은 교실 환경에 대해 신경을 많이 쓰셨다. 많은 고민을 한 후 10년 전부터 목련이나 함박꽃의 흰빛을 닮은 광목을 이용하여 환경 판을 만들고 나뭇잎이나 야생초들의 색상인 풀색으로 테두리를 하게 했다. 물론 종이 대신 모두 천으로 말이다.

자연을 닮은 색을 많이 사용해 아이들이 교실에 앉아 있어도 자연 속에 있는 것처럼 느낄 수 있게 환경정리를 하라는 지시를 하셨다. 아이들이 앉아 놀이하는 책상조차 미리 말려 놓은 들꽃들을 한지 위에 디스플레이하게 하고 아스테이트 투명 비닐로 책상을 감싸게 했다. 또 버려진 나뭇가지를 주어다가 깨끗하게 세척하여 말린 후 과일을 달아서 장식하기도 했는데 특히 레몬을 얇게 썰어두었다가 바람에 말려 낚싯줄에 꿰여 나뭇가지에 주렁주렁 달기도 했다. 레몬만으로는 조금 심심해서 낚싯줄 중간엔 말려서 납작해진 국화 두 송이를 등을 마주보게 붙여 눈으로 보기에 아름답고 코로도 향기로울 수 있게 모빌을 만들기도 했다. 또 견과류인 딱딱한 땅콩껍질에 눈알을 달고 모자를 씌우고 오목하게 들어간 부분에 리본을 달아서 귀여운 인형모빌을 만들어 놓기도 했고 날개와 더듬이를 붙여서 나비나 잠자리를 표현하기도 했다.

나와 윤보영선생님은 바느질은 서툴지만 여러 가지 색의 천으로 각각의 색상에 맞게 달이나 별, 구름, 혹은 하트모양의 모빌을 만들기도 했다. 속에는 작은 물방울 모양의 솜으로 채워서 원래의 모양대로 부풀려서 나뭇가지에 매달아 놓았다. 아이들은 모빌이 바람이 흔들리는 것을 보면서"별, 달, 구름, 하트"라고 말을 했다. 어린 영아반일수록 부드럽게 보이는 천을 사용하여 모빌을 만들어 아이들과 언어 소통을 했다.

미술을 전공하신 여수경선생님은 바느질과 염색을 특별하게 잘하셨는데 광목에다가 마시고 난 찌꺼기 커피를 사용하여 염색을 자주했다. 연한 브라운색의 천으로 아기 곰도 만들어주시고 아가 양도 만들어주셨다. 흰 광목천으로는 예쁜 토끼를 만들었다. 솜씨가 얼마나 좋은지 정말 같은 손이라도 우리들과 너무 비교가 되었다. 여수경선생님의 손은 마이더스의 손이었다. 형님반 아이들을 위해 만든 백조는 정말 환상적이었다. 광목에 날개만 커피로 염색을 해서 날개에는 수까지 놓고 기다란 목을 강조하기 위해 속에 굵은 빨대 5개와 알루미늄 철사를 사용하여 목이 구부러지지 않게 했다. 그리고 방울 솜으로 채워서 백조의 길고 긴 목을 만들었다. 아이들이 안고 잠을 잘 수 있도록 커다랗게 한 쌍을 만들었는데 백조를 만드는 시간은 제법 많이 걸렸다. 여자아이들이 백조를 서로 가지고 잠을 자겠다고 해 가끔 곤란해졌다.

각 반의 커다란 창문의 커튼은 화염방지용이자 암막용 커튼이지만 복도 쪽 작은 창문은 아이들에게 아름다움을 보여주기 위해 광목천을 사용했다. 포인트로 어느 반은 제비꽃의 연보라색을 어느 반은 진달래의 분홍색을 어느 반은 산수유의 노란색으로 정해 궁극의 아름다움을 더했다. 그렇게 원장님은 아이들의 노는 공간도 시각적으로 자연과 닮게 했다.

원장님은 일 년 동안 아이들과 함께 있는 공간을 꾸미는 이 시간을 한 땀 한 땀 수를 놓듯 소중한 시간이라고 알려주었다. 2월의 마지막 주는 선생님들이 구슬땀을 흘리며 일 년 동안 써야하는 자기들의 공간을 정성을 다해 예쁘게 꾸미는 시간이었다.

토요일 오전 선생님들 모두 각 자 자기반 환경을 꾸미는 일들을 하고 있었다.

"선생님~ 선생님~ 큰일 났어요? 지난주 토요일에 오리엔테이션하고 간 엄마 중 한 분이 맘 카페에 우리 어린이집을 실명으로 올렸대요."

신입교사 김아연선생님이 교실 문을 박차고 들어오면서 하는 소리에 모두 교실 안에서 하던 일을 멈추고 눈을 동그랗게 뜨고 쳐다봤다.

"왜? 뭐라 했는데?"

"어린이집에서 준비물 너무 많이 걷는다고 올렸어요!"

"엥! 그게 무슨 소리야? 우리 준비물 많이 걷지 않잖아!"

곧바로 2층에서 7세반 박소연선생님과 정샛별선생님이 내려왔다. 박소연선생님의 얼굴이 붉으락푸르락 변하며 어찌할 줄 몰라 했다. 옆에 정샛별선생님은 기가 죽어있었다.

"아 정말 미치겠네! 그렇게 알아듣게 얘기를 했는데……"

"왜? 무슨 일이야?"

"매년 새로 들어 온 엄마들이 문제예요. 3세부터 보낸 엄마들은 이미 우리 어린이집에 대한 신뢰가 있으니 문제가 없는데, 혹 오해가 생겨도 직접 문의를 해서 오해를 푸는데 이번에 7세 장애통합으로 새로 들어 온 아름이요. 샛별선생님 담당인 아이지만 내가 대신 상담을 했거든요. 엄마가 준비물에 대해 물어보기에 제가 시간을 따로 내 준비물에 대한 얘기를 충분하게 했어요. 이해를 한 것처럼 고개를 끄덕이고 집으로 가더니 인터넷에 우리 어린이집 이름을 실명으로 올리고 준비물에 대한 것을 써 올렸어요. 아! 정말 어찌해야할지……"

"뭐라 써 올렸어?"

"시립 자작나무숲 어린이집 준비물. 내용을 죽 나열하고 보통 이만큼 걷죠?"

"대박!……"

"이해를 하고 가셨다면서?"

"그러게요. 더 황당한 건 그 밑에 댓글이 장난이 아니에요."

"댓글이 많이 달렸어요? 어떻게!……"

"어떤 엄마가 시립에서 무슨 준비물을 그렇게 많이 걷느냐고 직설적으로 한마디 달아놓으니 그 다음 댓글들부터는 아주 난리들이에요."

"각자 자기 어린이집에서 걷는 준비물에 대한 불만을 쓰신 분도 있어요."

"그러더니 그냥 평소 어린이집 불평불만들을 쫘~~~~악!"

"헉! 우짜냐?"

"헐!……"

"띠로리 띠리리리~"

"이게 무슨 개 풀 뜯어먹는 소리 다냐?"

"뭐! 이젠 놀랍지도 않아! 마녀사냥이잖아요? 안 그래?"

"하기야, 늘 이런 엄마들이 한 해에 한두 분 나오는 게 다반사라 이젠 놀랍지도 않고 막 순서처럼 느껴지네요."

나는 나도 모르게 빈정대는 투의 말이 나왔다. 매 번 학기 초 그것도 환경정리를 하느라 눈코 뜰 새 없이 바쁜 이 때 꼭 이렇게 장단을 맞추어 주었다.

"어떻게 신학기가 되면 매 번 다큐 아니면 인간극장이 되냐! 예능 좀 찍자. 예능 좀 찍어!~~ 진짜 신학기마다 왜 이러지!……"

제일 나이가 많은 시간연장반 여수경선생님이 교사들을 진정시키며 자리에 앉게 하고 차분하게 말을 했다.

"천천히 알아듣게 말 좀 잘 해봐요. 흥분을 가라앉히고 천천히 말해 봐요?"

박소연선생님은 가슴을 쓸어내리면서 바닥에 털 푸덕 주저앉았다.

"그러니까, 지난 토요일 오리엔테이션 할 때 신입엄마들에게 특별활동과 다른 어린이집하고 차별화된 우리 어린이집만의 교육, 일 년 행사, 교사 소개 했었잖아요. 새 학기 준비물에 대해선 각 반 별로 교실에 올라가서 서로 친밀하게 인사를 나누며 공지를 하라고 해서 교실에 올라가서 말씀을 드렸어요. 준비물인 문구류에 대해 **정샛별선**생님에게 계속 묻더라고요. 그래 제가 공손하게 말씀드리며 미리 낸 우리 반 아이들 것을 보여줬죠. 크레파스24색 1개, 색연필12색 1개, 싸인펜12색 1개, 양면색종이 20세트, 딱풀 5개, 종합장 5권, 스케치북 2권, 휴지 6개, 물티슈 2개, 치약 3개, 칫솔 3개 이렇게요. 그리고 1학기에 사용하는 것이라고 말했어요. 미술활동이랑 동화로 하는 한글교재와 창의성 수학놀이교재의 크레파스, 색연필, 사인펜이 각각 필요한 페이지를 보여주며 각각 용도별로 사용이 필요한 부분들을 자세하게 설명해드렸어요. 가위나 풀, 색종이도요. 이런 기본적인 것 말고 점토나 클레이, 골판지, 다양한 색도화지, 헝겊, 종이 알루미늄 철사 등 나열할 수 없이 많은 여러 가지 미술용품이나 공책, 연필, 지우개 같은 것은 모두 어린이집에서 공급이 된다고 말해주었더니 알겠다며 가서 엄마들끼리 하는 카페에 글을 올렸죠. 우리가 공지한 준비물을 적고 시립은 이렇게 걷는다며……"

"그런데 김아연선생님은 맘 카페의 그 내용을 어떻게 알았어?"

"우리반 이은상이 엄마가 전화해서 알려줬어요."

"그랬구나. 이은상엄마도 우리에게 말할까말까 고민 좀 했겠네!"

"은상엄마가 그 엄마를 불러 이해를 시키라고 말했어요."

"은상엄마, 다른 어린이집 교사죠?"

"네. 은상이 때문에 지금은 아파트에서 시간제근무로 어린이집 교사하고 있어요."

"그런데 아름엄마는 어느 부분에서 많이 걷는다고 생각하는 것 같아?"

"딱풀? 종합장? 색종이? 칫솔?"

"사실 잘 모르겠어요."

"장애통합반인데 이번에는 작년보다 많이 걷었어요?"

89

"아닌데!……"

옆에 있던 정샛별선생님은 쭈뼛거리며 힘없는 목소리로 말했다.

"주임선생님에게 작년에 사용했던 물품 여쭤보고 정했어요. 칫솔은 치과 선생님이 한 달에 한 번은 바꿔줘야 한다고 말해서서 6개 걸어야 하는데 한꺼번에 걸으면 보관하기 힘들고 한 달에 한 번 씩 걸으면 엄마들이 너무 자주 걷는 것처럼 느끼신다고 해서요. 그래서 3개만 걸었어요."

정샛별선생님의 말을 듣고 있던 박소연선생님이 손에 들고 있던 메모지를 바닥에 툭 떨어뜨리며 정샛별선생님의 어깨를 잡았다.

"정샛별!~ 괜찮아! 선생님 잘못 없어. 아니~ 아름엄마가 칫솔 한 달에 하나씩 쓰냐고 물어보기에 양치질을 할 때 칫솔을 씹는 아이도 있고 칫솔모 망가지면 양치질 제대로 되지 않아 치아가 상한다고 말해주었어. 어머님들 대부분 맞벌이 하는 분들이 많아 치과든 일반 병원이든 아프면 시간을 내서 치료를 받아야 하니 시간 내기 어려운 분들은 가장 먼저 아이들 교육 이전에 기본생활습관이 더 좋아지길 바란다고. 한 학기가 6개월이니 치과 선생님의견을 따르거나 평가인증의 원칙을 따르면 6개 걸어야 하는데 6개는 보관하기 힘들어 우선 칫솔 3개만 걷는다고 했어. 그리고 칫솔 깨끗이 쓰는 아이도 있어 병원에서는 한 달에 한 개지만 칫솔 상태에 따라 한 달 이상 쓰기도 한다고."

"아름이 다른 어린이집엔 안 다녔나?"

"글쎄요. 집에 데리고 있었을지도 모르지만 그래도 6살까지 집에서 데리고 있기 힘들었을 텐데!…… 그 날 아기 업고 온 것 보니 동생도 있고……"

"물푸레 쌤! 7세 준비물 다른 어린이집에 비해 많이 걷는 편?"

나는 걱정이 되어 박소연선생님에게 물어보았다.

"아니요. 색종인 남자 아이들 중 종이접기를 하다가 잘 접어지지 않으면 접다가 화가 나는지 꾸겨버리는 경우가 많고 풀도 몇 아이들은 거칠게 엉망으로 눌러 찌그러뜨리잖아요. 여자 아이들은 풀을 조심히 쓰는 반면 남자아이들은 대부분 눌러 써서 빨리 소모되죠. 한 번 걷고 다시 걷을 때까지 부족해 늘 어린이집에 청구해 사용해요. 여자 아이들은 경쟁 하 듯 자유놀이시간 오전 오후 내 내 종이접기를 자주해 하루에 한 박스를 다 쓸 때도 있어요. 종합장은 이번에 두 권 더 걷었어요. 피스보다 가격이 저렴해서… A4용지로 출력해 피스에 담아줄까 하다가 피스 가격이 조합장 가격보다 비싸더라고요. 종합장에 붙여 사용하려고요. 칠교놀이하고 숫자 잇기 놀이를 추가했거든요. 작년에 숨은 그림 찾기 놀이를 했더니 정말 좋아해 올해에는 두 가지를 더 해보려고. 어쨌든 걷었던 것들이 6월말 정도면 거의 다 쓰게 되어 2학기에 다시 걷을 때까지는 7월과 8월은 매 번 어린이집비용으로 모두 소진 했어요. 이런 사실을 부모님들은 모르시겠지만!……"

주임선생님이 언제 들어오셨는지 듣고 있다가 말을 했다. 약간 화가 난 듯 했다.

"박소연선생님! 그건 7세 물푸레나무반 수업이잖아요! 아름인 장애통합반 아인데 물품을 일반아동과 똑같이 걷어요?"

"정샛별선생님이 자유놀이도 같이 하지만 학습적인 부분도 일반 아이들이 하는 것 중 개별적으로 장애통합아동의 수준에 맞추어 같이 해보고 싶다고 해서……그리고 색종이는 사실 늘 부족해요. 장애통합

91

아이들은 종이접기 할 때 접는 것보다 찢는 게 더 많은 거 아시잖아
요. 색종이 더 걷으라고 했더니 당분간 색종이로 종이접기를 하기 전
에 신문지활동을 먼저 많이 할 거라고⋯⋯"

"그래도 아름 엄마에게 충분하게 설명을 했어야죠! 암튼 어머님이
이해를 못했으니 그렇게 가서 인터넷 카페에 불만을 터트렸을 것 아
니에욧! 선생님들도 알다시피 우린 시립이라 문제가 생기면 시에 원
장님이 불려 들어가야 되는 것 알죠?"

주임선생님의 목소리가 날카로워졌다. 일이 커지게 될지도 모른다
고 생각하니 화가 점점 올라오는 것 같았다.

"죄송합니다. 그럼 이제 어떻게 하죠?"

정샛별선생님은 점 점 기가 죽어 목소리가 기어들어가고 있었다.

"일단 원장님에게 보고 드려야죠! 정샛별선생님! 잠깐 원장실로 오
세요."

주임선생님의 싸늘한 목소리에 일하던 선생님들의 한숨소리가 여기
저기서 들려왔다.

새 학기가 되어 신입원아 오리엔테이션이 끝나면 늘 조용하게 넘
어간 적이 단 한 번도 없었다. 어떤 엄마는 원복이나 가방이 마음에
들지 않는다며 따지기도 했고 또 어떤 엄마는 유치원처럼 원복 따로
체육복 따로 있어야지, 뭉뚱그려 원복도 아니고 체육복도 아닌 티셔
츠와 바지를 주냐고 따지기도 했다. 원복과 체육복을 따로따로 하고
싶지만 아이들 중에는 형편이 어려운 아이도 있고, 삼남매가 다니는
경우도 있다고 설명을 했지만 그 어떤 설명을 듣고도 어머님들 중
자신이 터트린 불만에 대해 만족하며 돌아간 분은 단 한 분도 없었

다. 올 해는 문구류 걷는 것에 대한 불만이 나왔다. 조용히 잘 넘어 가나 했는데 한 분의 불만으로 어린이집이 또 잠시 시끄러워졌다. 늘 있는 일이지만 그래도 아이들을 맞이하기 위해 토요일까지 나와 각 반마다 새롭게 환경정리를 하는 선생님들의 몸에서 힘이 쭉 빠졌다.

주임선생님이 나를 불렀다. 나는 복도를 걸어가며 주임선생님과 정샛별선생님에게 무슨 말을 해야 할지 잠시 생각을 골랐다. 원장실에 들어가니 주임선생님은 차를 한 잔 마시자며 정샛별선생님과 나에게 차를 권했다. 다행이었다. 주임선생님은 레몬차를 한 잔 마시며 마음을 진정시키는 듯 했다. 정샛별선생님에게 아름엄마에게 전화를 해 어린이집으로 잠시 올 수 있냐고 물어 본 후 오실 수 있다고 말하면 어린이집으로 오시라고 말을 전했다. 전화 통화 후 어린이집과 가까이 살고 있는 아름엄마는 동생을 업고 아름이를 데리고 어린이집으로 왔다.

"아름어머니! 어서 오세요."
정샛별선생님과 함께 현관에 서 있다가 아름엄마를 모시고 모퉁이 도서관으로 갔다. 유희실에서 나오면 2층으로 올라가는 계단 아래로 제법 큰 공간이 있는데 그곳을 이용하여 도서관을 만들고 모퉁이 도서관이라고 불렀다. 바닥에는 매트를 깔고 벽 쪽으로는 책장을 만들어 동화책을 꽂고 아이들이 엎드려 책을 보거나 폭신한 의자에 앉아 책을 볼 수 있게 했다. 또 선생님들도 차를 마실 수 있게 중앙에 둥근 테이블을 만들어 놓았는데 그곳에 엄마를 모시고 갔다. 아름엄마는 업고 온 아이를 내리며 불안한 목소리로 물어보았다.

"선생님! 무슨 일로 오라 하셨는지요?"

"우선 말씀을 나누는 동안 아름이랑 동생은 다른 교실에서 놀이를 하게 해도 될까요?"

"네. 알겠습니다."

"아름아! 엄마는 잠깐 선생님하고 이야기 하고 있을 테니 동생하고 놀고 있어."

대답 대신 고개를 끄덕이는 아름일 정샛별선생님은 동생과 함께 2층 교실로 데리고 갔다. 다행이 아름이도 동생도 엄마를 떨어진다고 보채거나 울지는 않았다.

그런데 아름엄마가 왠지 힘이 없어 보였다.

"아름어머니! 사실 오늘 맘 카페에 올린 글에 대해 알게 되어 전화를 드렸어요. 어린이집에 내는 문구류가 조금 많았나요? 말해주세요. 저희가 듣고 시정할 건 시정하고 궁금한 점은 알려드리겠습니다."

아름엄마는 고개를 숙이고 잠시 생각을 하더니 말문을 열었다.

"저~ 선생님! 원래는 6살부터 이곳 어린이집에 보내고 싶었는데 자리가 없었어요. 대기 신청을 해두었는데 올 해 입학을 할 수 있다고 연락이 와 얼마나 기뻤는지요. 보낼 곳이 마땅치 않아 평소 말도 잘 듣고 순한 편이라 제가 자폐에 대한 공부를 인터넷과 책을 읽으며 직접 지도했어요. 집에서 아름이가 잘할 수 있는 것을 가르쳤어요. 우리 아이가 자폐지만 어린이집에 보내고 나니 무엇을 어떻게 준비를 해야 할지 궁금하고 통합반이라 일반 아이들의 엄마들과도 소통을 하고 싶어 맘 카페에 등록을 했죠. 전 다른 엄마들처럼 내 아이가 일반적이지 않아 그들이 소통하는 글을 보기만 했죠. 지난 주 오리엔테이션 후 집으로 가 엄마들과 소통하고 싶은데 마땅한 얘깃거리가 없어 준비물에 대해 물어보았어요? 그런데 제가 생각한 방향이 아니라 갑자기 분위기가 이상해지더니 내가 소통하고 싶던 방향과 전혀 다른 방향으로 댓글들이 달리는 거예요. 저도 얼마나 당황을 했던지. 원래 말이라는 것이 얼굴과 얼굴을 맞대고 표정과 말투까지 살피며 얘기를 해야 하는 건데 글로 서로 대화를 하다 보니 저의 의지와 상관없이 천파만파로 곁가지를 치더니…… 나중엔 엄마들이 무서워 그냥 나와 버렸어요. 맘 카페에서 아름이와 소통을 할 수 있는 친구를 만나고 싶었던 건데……"

아름엄마가 말을 잊지 못하고 눈물을 흘렸다. 나와 주임선생님도 마음으로 준비했던 생각과 달라 너무 당황하며 우선 티슈를 건네고 등을 토닥여주었다.

"그런 사정이 있었군요. 저희는 그런 것도 모르고 오해를 할 뻔 했네요."

"아까 아름어머니가 친구를 만들고 싶다고 했는데 같은 장애통합반의 누리는 우리 어린이집 온지 3년이 되었죠. 누리어머니가 전화번호 드리는 것을 허락하면 전화번호를 드릴게요. 친구하세요. 누리어머니는 아주 밝은 분이고 도서관 사서로 일을 하시는 분이세요. 누리어머니와 친구가 되면 좋을 것 같아요. 일반아이하고도 친하고 싶으면 우리어린이집 어머니들 중 몇 분을 소개해 드릴게요."

주임선생님은 먼저 누리엄마와 통화를 하려고 잠시 자리를 비웠다.

나는 아름엄마의 손을 잡아주었다. 그리고 부드러운 목소리로 말해주었다.

"아름어머니! 준비물 중에 궁금한 게 있으면 말해주세요. 이곳에서 10년 이상 근무 하다 보니 우리 반은 아니지만 준비물에 대한 것을 설명해드릴 수는 있어요."

"아니요. 같은 반 박소연선생님이 언어, 수학, 미술 등 여러 가지 책을 직접 가지고 와서 아주 자세히 알려줬어요. 불만이 있어서 올린 게 아니고 엄마들과 소통을 하고 싶은데 처음이라 어떤 말로 시작을 해야 할지 몰라 내 딴엔 준비물을 물어보며 자연스럽게 그분들과 소통하고 싶었는데 일이 그만 이렇게 되어버렸어요."

"아!~~~ 네!"

그동안 누리엄마와 통화를 하고 온 주임선생님이 활짝 웃는 얼굴로 모퉁이 도서관으로 들어왔다.

"아름어머니! 누리어머니께서 오늘 당장 통화를 하고 싶다고 해 전화번호를 드렸어요. 아름어머니께 전화가 갈 거니까 꼭 받으세요. 그리고 누리어머니가 다른 어머님들과도 친하니 아름이에게 친구를 더 많이 만들어 줄 거예요."

아름엄마의 얼굴이 해처럼 환해졌다.

"선생님 너무 너무 감사해요."

해프닝은 이렇게 싱겁게 끝이 났다. 아름엄마가 돌아간 후 전후사정에 대해 선생님들에게 얘기를 하니 모두 기가 막힌 표정들이었다. 선생님들 또한 얘기를 들어보지도 않고 무조건 엄마를 오해 했던 것이 무안해졌다. 교사들이나 엄마들이나 무슨 일이 생기면 무엇이든 긍정적으로 보지 못하고 부정적으로 먼저 생각하고 보는 사람들의 나쁜 심보 탓이지 다른 탓을 할 게 뭐가 있으랴 싶었다. 걱정이 되어 알려 준 은상엄마에게도 전화를 해 어찌된 일인지 알려드렸다. 은상엄마도 들어보더니 무슨 일만 생기면 다들 마녀사냥을 하듯 달려드는 못된 심성들을 고쳐야 할 것 같다며 반성모드로 들어갔다. 은상 엄마처럼 어린이집 교사가 직업이라 선생님들 입장도, 아이를 키우는 엄마들의 입장도 알고 있어 양쪽 입장을 다 헤아려주며 중재를 해주는 분이 있어 우리 어린이집은 너무 다행이었다. 환경정리를 하다가 갑자기 생긴 일로 마음고생을 하느라 힘들었지만 잘 마무리되어 감사한 하루였다.

우리는 다시 교실에 앉아 일 년 동안 아이들과 함께 놀이 할 공간을 한 땀 한 땀 수를 놓듯 정성을 다해 만들기 시작했다. 누군가 김광석의'바람이 불어오는 곳'을 스마트폰으로 틀었다. 아직 2월 말이지만 시원한 바람이 마음속으로 불어오는 듯 했다.

2. 자작나무숲 어린이집 입학식

자작나무숲 어린이집 원장 고은희선생님

여느 어린이집 입학식처럼 우리도 풍선을 가지고 행사를 치렀다. 어린이집 들어오는 입구엔 세 가지색 풍선을 사용해 빙글빙글 돌아가는 모양으로 아치를 만들어 놓았고, 유희실에는 꽃모양을 만들어 유리 벽면을 장식했다. 하트모양의 핑크풍선엔 헬륨을 넣어 천장에 둥둥 띄워놓고 색색의 얇은 한지로 둥근 꽃모양의 볼을 만들어 장식을 했다. 입학식에 축하 문구는 현수막으로 대신했다. 모든 재료는 파티용품을 파는 인터넷몰에서 주문을 했다. 입학식을 치루는 날은 항상 바빴다.

늘 간단하게 하자는 의견이 교사회의 때마다 나왔지만 하다보면 일은 자꾸만 많아졌다. 입학 답례품과 아이들 선물도 주문하여 포장하고, 풍선을 어떤 모양으로 장식할지 인터넷으로 찾아봐야 했다. 장식할 것을 정하면 꽃, 인형, 나무모양을 만들기 위해 공기주입기로 풍선에 펌프질을 하거나 자동으로 공기가 나오는 인플레이터로 풍선에 바람을 넣으면 주둥이를 묶느라 늘 손가락들이 벌게지고 이마에 땀이 송골송골 맺혔다. 핑크빛 하트모양 헬륨풍선엔 리본 끈을 묶어 천장에 띄우고, 색색의 둥근 꽃모양 볼은 천장에 매다느라 사다리를 가져와 일일이 붙여야 했다. 입학식을 치르는 부모님께 확인 전화를 돌리고 책상과 의자를 준비하고 이 날 먹을 간식과 차를 준비해야 했다. 이 모든 일들이 선생님들의 수고, 수고, 수고!……

매 번 행사는 선생님들이 땀방울을 흘리며 머리와 다리와 손으로 하는 수고로 이루어진다. 고맙고 감사한 노동이다.

아침에 날씨가 좋더니 입학식을 하려는 시간이 되자 날씨가 점점 어두워지더니 결국 비가 내렸다. 급하게 우산꽂이용 커다란 물 받침대 여러 개를 가져다 현관 입구 쪽에 두었다. 하필 지금 비가 내리기 시작하다니!……

비 때문에 복잡해지려는 마음을 추스르고 입학식에 할 말을 원장실에 앉아서 다시 한 번 생각해보았다. 이미 오리엔테이션을 통해 부모들에게 일 년 동안 치러야 할 행사와 우리 어린이집 교육 내용에 대해 알려주었으니 오늘은 간단하게 당부의 말을 하고 마칠 생각이었다. 아이들을 같이 키워내자는 말을 다시 읽으며 따스한 우엉차를 한 잔 마시니 마음이 훨씬 부드러워졌다.

주임선생님의 입학식 준비가 되었다는 말을 전해 듣고 거울을 보며 옷매무새와 얼굴의 화장을 확인하고 준비된 글을 들고 유희실로 들어갔다. 아이들은 바닥에 앉고 부모님들은 준비된 유아용 의자에 앉아 있었다. 재입학을 하는 부모님들을 제외하고 올해 새로 들어 온 아이들의 부모님을 초대했지만 입학식을 다시 치루고 싶어 하는 부모님들도 있어 입학식에 참석하고 싶은 분들은 오시라고 했다. 국기에 대한 경례 및 애국가를 제창하고 원장으로써 당부의 말을 할 차례가 되었다. 매 년마다 하는 것이지만 오랜 경험을 하고도 이 시간이 되면 항상 긴장이 되었다.

"안녕하십니까? 자작나무숲 어린이집 원장 고은희입니다. 아침에는 비가 내리지 않더니 입학식을 시작할 즈음 갑자기 비가 와서 다소 어수선하지만 이 시간에 와주신 모든 부모님께 진심어린 감사를 드립니다."

나는 자리에서 일어나 바르게 서서 고개를 숙여 인사를 드렸다. 다시 자리에 앉고 마이크를 손으로 잡았다. 긴장이 되어 손바닥에서 땀이 났다.

"혹시 아버님들 중에서 밤중에 아기의 수유나 기저귀를 갈아주기 위해 아내 대신 일어나서 아이의 수유를 하셨거나 울고 있는 아기의 기저귀를 살펴보고 푹 젖어 있으면 기저귀를 갈아주신 분이 계시면 손을 좀 들어주세요?"

나의 질문에 아빠들이 여기저기서 손을 들기 시작했다.

"아, 네. 한 분, 두 분, 세 분…… 여기도 저기도 계시고, 네 제법 많네요. 제가 아이를 키울 때만 해도 아빠들이 이웃동네 불구경을 하듯 자녀의 양육에 구경을 하시던 분이 많았는데 다행스럽게 지금의 아빠들은 아주 만족스럽지는 않지만 도움을 주시는 분들이 많으시네요. 감사한 일이고 아주 고무적인 일입니다. 하지만 아직도 많이 부족하니 아이들을 양육하는 일에 부모님 두 분 모두 최선을 다하시기 바랍니다."

잠시 말을 끊고 부모님들을 둘러보았다. 엄마들의 표정이 아주 환해졌다. 그런 쓴 소리를 더 많이 해주기를 바라는 얼굴이었다. 아빠들 대부분 아이들 양육에 있어서는 무노동을 하려는 정신의 자세를 개과천선 할 필요가 있다는 의미심장한 표정인 것 같아 잠시 웃음이 났지만 속으로 참으면서 말을 이어나갔다.

"아프리카 속담에는 이런 말이 있죠. 한 아이를 키우는 데는 온 동네가 필요하다는 말입니다. 또한 남아프리카 대륙의 최초의 흑인 대통령이자 인권운동가인 넬슨 만델라는 이렇게 말했습니다. 교육은 세상을 바꾸는 강력한 수단이다. 세상을 바꾸는 강력한 수단인 교육이 현재 우리나라에서 볼 때 지식편향의 잘못된 교육으로 말미암아 뉴스를 보면 대한민국은 정치, 경제, 문화, 교육 여러 면에서 골머리를 앓고 있지요. 그래서 저는 3살에서 7살 아이들의 기본 습성을 키우는 우리 자작나무숲어린이집 아이들에게는 먼저 지적인 교육보다 가장 우선시 하는 순위가 인성인 마음씨교육을 우선순위로 시키려고 합니다. 마음의 씨가 온순하고 아름다워야 마음의 씨에서 나오는 말의 씨도 부드럽고 아름답고 고요하고 정직할 테니까요. 해서 아이들 중 마음의 씨가 유독 삐뚤어져있거나 조금만 불편해도 상대방을 무조건적으로 미워하는 개인주의 편향이 두드러지는 경우에는 우선 그런 마음을 바로 잡는 교육으로 아이들을 만나겠습니다. 기본생활습관과 함께 마음교육이 우선순위가 될 것입니다. 현재 각 가정마다 아이들이 하나이거나 둘인 경우가 많아 저희들이 자랄 때처럼 우리라는 협동구조가 정말 많이 결핍 되었지요. 그래서 우리 어린이집에서 만큼은 형제가 많은 집 아이들의 성품처럼 둥글둥글하고 서로 협동하고 양보하는 아이들로 키우겠습니다. 부모를 존경하고 형제와 자매를 사랑하며 이웃과 함께 살아갈 줄 아는 그런 마음씨의 아이들로 자랄 수 있게 교육하겠습니다. 그러니 부모님들께서도 집에서 말을 사용하실 때 함부로 하지 마시고 자녀들일지라도 동등한 인격으로 대해주시며 야단을 쳐야 할 때조차도 폭력적으로 하지마시고 대화로 나누면서 아이들의 심성이 올바르게 자랄 수 있는 토양을 만들어 주시기 바랍니다. 모쪼록 저와 교사들은 아이들과 재미있고 즐거운 놀이를 통해 규칙과 원칙을 알아가도록 지도하겠습니다. 마음씨와 말씨가 기본이 된 상태에서 여러 가지 지적인 솜씨들이 펼쳐지도록 노력하겠습니다. 한 아이를 키우는데 온 마을이 필요하듯 저희 어린이집 모든 가정이 다 필요합니다. 또 지역사회연계인 치과, 소아과, 약국, 피아노교실, 미술교실, 마트, 떡집, 방앗간, 식당 등 우리 어린이집 각 가정에서 하시는 부모님들의 직업이 아이들에게는 견학을 할 수 있는 장소이며 눈으로 직접 볼 수 있는 직업군이지요. 해서 올 일 년 동안도 어린이집 교사들만 아이들을 키우는 것이 아니라 교사와 부모님들이 혼연일체가 되어 미래의 대한민국의 주인이 될 우리들의 주인공들을 같이 키우는 장이 되기를 간절하게 바랍니다."

잠시 말을 마치고 다시 부모님들을 쳐다보았다. 점 점 더 비장한 각오의 눈빛이 되어갔다. 나는 살며시 미소를 띠우며 다시 말을 이어갔다.

"지금 우리는 4차 산업혁명이 일어나고 인공지능 로봇인 AI를 만드는 시대를 살아가고 있습니다. 세계가 지구촌이라는 명칭을 사용하며 하나의 나라가 마치 한 개의 마을처럼 급속하게 가깝고 10년을 주기로 변하던 세대가 컴퓨터의 활용으로 1년을 주기로 급변하고 있습니다. 그래서 더욱 아이들의 마음을 키우는 인성교육을 하면서 세상의 지식인 4차 사업혁명에 맞춘 지식교육도 해내는 마치 두 마리 토끼를 다 잡아야 하는 포수의 역할을 감당해야 하는 교육적 토양이 필요한 어린이집이기에 매 년 마음가짐을 새롭게 하고 시대를 읽을 줄 아는 통찰력을 갖추려고 노력합니다. 우리나라 속담에 '세살 버릇이 여든까지 간다.'는 말이 있습니다. 곧 어린아이 때의 모든 습관이나 버릇이 노인이 되어서까지 그대로 남아있다는 얘기죠! 이런 점을 감안해 볼 때 어릴 때 만들어진 인성은 결국 어른까지 간다는 것입니다. 저와 우리 선생님들은 급변하는 세상 속에서도 좋은 마음씨를 가진 어른으로 자라 악하지 않고 선하게 세상을 다스리는 어른들이 되기를 바랍니다. 우리 아이들이 자라 로봇을 만들고, 세계 곳곳으로 퍼져나가고, 우주를 정복하게 되더라도 그 모든 일들을 선하게 풀기를 바랍니다. 그러기 위해 신체운동, 의사소통, 사회관계, 예술경험, 자연탐구 다섯 가지 교육적 목표 안에 모든 활동을 놀이처럼 재미나게 하면서 아이들은 자라게 될 것입니다. 아이들의 인성이 맑고 밝고 부드럽게 자라기 위해 선생님들과 함께 항상 연구하고 노력하겠습니다. 들어주셔서 감사드립니다."

말을 잠시 멈추자 나로 부터 가장 멀리에 앉아있던 아빠 한 분이 소리 나지 않는 박수를 쳐주었다. 나는 미소를 지어보이며 마무리 인사말을 전했다. 다 읽은 축사용지를 접으며 마이크를 끄고 다시 일어나서 고개를 숙여 인사를 했다. 엄마와 아빠들이 감사의 박수를 쳤다. 긴장을 했던 마음이 놓이며 편안해졌다.

엄마 등에 업혀 찡얼거리는 아이는 잠들었고 아직 규칙을 모르는 영아는 엄마와 함께 교실에서 놀며 방송으로 들었다. 유아지만 앉아 있던 자리에서 일어나 아빠에게 나가자고 조르던 남자아이는 아빠와 함께 유희실을 나가 복도에서 레고를 가지고 놀고 있었고 아빠만 고개를 유희실에 들이밀고 듣고 있었다. 비까지 와서 엄청 어수선하게 느껴졌지만 재학생 중 오늘 참석한 친구들은 바르게 앉아 어려운 입학식 인사말을 듣고 있었다. 교육의 힘이 느껴졌다. 부모님들이 진지하게 내가 한 이야기를 듣는 태도는 나를 긴장도 시켰고 감동도 시켰다. 이야기의 내용이 마무리가 되어갈 때 호기심으로 바라보던 눈빛이 부드러운 믿음의 눈빛으로 바뀌는 것을 알 수 있었다.

입학식을 마치고 천장에 있는 헬륨풍선을 내려 아이들에게 선물로 주었다. 부모님께는 입학답례품으로 천연제품의 수제 비누를 드렸다. 아이들은 동화책 한권과 장미꽃 한 송이를 주었다. 선물을 받고 신이 난 아이들은 우비를 입거나 어린이용 작은 우산을 쓰고 부모님과 함께 집으로 귀가를 했다. 선물 때문인지 비가 오는 데도 발걸음이 즐거워 보였다. 행사를 마친 선생님들은 또 일사분란하게 부지런히 정리를 하느라 수고를 했다. 이런 귀한 선생님들과 함께 일 년 동안 또 중용 23장의 글처럼 작은 일에도 최선을 다하며 정성을 들여야겠다고 생각했다.

나도 부지런히 선생님들과 함께 유희실을 정리해 주었다.

3. 자작나무숲으로 가는 길은 두려움 반,
자신감 반

5세 자작나무반 신입교사 강은혜선생님

3월 말이지만 아직 하늘에 별이 떠있는 이른 새벽, 공기는 몹시 차가웠다. 롱 패딩 차림을 하고 새벽기도를 다녀와 쏟아지는 잠을 주체하지 못하고 다시 잠이 들면 늘 같은 꿈을 꾸었다. 너무 무서워 그만 꾸고 싶지만 마음대로 되지 않았다.

꿈에서는 초등학교 운동장처럼 작고 아담한 운동장이 보였는데 잔디가 깔린 운동장에는 귀여운 강아지들이 목줄을 하지 않은 채 자유롭게 풀어져 놀이를 하고 있었다. 멀리서 강아지들을 쳐다보고 있으면 다양한 종의 강아지들이 서로 꼬리를 잡으려는 듯 빙글빙글 돌면서 놀거나 바닥을 뒹굴며 놀았다. 앞발을 사용해 땅을 파는 모습도 보였다. 100미터 달리기를 하듯 어딘가를 향해 막 뛰어가는 강아지도 있었다. 강아지들이 하는 짓이 너무 귀여워 입가에 절로 웃음이 났다. 나는 나도 모르게 끌리듯 운동장 안으로 들어가 강아지들을 만지려고 하면 내 손을 핥거나 나를 졸졸 따르는 강아지도 있었지만 그

중에 한, 두 마리는 갑자기 눈빛부터 사납게 변해 내 어깨를 물거나 손등을 물었다. 피가 철철 나는 손등을 잡고 화들짝 놀라 깨어났다. 얼마나 놀랐는지 이마에 땀이 흐를 때도 있었다. 그 꿈을 꾸고 나면 우리 반 아이들 생각이 절로 났다. 쳐다만 보고 있으면 한없이 귀여운 아이들. 그 아이들을 만날 생각을 하니 오늘도 두려움 반, 자신감 반의 마음이 된다. 기도시간에 무릎을 꿇고 간절히 기도했다. 기도를 하고 나면 두려운 마음 대신 자신감이 생겨나고 스스로에게"넌 극복할 수 있어. 잘해 낼 거야!"라고 스스로 말해 주며 나를 다독였지만 피를 흘리는 꿈을 꾸고 일어나 출근 준비를 하고 나서면 아이들이 15명이나 있는 자작나무숲 어린이집의 우리 반으로 향하는 길은 너무나 무섭고 두려웠다.

사실, 3월이 되기 전 출근 하는 이 길은 얼마나 좋았는지. 대학 졸업식도 하지 않았는데 채용이 되었다는 기쁜 소식을 들었을 때의 환희란! 대학교 졸업식을 치르자마자 어린이집 오리엔테이션을 치렀다. 아직 취업을 하지 못한 친구들은 나를 엄청 부러워했다. 오리엔테이션 두 번째 날 일 년 행사의 일정을 듣고 내가 맡은 서류를 생각하니 얼마나 걱정이 되는지 막상 취직이 되고나서도 자신감보다는 두려움이 생겨났었다. 내가 과연 잘 해낼 수 있을까? 그래! 자신감을 가지자. 나는 잘 해낼 수 있을 거야! 그랬던 나는 간곳이 없고 매일, 매일이 무섭고, 사고가 날 것 같은 두려움으로 가득 찼다. 아이들이 무섭다니 참!

어린이집 앞에는 서해바다가 흐르고 왼쪽으로 가면 오이도가 있고 오른쪽으로 가면 옥구공원이 펼쳐지는 아름다운 곳. 평지보다 높게 지어져 있는 커다란 배 모양을 한 어린이집. 7개의 교실에 원장실과 양호실. 아담한 교사 휴게실, 유리로 만들어진 커다란 유희실, 다락방을 닮은 도서관 2개, 8인용식탁이 있는 조리실, 미로 같은 교구 교재실, 빨래를 널 수 있는 옥상정원을 가지고 있는 자작나무숲 어린이집은 여러 가지 면에서 너무 마음에 들었다.

몇 년 동안 사람을 뽑지 않던 자작나무숲 어린이집에서 올 해 5명이나 뽑는 것을 확인했을 때 나는 행운이라고 생각하며 이력서를 냈다. 4년 내내 학점도 좋았고 한 달 동안 했던 어린이집 실습에서 높은 점수도 받았었다. 시에서 서류를 통과하고 원장님과 주임선생님의 면접을 통해 뽑혔다. 나는 내가 다니는 교회 주일 학교 아이들을 너무 좋아했고 주일학교 아이들도 나를 엄청 잘 따라주었다. 또 늘 내게 보육이 천직인 것 같다며 입버릇처럼 말해주던 지도교수님도 자작나무숲 어린이집 합격소식을 전하자 너무 기뻐해주셨다. 나는 합격의 기쁜 소식을 듣고 자신감으로 가득 차 있었다.

입학식을 마치고 만난 15명의 아이들은 적응이 잘 되어 스스로 놀이를 할 수 있는 9명의 아이들과 새롭게 적응을 시켜야 하는 6명의 아이들로 나뉘어 있었다. 기존에 조팝꽃반과 이팝꽃반에서 올라 온 아이들은 부드럽게 적응이 되어 자유놀이시간에 각 영역에 스며들어 스스로 놀잇감을 선택해서 놀이를 했다. 하지만 새로 들어온 6명의 아이들이 문제였다. 4세반의 아이들이 100% 다 우리 반으로 올라왔으면 새로운 아이는 1명이었을 것이고 1명만 적응시키면 되는 것이 현실이었다면 지금 이런 문제는 없었을 텐데 아쉽게도 이사를 가거나 유치원으로 간 아이들이 6명이나 되었다. 시립어린이집은 차량운행이 되지 않아 부모님들이 직접 등원을 시켜주어야 했기에 너무 멀리 이사를 가면 어쩔 수 없이 가까운 다른 어린이집으로 옮겨야했다.

일반아이가 6명, 장애통합아이가 3명, 장애통합반 선생님과 나는 총 9명을 적응시켜야 했다. 장애통합 아이들 중 2명은 다운증후군이었고 1명은 자폐아였다. 선생인 나도 3월 한 달 동안은 새로운 직장에 나 스스로도 적응을 해야 하는데 내 자신과 함께 신입아이 6명을 적응시키려니 너무 힘이 들고 고된 하루하루였다.

일반아이들 6명 중에 3명은 안정애착이었다. 그나마 다행스러웠다. 새로운 환경이라 처음은 낯설어 했지만 곧 적응을 하고 새로운 어린이집과 새 친구들에게 관심을 보이며 놀이를 시작했다. 그러나 여자아이 1명은 불안정 회피애착을 가지고 있었고 남자아이 2명은 불안정 저항애착을 가지고 있었다. 3명 모두 아빠, 엄마가 직장을 다니는 분들이라 적응이 될 때까지 시간을 낼 수 없었다. 조부모님들이라도 곁에 있으면 좋으련만 도움을 줄 조부모님들도 없었다.

불안정애착을 가진 아이들의 부모님들은 대부분 입학식이후 하루정도만 시간을 내어 교실에서 놀이를 하며 적응을 돕고 바로 다음날부터는 등원을 할 때마다 엄마가 오든 아빠가 오든 아이가 부모와 헤어질 마음의 준비가 되지 않았는데 아이를 떼어놓고 출근하기 바빠했다. 그렇게 떨어진 아이는 뒹굴며 울다가 소리를 지르고 자기 성질을 견디지 못해 물건을 집어 던지기도 했다. 우느라 간식도 점심식사도 제대로 하지 못했다. 또 낮잠시간이 되면 졸린데 엄마가 없어 불안하니 이불을 끌고 복도로 나가 이불을 질질 끌고 다니며 울었다.

달래도 보고 토닥여도 봤다가 급기야 낮은 목소리로 그만 울라고 윽박질러도 보았지만 소용이 없었다. 도대체 이런 아이를 어떻게 해야 하는 건지. 이론으로 알고 있던 지식은 머릿속에서 빈 깡통이 되어버리기 일쑤였다. 울고 있는 아이처럼 나도 주저앉아서 같이 통곡을 하고 싶었다.

남자아이 한 명은 공룡흉내를 내면서 같은 반 아이들을 물고 다녔다. 자기는 티라노사우루스라며 다른 공룡들과 전투를 한다고 했다. 공룡흉내를 내는 아이를 쫓아 다니며 다른 아이를 물지 않게 지켜보는 수밖에 없었다. 온 몸에 식은땀이 났다. 난 3월 한 달이 일 년 같았다. 3월 한 달을 지내는 동안 이 아이들과 어떻게 보냈는지 알 수가 없다. 다만 교실에서 사고가 나지 않기만을 기도하고 또 기도하며 보냈다.

한쪽에서는 울고 한쪽에서는 아이를 물고 한쪽에서는 소리를 지르고 적응하지 못한 장애통합아이들도 울고 떼쓰고 아비규환이었다. 원장님, 누리보조선생님, 달맞이꽃반 선생님, 공익근무요원, 시간이 되는 부모님이나 조부모님들 모두 우리 반 교실로 집합을 해 장애통합선생님과 함께 적응을 못해서 마음이 아픈 7명의 아이들에게 적극적으로 매달려 안정애착을 시키느라 진을 빼고 있었다. 교사를 포함한 어른이 9명이나 앉아서 있고 울고 떼쓰고 하는 중에 다행스럽게 2명은 바로 적응을 해서 놀이를 하고 있었다. 그런 아비규환의 와중에서도 놀잇감을 스스로 선택하여 주도적 놀이를 안정적으로 하고 있는 11명의 아이들에게 나는 눈과 입으로만 보육을 하면서!……

얼이 빠지지 않기 위해 정신을 똑바로 차리고 있어야 했다.

원장님은 100일은 버터 줘야 한다고 했다. 100일씩이나? 아이가 어린이집과 선생님들에게 신뢰감과 사랑이 생길 수 있게 버터야 한다고 했다. 토닥토닥 해주며 무조건 버티기. 불안정 회피애착과 불안정 저항애착을 가진 사나운 남자아이 세 명 때문에 나는 아침마다 출근하기가 무서웠다. 어린이집이 무슨 지옥으로 들어가는 문 같았다.

이지연선생님과 여수경선생님은 원래 출근시간이 오후인데 우리 반 아이들 때문에 일찍 출근을 했다. 아이들이 적응을 하면 원래대로 돌아가 일찍 출근을 안 해도 되니 당분간이겠지만 너무 죄송하고 미안했다. 원장님과 공익근무요원인 최동우에게도. 나는 내가 이 정도 밖에 능력이 없었던 사람인가 싶었다. 참 초라한 기분이었다.

3월이라 감기약을 가지고 오는 아이들도 꽤 많았다. 아이들의 가방을 뒤져서 약을 챙겨 약보관함의 아이들 이름에 맞게 넣어주고 시간에 맞추어 약을 먹이는 일도 쉽지 않았다. 한약을 가지고 와 10시에 따뜻하게 먹여달라고 하는 아이. 식후 30분에 먹여 달라는 아이. 병원에서 오면서 약을 먹었으니 오후 3시에 약을 먹여 달라는 아이. 냉장보관 해야 하는 약. 상온에 보관을 해야 하는 약. 데워서 먹여야 하는 약. 유성사인펜을 들고 아이들의 이름을 써 약보관함에 넣으며 매일 플라스틱 약통을 쳐다볼 때마다 멀미가 났다.

이렇게 아수라장 같은 시간들을 견뎌내며 놀이를 잘하는 아이들에게는 방해가 되지 않게 해주느라 무진 애를 썼다. 불안정애착을 가진 아이들에게는 조금이나마 안정애착이 되기를 간절히 바라면서 토닥여 주었다. 약을 가져온 아이들에게는 부모님들이 원하는 시간과 사정에 맞게 먹이려고 신경을 곤두세워야 했다. 아침자유놀이시간, 오전 간식, 오전활동, 점심시간, 동화나 음악 들려주기, 낮잠재우기, 오후간식, 자유놀이시간으로 하루가 흘러갔다.

원장님과 세 분의 선생님들은 낮잠시간에도 불안정애착을 가진 아이들을 재워주느라 우리 반 교실에 상주하고 계셨다. 클래식 음악을 들려주며 낮잠을 재웠다. 아이들의 칭얼거림 사이로 클래식 음악은 물 흐르듯 흘러갔다.

하루가 지나고, 이틀이 지나고, 일주일이 지나고 이주일이 지나고 삼주일이 되어가며 칭얼거림은 잦아들고 선생님들의 품속에서 아이들이 쌔근쌔근 잠이 들기 시작했다.

나에게는 장애통합반 아이들을 빼고 적응을 하지 못한 6명의 아이들도 있지만 적응을 해서 같이 놀아주고 같이 교육을 해야 하는 9명의 아이들도 있었다. 그래도 안정애착을 가진 3명이 잘 적응해가고 있었다. 이제 스스로 놀이를 선택해서 할 수 있는 아이들이 12명이나 되었다.

원장님 말씀처럼 버터야 한다. 나를 위해서도 아이들을 위해서도, 미꾸라지 한 마리가 웅덩이를 흐리는 것처럼 불안전애착아이들로 인해 교실이 시장바닥처럼 자주 시끄러워졌지만 이미 어린이집에 적응이 된 아이들은 놀이에 집중을 해서 개별놀이를 하다가 자기들끼리 또래 놀이를 시작했다.

기존의 아이들과 신입 아이들의 행동을 비교해보니 차이가 많이 났다. 새삼 영아반을 담당하는 네 분의 선생님들이 존경스럽고 너무 고마웠다. 그분들의 노고가 고스란히 아이들의 성품에서 우러나왔다.

놀이에 집중하는 모습.

스스로 화장실에 가서 배변을 하는 모습.

바르게 앉아서 간식을 먹고 간식접시를 정리하는 모습.

점심시간에 수저를 사용해 식사를 하는 모습.

스스로 칫솔에 치약을 짜서 양치를 하는 모습.

낮잠이불을 주면 이불을 펴고 베개에 바르게 누어 잠을 청하는 모습.

이 모든 것이 기특하고 기특했다. 저런 기본적인 생활습관이 몸에 베일 수 있게 하느라 수고 했을 날들을 헤아려보다가 눈물이 날 뻔했다.

버티기 100일.

무조건 버텨야 하는 100일.

사랑으로 참고 견디며 잘못된 애착으로 형성된 성격을 다시 안정적인 애착으로 바꾸기까지 기본적으로 100일은 버텨주어야 한다고. 이론이 아닌 현장에서 처음으로 해보는 것이지만 원장님의 생각을 따라보기로 했다.

울고 떼쓰는 아이 기다려주기.

아이가 하는 말에 귀기울여주기.

진정이 되면 같이 놀아주기.

많이 쓰다듬어주고 토닥여주기.

잘못된 행동은 계속 무엇이 잘못된 행동인지 끊임 없이 말로 알려주기.

안정된 마음이 될 때까지 안고 토닥여주기.

반항할 때 다치지 않게 안전거리 유지하며 지켜주기.

다른 아이를 때리려 할 때 다른 곳에 관심을 돌려서 놀이를 할 수 있게 방향 전환 시켜주기.

낮잠 잘 때 부드러운 심성으로 잠들 수 있게 안고 재워주기 등등 규칙을 만들어 내 책상 앞에다가 붙이고 계속 읽으며 내 마음을 먼저 다독였다.

100일이 지나면 이렇게 까지 사납게 굴지는 않으리라 믿으며……

다른 반 교실은 주간교육계획안에 맞추어 일일교육계획이 이루어지고 있었다.

3월, 4월이 지나고 5월이 되면 우리 반도 계획된 놀이들이 안정적으로 이루어지기를 바래본다. 두려움 반 자신감 반이지만 사랑의 힘으로 100일을 버텨보자. 벌써 2분의 1정도가 지나가고 있으니 버텨보자. 자작나무반 아이들이 울지 않고, 친구도 때리지 않고 서로 부드럽게 놀이하는 변화를 바라며……

자작나무에 달린 은빛 잎사귀 같은 나의 제자들아!
제발 안정적으로 애착이 되기를 간절히 바랄게……
너희들을 너무 사랑한다.

4. 왜 하필 그런 운동화를!……

6세 떡갈나무반 통합교사 박광선선생님

4월 둘째 주 월요일.

우리 어린이집 봄 소풍날.

바깥으로 활동을 나가는 날은 늘 긴장을 한다. 장애통합반 아이들은 규칙에 대해 인식을 시켜도 대답은 늘 "네" 혹은 "응"이라고 말하지만 외부로 나가 활동을 하다보면 바로 잊어버리고 만다. 바깥활동에서 만나게 되는 자연과 사물, 지나가는 사람에 대해 관심이 생기면 규칙에 대한 것을 까마득히 잊어버리곤 했다.

원장님, 조리실 선생님들, 누리보조 선생님, 공익근무요원까지 모두 총 동원을 해 소풍을 나왔다. 4세와 5세 그리고 처음으로 소풍을 나온 5세 통합반 아이들에 대해 집중해서 안전에 대한 관리를 해주느라 6세와 7세는 다른 선생님들 도움 없이 각반 선생님들이 자체적으로 아이들을 관리해야 했다.

일반적으로 모든 어린이집에서는 소풍이나 야외학습을 주로 금요일 집중해 가다보니 가끔 서로 날짜가 겹쳐 체험 한 개를 하려고 해도 오랫동안 기다려야 했다. 동물원이나 식물원에 가게 되면 인기 있는 동물의 우리 앞이나 예쁜 식물 앞에는 사람이 너무 많아 충분하게 관심을 갖고 관찰하기는커녕 아이들의 기념사진을 찍는 것도 거의 불가능할 때도 많았다.

때론 소풍을 나온 초등학교 학생들과도 겹쳐 쏟아져 나온 아이들에게 치어 사람구경만 하고 오는 경우도 생겨났다. 이런 이유로 우리 어린이집은 금요일 대신 가장 한가한 월요일에 소풍이나 야외학습을 나가는 것으로 교사회의를 통해 정해졌다.

월요일에 나가면 단체는 거의 볼 수 없었고 대체적으로 개인이나 가족단위로 온 사람들만 있어 한산했다. 덕분에 모든 시설을 골고루 독점할 수 있었다. 우리 아이들만 관리 할 수 있어 그것도 편하고 좋았다. 또 주말을 보내며 엄마들이 아이들 도시락으로 김밥이나 간식을 준비할 수 있는 시간적 여유가 많아 외부로 나가는 일을 월요일로 바꾸는 일에 안내문을 보내고 동의서로 조사했을 때 맞벌이 부모님들도 좋아하며 동의를 했었다. 대신 야외 행사를 마친 다음 날에는 어린이집에 활동은 교사와 아이들 모두 휴식을 위주로 하는 놀이로 이루어졌다.

봄 소풍을 나온 어린이집 아이들은 모두 들떠있었다.

직접 동물들을 볼 수 있다는 마음에 아이들의 마음이 풍선처럼 부풀어 올랐다.

평소처럼 옥구공원을 가듯 걸어가는 것이 아니라 모처럼 관광버스를 전세 내어 같은 반 친구들끼리 관광버스를 타고 함께 인천대공원으로 가는 것이라 가는 동안 아이들은 쉴 새 없이 종달새들 마냥 종알종알 떠들었다.

봄기운으로 가득 찬 인천 대공원은 온통 연분홍 벚꽃으로 그 화려함을 더했다. 연분홍 벚꽃은 하늘이 보이지 않을 정도로 빼곡하게 꽃들을 피워놓았다. 나무 한그루 한그루마다 다닥다닥 붙어서 피어있는 연분홍빛의 벚꽃은 그 자태가 너무나 고와 아이들이 벚꽃의 향연에 환호성을 질렀다.

"와아 꽃이다 꽃. 너무 예쁘다 꽃!"

"진짜 완전 예쁘다. 온통 꽃이네."

"선생님! 나무 좀 보세요. 모두 예쁜 꽃 모자를 쓰고 있어요!"

주서정이 꽃이 핀 모습을 사람에 빗대어 의인화를 시켜 말했다. 그러자 같이 손을 잡고 가던 서정현이 자기 눈에 보이는 데로 말을 했다.

"아냐! 꽃이 팝콘처럼 나무에 맛있게 핀 거야! 잘 봐 아직 피지 않은 꽃은 진짜 팝콘 같지? 진짜 맛있어 보인다. 그치!"

정현이가 큰 소리로 말하자 아이들이 모두 벚꽃이 가득 핀 나무를 올려다보았다.

"어 정말 아직 피지 않은 꽃봉오리는 팝콘 같네!"

남자 아이들 몇 명이 정현이의 말에 긍정적인 대답을 했다.

"우리 나무를 흔들어서 팝콘을 떨어뜨릴까?"

팝콘이라는 소리에 평소 식탐이 있는 남호균이 짝꿍의 손을 놓고 뛰어가 나무를 흔들며 아이들을 선동했다.

"안 돼. 나무에게 그런 짓 하면 안 돼. 나무 다쳐!"

맨 앞에서 김아연선생님의 손을 잡고 가던 황요셉이 호균이의 행동을 나무라며 큰소리로 말했다. 6세 장애통합반인 황요셉의 말을 들자 기특해 나도 모르게 절로 마음이 흐뭇해져서 웃음이 났다. 요셉의 말을 들은 은상이도 정현의 말을 부인했다.

"아니야! 정현아. 팝콘 아니야! 꽃이야. 너무 너무 예쁜 벚꽃이야!"

은상이 말에 정현은 지지 않고 은상을 향해 큰 소리로 말을 했다.

"야~~ 이은상! 활짝 핀 꽃 말고 둥글게 있는 꽃을 보라고 팝콘 같잖아?"

정현의 말에 평소 은상이랑 친한 김탄이 대신 말을 받았다.

"서정현. 알았어. 팝콘을 닮았지만 꽃은 꽃이야!"

김탄이 은상을 두둔해주자 정현인 눈을 가늘게 뜨며 은상을 째려보았다. 아이들이 하는 말과 행동이 너무 귀여웠다. 6살의 세상에도 네 편과 내편이 나눠져 있었다.

"그래. 팝콘도 닮았지만 꽃은 꽃이야! 아주 예쁜 벚꽃이야."

서정, 은상, 주영, 정인, 찬란, 유미 여자 아이들 대부분이 팝콘을 부인하며 예쁜 꽃이라고 말해 주었다. 그러자 정현은 시무룩해졌다. 김아연선생님이 정현을 위로해주었다.

"정현아! 선생님 눈에도 맛있는 팝콘처럼 보이네. 만화영화 보면서 음료수랑 먹으면 좋겠다. 그치!"

김아연선생님은 다시 한 번 더 아이들을 둘러보며 말했다.

"얘들아. 예쁜 벚꽃으로도 보이고 맛있는 팝콘으로도 보인다. 자기가 보이는 데로 말할 수 있어. 자기 생각과 다르다고 다른 사람의 의견을 무시하거나 비난하면 안 돼. 알겠지?"

아이들 말에 얼굴이 시무룩했던 정현이 선생님의 말에 다시 기분이 좋아졌다.

인천대공원에서 내려 어린이동물원을 향해 가는 동안 장애통합아이들 3명 중 황요셉은 다운증후군이지만 인지력과 언어구사력이 좋아 떡갈나무반 김아연선생님의 손을 잡고 다니게 했다. 아까도 호균이가 나무를 잡고 흔들려고 하자 나무가 다친다고 그런 행동은 하지 말아야 한다고 말해준 아이였다. 일반아이들과도 언어 소통이 제법 잘 되는 편이었다. 또 6살인데도 의젓한 구석이 있었다. 나는 요셉이를 쳐다만 보아도 흐뭇했다.

　발달장애가 있는 백인범과 자폐가 있는 연보라의 손은 내가 잡고 다녔다. 인범이는 인지력과 언어구사력이 많이 떨어져 말귀를 잘 알아듣지 못할 뿐만 아니라 친구들과의 의사소통도 잘 되지 않았다.

　보라 역시 의사소통도 잘 되지 않았고 사회성도 현저히 떨어졌다. 그런데 보라는 노래를 좋아해 늘 흥얼거리며 다녔다. 무슨 노래를 부르는지는 잘 알지 못했다. 보라에게 크게 불러보라고 하면 노래를 멈추었다. 너무 작은 소리로 노래를 불러 옆에서 몰래 들으며 노랫말을 해독하고 싶었지만 알아듣기가 어려웠다. 자기만의 세계에서 타인과의 세계까지 나오는 학습이 아주 많이 필요했다.

　아직 하지 말아야 할 행동에 대한 규범이 부족한 두 명은 안전을 위해 내가 직접 데리고 다녔다. 어떤 행동을 하게 되면 위험에 빠지는지 일일이 아이들에게 알려주었다. 아이들 손을 잡고 길을 걸으며 인도는 사람이 걸어 다니는 곳이고 차도는 차들이 다니는 곳이라고 알려주었다. 사람은 인도로 다녀야 하고 인도에서도 장애물이 있어 부딪히거나 다칠 수도 있으니 앞을 잘보고 다녀야 다치지 않는다고 알려주면서 동물원의 우리를 향해 걸어갔다.

　사실 오늘 어린이집을 나오며 가장 걱정이 되었던 것은 백인범이

신고 온 신발이었다. 농구화처럼 발목까지 올라온 운동화였는데 옆에 지퍼가 없었다. 유난히 운동화의 끈도 길어 조금 걱정스러웠다. 스스로 운동화를 신을 수 없었다. 내가 운동화를 신겨주어야 했는데 지퍼가 없다보니 끈을 풀어서 신기고 다시 끈을 조여 묶어주어야 했다. 지퍼가 없는 운동화는 신겨주거나 벗겨주기가 참으로 어려웠다. 보통 발목이 올라오는 운동화에는 신고 벗기 편하게 발목 안쪽으로 지퍼가 달려있는데 인범이가 신고 온 운동화에는 없었다. 하지만 신발을 벗고 들어가는 곳이 없으니 실수로 바지에 오줌만 싸지 않는다면 오케이였다. 오랫동안 걸어 다녀야 하는데 기저귀를 채우고 나올 것을 그랬나 싶었다.

인천대공원 어린이동물원에 도착하자마자 가장 먼저 화장실에 데리고 가서 아이들에게 배변활동을 시켰다. 참고 있다가 실수를 하면 외부로 나와 있어 여벌옷이 없기에 6살이지만 먼저 화장실에서 소변을 보고 나오게 했다. 아이들 대부분이 화장실에 들어가 소변을 보고 나왔다. 소변을 보고 나온 아이들의 옷을 정리해주었다. 장애통합반 아이들도 데리고 들어가서 소변을 볼 수 있게 도움을 주었다. 인범과 요셉은 남자아이들이라 바지를 무릎까지 내려주고 실수로 바지 쪽으로 소변이 흐르지 않도록 아이들에게 자기 손으로 자기의 고추를 꼭 잡고 살짝 위쪽을 향해 조준할 수 있도록 알려주었다. 그리고 마지막에는 고추를 두세 번 이상 털어 소변이 완전히 없어질 수 있게 한 후 팬티를 올리도록 알려주었다. 인범과 요셉은 내가 알려준 대로 소변을 보고 팬티를 올리고 바지를 정리했다. 보라도 바지를 무릎까지 내리게 하고 좌변화장실에 바로 앉을 수 있게 알려주었다. 엉덩이가 화장실 좌변기에 전체적으로 중앙으로 잘 맞추어 앉은 후 소변을 보게 했다. 그리고 휴지를 사용해 닦는 것을 알려주고 스스로 바지를 올릴 수 있게 했다. 아이들 모두 손을 씻을 수 있게 세면대로 가서 차례대로 손을 씻게 한 후 준비한 개인 손수건으로 닦아주었다. 화장실에서 배변활동이 끝난 아이들 중 요셉은 다시 김아연선생님의 손을 잡고 동물 우리를 향해 걸어갔다.

드디어 아이들과 함께 동물들이 있는 우리에 도착했다. 그곳엔 햄스터와 비슷하게 생긴 기니피그로 시작해 아이들이 좋아하는 토끼도 있었다. 기니피그가 귀여운 눈망울을 하고 오물오물 풀을 먹자 떡갈나무반 아이들은 햄스터처럼 집에서 키우고 싶다고 말하며 좋아했다. 토끼를 볼 때 토끼는 당근을 좋아한다고 알려주자 보라는 가만히 나를 쳐다보다가 작은 쉿소리로 말했다.
"당근 좋아. 당근 좋아."
"그래. 보라도 당근을 좋아하는구나?"
"응"
"응 아니고 네!"
"……"
자폐 아이들은 자기가 하고 싶은 말만하고 말을 시켜도 잘 하지 않았다.

날쌘 왈라비나 왈라루 같은 캥거루 종도 있었다. 정현이와 혁민이는 캥거루를 닮은 왈라비와 왈라루를 보면서 흥분해서 내게 질문을 했다.

"박광선선생님! 저 녀석들 캥거루예요?"

"박광선선생님! 그럼 캥거루처럼 싱싱한 풀을 좋아해요?"

아이들의 질문공세를 받으며 '어제 인터넷에 들어가서 미리 동물원의 동물들을 알아보고 대충이나마 동물들의 이름과 서식지 및 좋아하는 음식에 대해 알아본 것은 천만다행이다'는 생각이 들었다.

"정현아! 혁민아! 크기로 보면 캥거루가 가장 크고 그 다음 중간이 왈라루야! 가장 작은 것이 왈라비야. 캥거루, 왈라루, 왈라비 모두 신선한 풀과 과일을 좋아해."

"선생님, 왈라비 정말 귀여워요."

보라와 인범에게도 왈라비와 왈라루의 이름과 좋아하는 먹이에 대해 알려주었다.

"와 알……"

인범이가 왈라비의 이름을 말해보려는지 입을 떼었다. 나는 너무 기뻐서 큰소리로 말했다.

"왈라루와 왈라비야!"라고 말해주며 인범이와 같이 말을 해보았다.

"와 알 라 아 비!"

"와 알 라 아 비?"

"응! 왈라비."

인범이가 나를 따라 천천히 느리게 말하며 쳐다보았다.

"잘했어. 인범아! 왈라비야, 참 멋지지. 뒷다리는 길지만 앞다리는 짧아서 잘 뛰어. 하지만 앞으로만 뛸 수가 있어!"

인범이는 대답 대신 고개를 끄덕여주었다. 나는 인범이의 등을 쓰다듬어주었다.

조금 더 걸어가니 프레리독도 있었다. 모양은 쥐였지만 귀가 매우 작아 없는 것처럼 보였다. 꼬리는 짧고 평평해 인형처럼 귀여웠다. 글을 읽을 줄 아는 정현과 혁민은 동물들이 있는 우리 앞으로만 가면 우리 옆에 붙어 있는 이름을 쳐다보고 읽었다.

"프. 레. 리. 독. 얘들아! 이건 프레리독이야. 이름이 멋지다."

"이건 프레리독이야. 남미 멕시코지역에 분포해서 살고 있어. 땅다람쥐처럼 생겼지. 프레리독도 풀과 열매를 먹어."

나는 보라와 인범에게 동물의 이름과 먹이에 대해 알려주면서 요섭이 김아연선생님의 손을 잘 잡고 가는지 눈으로 계속 확인을 하며 다녔다. 요섭은 길게 두 줄로 선 떡갈나무반 아이들 맨 앞에서 김아연선생님의 손을 잡고 가며 열심히 동물들을 쳐다보았다. 가끔 손짓을 하며 김아연선생님에게 무엇인가를 물어보기도 했다. 김아연선생님은 자기반 아이들을 돌보며 요섭의 사진도 찍어주었다. 나도 장애통합 아이 두 명의 사진을 찍으며 줄의 뒤쪽에 있는 탄이와 은상이, 정현이와 혁민이, 호균이와 정인이의 독사진을 찍어주기도 하고 2~3명씩 자연스럽게 동물들을 보고 있는 사진을 찍어주기도 했다. 사진을 찍는 동안에는 인범과 보라에게 내가 오늘 입고 간 후드 티의 양쪽 호주머니를 손으로 꽉 잡고 있게 했다.

강아지와 고양이를 반반 닮은 사막여우는 귀가 아주 컸다. 보라와 인범 인 사막여우를 좋아했다. 보라는 사막여우가 맘에 들었는지 기분 좋은 첫소리를 내며 웃었다.

"선생님 너구리예요?"

호균이가 물어보자 정현이가 이름표를 보며 읽어주었다.

"미. 어. 캣. 호균아, 애는 미어캣이야!"

"와!~ 너구리 닮았다."

너구리처럼 눈 주변이 까만 미어캣은 쥐처럼 꼬리가 길었다. 두 손을 모으고 배꼽인사를 하듯 바르게 앞으로 나란히 서서 아이들을 쳐다보며 두리번거리는 모습을 보자 아이들이 엄청 귀여운지 미어캣 흉내를 냈다. 장난꾸러기같이 서있는 모습이 거울이 비추인 서로의 모습인 듯 아이들이 웃자 미어캣도 소리를 냈다.

조금 더 걸어가자 새들이 있었다. 큰 유황 앵무새, 장수 앵무새. 청금강 앵무새로 앵무새는 세 종류나 있었다. 앵무새들의 날개는 빨갛고 파랗고 노랗고 초록색이기도 했고 연두나 주황색도 있었다. 여러 가지 색이 부분적으로 섞여서 화려하고 멋졌다.

새들의 왕인 독수리도 있었다. 날개를 펴자 커다란 검정 색의 날개가 정말 멋졌다. 새들 중의 왕이라고 부르는 이유를 알 만큼 큰 새였다. 라이언 킹처럼 위엄 있어 보였다. 남자 아이들은 독수리를 보자 환호성을 질렀다. 어느새 줄이 엉클어지며 앞쪽 아이들의 소리가 들렸다.

"형식아! 새들의 왕인 독수리야. 진짜 멋지지?"

"태준아! 진짜 멋지다. 날개가 엄청 커!"

"슈즈메! 너도 말해봐 독수리 멋지지?"

"응 멋지다."

웬일로 슈즈메가 대답을 했다.

주영이는 손으로 얼굴을 가리며 작은 소리로 말했다.

"선생님! 나는 앵무새가 좋아요. 독수리는 크고 까매서 무서워요."

"응. 나도!…… 장수 앵무새가 너무 예쁘고 좋아!"

옆에 서서 독수리를 쳐다보던 원주도 주영이 말에 대구를 했다. 여자 아이들은 대부분 독수리보다는 몸집이 아주 작고 깃털의 색깔도 알록달록 화려하고 고운 앵무새가 좋다고 말했다. 다시 아이들에게 줄을 서게 하고 줄과 열을 맞추어 옆으로 이동했다.

옆으로 조금 더 가니 우리 안에서 날개를 부채처럼 펴고 서있는 공작새가 보였다. 흰색의 공작새가 날개를 펴고 아이들을 쳐다보며 '내 날개가 어때?'하는 몸짓을 했다.

"우와!~~~"

"공작새다. 부채처럼 날개를 폈네."

"이 새 이름이 공작이야?"

"진짜 멋있다. 공작 새!…… "

아이들이 다 한 마디씩 하며 공작새를 쳐다보았다. 여자 아이들은 짝꿍의 손을 놓고 공작처럼 두 팔을 옆으로 벌리며 공작새 흉내를 냈다. 나는 인범이와 보라의 손을 잡고 다른 아이들의 활동모습도 지켜보았다.

아이들은 비슷한 종의 동물들인데도 지겨워하지 않고 지속적인 관심으로 계속 이동하며 동물들을 관찰했다. 주둥이가 긴 곰처럼 생긴 코아티도 있었다. 꼬리는 다람쥐처럼 털이 많고 줄무늬가 있었다. 아이들은 지치지도 않고 동물들의 생김새와 특징에 대해 말을 하거나 감탄을 했다. 인천대공원에 있는 동물들은 약간 비슷한 종이 많은 듯했다.

"박광선선생님 여기는 호랑이나 사자는 없어요?"

우려했던 걱정이 역시!~ 김탄이 나를 쳐다보며 물어보았다. 나는 탄이를 쳐다보면서 대답을 해주었다.

"응 여기는 그런 커다랗고 무서운 동물들은 없어. 그런 것은 과천에 있는 서울대공원에 있는 동물원으로 가야해."

"그래요. 그럼 거기엔 기린이나 코끼리도 있어요?"

걸어가던 발걸음을 멈추고 고개를 획 돌려서 탄이 다시 물어왔다.

"응. 기린이나 코끼리도 있어. 사자랑 호랑이도 있고 하마랑 얼룩말도 있지."

"우와!~~~ 선생님, 가을 소풍은 과천에 있는 동물원으로 가요."

"그래. 선생님이 교사회의 시간에 원장님과 주임선생님에게 말해볼게!"

"선생님 꼭이요. 꼭 라이언 킹이 있는 커다란 동물원으로 가요?"

탄이 인천대공원에 있는 동물들로는 양이 안 차는지 계속 동물들이 많은 서울 대공원의 동물원으로 가고 싶다며 가을에는 꼭 그곳으로 소풍을 가자고 나를 졸랐다. 탄의 말에 뒤에서 두 명씩 짝지어 줄을 맞추어 가는 탄이 짝꿍 은상, 혁민과 정현, 호균과 정인이가 한마디씩 했다.

"나는 코끼리 좋아하는데!……"

"나는 얼룩말. 얼룩말 진짜 멋져. 우리 집에 얼룩말 인형도 있어!"

"그래, 음~ 나는 얼룩말보다 기린이 더 좋아!"

"나는 꿀을 좋아하는 곰이 좋아! 정인아 너도 꿀을 좋아하는 곰돌이 푸우가 더 좋지?"

"호균아 너 곰돌이 푸우를 좋아하는 거야? 꿀을 좋아하는 거야?"

"꿀도 좋고, 곰돌이도 좋고, 다 좋아!……"

125

아이들의 말을 들으며 진짜 교사회의 시간에 가을에는 동물들이 더 많은 곳으로 소풍을 가자는 의견을 꼭 내야겠다고 생각했다.

어느새 개처럼 보이나 여우처럼 귀가 크고 얼굴이 늑대처럼 보이는 코요테가 있는 우리 앞으로 왔다. 동물을 볼 때마다 열심히 동물의 이름과 비슷하게 닮은 동물들의 이름을 알려주었는데 보라와 인범은 별 대꾸가 없다. 무슨 생각을 하면서 동물들을 쳐다보고 있는 걸까. 아이들의 생각이 궁금했다. 코요테 앞에서 인범이와 보라의 사진을 찍어주었다. 다른 아이들의 사진도 찍어주었다.

일본원숭이와 마모셋원숭이 우리 앞에서 보라와 인범에게 말했다. 원숭이들은 과일 중에서 바나나를 가장 좋아한다고 알려주었다. 보라와 인범은 원숭이는 관심이 없고 바나나란 말에 관심을 보이며 둘다 천천히 "바나나~"하고 내 말을 따라했다.
남자아이들은 원숭이들처럼 윗입술 속으로 혀를 넣어 인중을 부풀리고 왼손으로는 얼굴을 잡고 오른손으로는 손톱을 세워 뺨을 긁으며 원숭이 소리를 냈다. 두 다리는 좌우로 껑충거리며 원숭이흉내도 냈다. 원숭이들은 아이들이 자기들을 흉내 내는 것을 아는지 아이들의 행동을 보면서 입을 씰룩거리더니 원숭이 특유의 소리를 질러댔다. 소리를 지르는 원숭이들을 보자 아이들도 따라서 소리를 질렀다. 김아연선생님과 나는 동시에 남자아이들에게 그만하라고 원숭이 흉내를 내는 남자아이들의 행동을 자제시켰다. 말로는 되지 않아 직접 가서 아이들을 붙잡아서 행동을 자제시켜야했다. 남자아이들이란 참!······ 여자아이들은 남자아이들의 그런 행동을 보며 웃고 있었다. 태생부터 다르다는 것이 느껴졌다.

다시 짝꿍의 손을 잡으라고 한 후 줄을 세워 양이 있는 곳으로 갔다. 털이 라면처럼 구불구불한 면양을 만났을 때 울타리를 배경으로 아이들의 사진을 찍어주었다. 남자 아이들은 언제 원숭이 흉내를 내면서 떠들썩했던가 싶게 울타리에 얌전하게 기대어 앉아서 사진을 찍었다. 양과 아이들의 표정이 목가적으로 보여 아름다웠다.

염소 울타리에서는 짝꿍끼리 사진을 찍어주었다. 아이들의 집중도가 떨어질 시간이 되었는데 다행히 자기들이 좋아하는 동물들을 보고 있어서인지 제법 집중도가 길게 가고 있었다. 질서도 잘 지키고 있었다. 옥구공원에 다니면서 산을 오르락내리락하며 뛰지 않고 걸어 다니는 활동을 한 것이 효과를 보는 듯 했다. 요셉이 선생님과 잘 다니는지 궁금해서 쳐다보았다. 무슨 이야기를 하는지 연신 선생님과 말을 하며 동물들을 쳐다보고 있었다. 요셉은 김아연선생님의 손을 잡고 제법 동물들을 제대로 구경하고 있는 듯 했다. 다행이었다. 나는 다시 보라와 인범이의 손을 잡고 염소 울타리에서 천천히 걸어서 다른 동물이 있는 곳으로 갔다.

꽃사슴이 있는 우리에 도착했다. 사슴들은 아주 조용하게 먹이를 먹고 있었다. 꽃사슴을 한참 관찰하다가 타조에게로 갔다. 타조 우리 앞으로 오자 보라가 타조를 보며 흥분해서 쉿소리를 내며 좋아했다.

"으!~~~~~~ 으!~~~~~~"

"보라야 타조가 좋아?"

"타… 조… 좋… 아…"

보라가 타조에 대해 격한 반응을 보였다. 보라가 스스로 말을 하다니 나는 놀라며 말을 걸었다.

"그렇구나! 우리 보라가 타조를 좋아하는 구나!"

보라가 고개를 끄덕였다. 처음으로 반응을 하는 것 같아 마음이 기뻤다. 시큰둥한 표정으로 따라다니며 말을 안 해 동물들에 별 관심이 없는 것 같아 마음이 불편했는데 타조를 보며 얼굴이 활짝 펴지고 마구 웃으며 좋아해서 나도 덩달아 기분이 좋아졌다. 인범이는 아직도 그저 그런 표정을 하고 나를 쳐다보았다. 나는 그런 인범이의 머리를 쓰다듬어 주며 웃어주었다. 인범이도 나를 따라 미소를 지어 보였다.

떡갈나무반 아이들과 인천어린이대공원에 있는 모든 동물들을 보았다. 아이들에게 동물들의 이름과 서식지, 동물들의 행동과 특징들에 대해 이야기를 해주며 걷다보니 꽤 시간이 흘렀다. 시계를 보니 그래도 점심시간까지는 여유가 있었다. 김아연선생님과 상의를 한 후 아이들 모두 등나무 벤치로 데리고 가서 그곳에서 잠시 쉬다가 점심식사시간에 맞춰 이동하기로 결정했다. 아이들을 데리고 등나무로 걸어가는데 화장실을 가고 싶어 하는 아이들이 생겼다. 모두 데리고 화장실로 이동을 했다. 여자 아이들과 남자 아이들을 각 각 남녀화장실에 들여보냈다. 순서대로 들어갔다가 나오는 아이들의 옷을 보면서 정리가 덜 된 아이들의 옷만 정리를 해주었다. 보라를 먼저 데리고 화장실에서 용변을 보게 한 뒤 여자아이들과 함께 손을 잡고 서 있게 한후 인범과 요셉을 데리고 용변을 보고 나오는데 인범이가 넘어졌다. 자기 발에 걸려 넘어진 것이다. 신발의 끈이 풀렸는데 자기 끈을 밟

고 스텝이 꼬이면서 스스로 넘어져 무릎을 다쳤다. 나는 등나무벤치
로 와서 먼저 무릎을 보았다. 내가 메고 있던 가방에서 핀셋으로 솜
을 집어 일회용 소독약을 따서 듬뿍 묻혀 인범이의 무릎을 소독하고
상처에 새살이 돋는 연고를 바른 후 밴드를 무릎에 붙여주었다. 그리
고 풀어져 있는 신발 끈을 풀어지지 않도록 단단히 묶어주었다. 신발
끈은 화장실을 들락거리느라 젖어있었다. 김아연선생님에게 인범이도
부탁하고 화장실에 들어가 손을 씻었다. 그리고 나와서 인범이와 요
셉이 그리고 보라를 눈으로 확인하는데 여자아이들과 손을 잡고 서
있던 보라가 안보였다. 아이들 사이에서 아무리 찾아보아도 보라가
없었다. 너무 놀라서 가슴이 콩콩 뛰는데 방송으로 자작나무숲어린이
집을 찾는 내용이 나왔다. 연보라어린이를 데리고 있으니 타조우리
앞으로 빨리 오라는 내용이었다. '겨우 손만 씻고 나왔는데 그 짧은
시간동안 무슨 일이?' 나는 제발 아무 일도 없기를 간절하게 바랬다.
타조우리까지 뛰어가는데 다른 곳에 계셨던 원장님과 주임선생님도
타조우리 쪽으로 뛰어오는 모습이 보였다. 낯선 아저씨가 보라를 데
리고 있었고 아저씨의 말이 보라가 타조우리 안으로 들어가 타조에
게 돌멩이를 던졌다고 했다. 돌멩이에 맞은 타조가 놀라서 부리로 보
라의 머리를 쪼았다고 했다. 아저씨가 말릴 새도 없이 너무 순식간에
일어난 일이라고 말해 주었다. 머리에 피가 나서 깨끗한 수건으로 지
혈을 하고 같이 구경을 하던 사람들 중 한 분이 동물원 사람을 불렀
고 메고 있는 가방에 어린이집 이름과 아이의 이름이 있어 방송실에
방송을 하게 했다고 말해주었다. 또 다른 분은 벌써 119를 불렀다고
했다. 구경을 하던 여러 명의 어른들이 순식간에 일사천리로 일을 처
리했다고 한다. 얼마나 고마운지. 나는 현장에서 일한지 7년이 넘었

129

다. 그럼에도 불구하고 이런 일이 일어난 것이 너무 무서웠다. 어떻게 이런 일이 생겼는지. 얼마나 많이 다쳤을지 걱정이 되었다. 울고 있는 보라 곁으로 가서 토닥이며 아저씨 대신 안아주었더니 내 얼굴을 보자 울음을 그쳤다. 마침 119가 들어오고 있었다. 원장님도 주임선생님도 놀랐지만 일단 이 일로 연쇄적으로 안전사고가 나면 안 되기에 나에게 요셉이와 인범이를 잘 돌 볼 테니 걱정하지 말고 보라와 함께 119를 타고 병원으로 가라고 했다. 병원에 가면 전체적인 상황에 대해 전화로 알려 달라고 했다. 그리고 병원비를 내야하니 어린이집에서 사용하는 카드를 주었다. 119요원이 와서 응급으로 처치를 하면서 걱정하지 않으셔도 될 것 같다고 말해주었다. 머리 위쪽에 난 상처는 약간의 찰과상이고 아래의 상처는 세 바늘정도 꿰매면 될 것 같으니 마음을 진정하라고 했다. 사색이 된 내 얼굴을 보면서 일단 안심을 시켜주었다. 나는 마음을 진정시키고 보라를 쳐다보면서 말을 했다.

"보라야! 많이 아프지? 지금도 아파?"

보라는 대답 대신 눈을 끔뻑거리다가 미소를 지어보였다.

"보라야! 그런데 어떻게 타조우리에 들어갔어. 타조하고 놀고 싶었어? 타조랑 놀고 싶어도 우리에 들어가면 안 되지. 그리고 놀자고 말로 해야지 돌멩이를 던지는 것은 너무 했다. 타조가 너무 놀라서 너를 부리로 쪼았나보다. 아무튼 너무 미안해. 너를 지키지 못해서. 병원에 가서 상처를 잘 치료하자."

보라는 내 이야기를 알아듣는지 못 알아듣는지 맑은 눈빛으로 나를 쳐다만 봤다. 보라엄마에게는 어떻게 말을 해야 할지. 나를 믿고 소풍도 보내셨을 텐데…… 송구스러운 마음에 기분이 착잡해졌다.

"보. 라. 타. 조. 조. 아~"

보라가 아주 천천히 말을 했다. 보라의 말에 갑자기 마음이 뭉클
해지며 눈물이 왈칵 쏟아졌다. 옆에 있던 여자 119소방대원이 나를
쳐다보며 내 등을 두드려주었다.

"너 이름이 보라니? 타조가 좋아도 우리 안까지 들어가면 안 되지.
천만다행이야! 아까 그 아저씨가 바로 우리를 넘어 들어가 너를 구했
으니 망정이지 큰일 날 뻔 했어! 아저씨가 구해주지 않았으면 심하게
다쳤을 거야!"

"어머! 정신이 없어 아저씨에게 감사의 인사말도 전하지 못했네."

"어쩌다가 이런 일이 생겼어요?"

"화장실에서 배변 활동하는데 한 아이가 자기신발 끈에 걸려서 넘
어졌어요. 무릎을 다쳐 소독해주고 신발 끈 다시 묶어주는 동안 생긴
일이에요. 정말 이럴 때마다 힘이 쭉 빠져요. 아이들 본 공은 없다고
하더니!……"

"위로는 안 되겠지만 그래도 이 정도는 아주 가벼운 거예요. 선생
님 너무 걱정하지 마세요. 아주, 아주 경미한 상황이니 치료받으면
금방 나을 거예요."

나는 대답 대신 미소를 지으며 목례를 했다.

병원에 도착할 때까지 보라의 손을 꼭 잡고 갔다. 가는 동안 엄마
에게 전화를 했다. 죄송하다고 말하며 갈아입을 옷과 병원 주소를 알
려드렸다. 보라의 원복에는 피가 제법 묻어있었다. 피를 보니 마음이
심란해지며 토가 나올 것 같았고 어지러웠다. 타조의 공격을 받아 머
리에 상처가 나면서 피가 나온 듯 했다. 병원에 도착해 응급실에서
머리를 꿰매는데 보라가 갑자기 허밍으로 노래를 크게 불렀다. 주사

를 맞고 바늘로 꿰매는 모든 것이 무서워 눈물을 흘리거나 울어야 하는데 노래라니!…… 이건 무슨 상황인지. 세 바늘 꿰매고 병실에서 나오는데 보라엄마가 응급실에 도착했다. 나를 보자 막 뛰어와서 내 손을 잡고 흔들다가 와락 끌어안으며 등을 두드리며 말을 했다.

"선생님! 너무 많이 놀라셨죠. 우리 보라 돌보느라 수고가 많으세요!"

나는 엄마를 만나면 무슨 말을 어떻게 해야 할지 몰라 마음이 착잡했는데 이런 말을 들으니 나도 모르게 눈에서 눈물이 났다.

"죄송해요. 보라어머니! 제가 더 잘 보살피며 다녔어야 했는데! ……"

말을 체 잇지 못하고 눈물을 닦으며 서 있으니 엄마도 눈물을 흘리며 손으로 내 눈물을 닦아주었다.

"선생님. 오면서 원장님과 통화했어요. 다친 이유를 원장님에게 다 들었어요."

"그래도 죄송해요. 찢어져서 꿰매기까지 했으니 보라가 아팠을 거예요."

"아파야죠. 아파도, 아주 많이 아파야죠! 아파야 다음에 다신 안 그러죠."

"네? 어머니 그게 무슨 말인지!……"

"선생님! 전 혼자서 보라를 데리고 다녀도 엉뚱한 행동을 하도 많이 해서 정말 힘든데 선생님은 인범이랑 요셉까지 데리고 다녀야 하는데 얼마나 힘들었겠어요. 작년에 보라가 강아지에게 빠진 적이 있어요. 강아지를 너무 좋아한다는 자기만의 애정표현이 무언가를 던져서 강아지를 맞추는 거였어요. 아직도 동네에서 강아지를 보면 그렇게 좋아해요. 그런데 한 번은 어디서 돌멩이를 주어와 강아지들에게 던졌어요. 너무 놀라서 하지 못하게 해도 계속 이런 행동을 했어요. 강아지나 개한테 돌멩이 던지고 한 번 된통 물려야 그만하지 라며 우리가족들이 생각했죠. 그러다가 올해 동물의 왕국을 보다가 우연히 타조를 봤는데 보라가 타조를 너무 좋아하는 거예요. TV 앞에서 좋아서 소리를 지르며 깡충깡충 뛰더니 갑자기 TV 브라운관을 향해 들고 있던 나무블록을 던졌죠. 보라오빠가 말리지 않았다면 하마터면 TV가 깨질 뻔 했어요. 가족들이 보라한테 그런 행동을 하면 안 된다고 얘기를 했거든요. 그래도 말을 안 들었는데 결국 이런 사단이 났어요. 제가 미리 선생님에게 말씀을 드렸어야 했는데 너무 죄송해요."

보라엄마의 말에 내 안에 있던 모든 염려와 걱정이 다 녹아내렸다. 너무나 고마웠다. 엄마가 말하는 것이 사실이라도 요즘 같은 세상에 자신들이 불리한 진실을 알려주는 부모가 몇이나 되는지. 무슨 일만 생기면 책임이라는 명목으로 교사의 직함을 내려놓으라고 소리를 치거나 다친 아이를 빙자해 손해배상청구를 하려는 부모님들도 많은데 이렇게 진심을 다해 나를 위로하고 있는 보라엄마의 마음이 고스란히 느껴져 감사의 눈물이 흘러나왔다. 서로를 향해 감사하는 마음. 이러한 정직한 마음이 사실은 교육현장에서 얼마나 많이 사라졌는지. 보라가 우리 곁에 서서 마주보고 서있는 두 사람의 엉덩이를 두드리고 있었다. 엄마와 마주서서 손을 잡고 눈물을 흘리다가 보라의 엉뚱한 행동에 웃음보가 터졌다.

며칠 뒤 보라엄마와 아빠로부터 카네이션 꽃다발이 장문의 감사편지와 함께 택배로 어린이집에 배달되어 왔다. 나는 그 편지를 읽으며 다시 한 번 내 직업이 힘들지만 그러함에도 불구하고 내 직업에 감사하기로 했다. 다시금 장애를 가진 아이들에게 도움과 사랑으로 교육하며 보답해야겠구나 하는 마음이 들었다. 그리고 보라 엄마와 아빠, 이 두 분이 이 시대에 희귀적인 분들이라 천연기념물이나 인간문화재로 느껴지기까지 했다. 한 마디로 이런 분들이 너무 귀하다는 이야기다. 이분들이 보낸 긴 장문의 편지는 나에게 이 직업을 택한 것에 대해 진심으로 감사하고 소중한 마음이 들게 했고 다시금 사명감으로 나를 무장시켰다.

보라가 다친 사건은 너무 안타까운 일이었지만 그로 인해 많은 깨달음이 있었다.

그리고 보라부모님처럼 장애아동을 키우는 분들에 대해서도 다른 시각이 생겼다.

참 고마운 분들이다.

5. 하얀 배꽃 향기 속으로 떠난 봄 소풍

3세 함박꽃반 교사 문희경선생님

4월 마지막 주에 계획했던 영아반의 봄 소풍은 다행히 중국에서 불어오는 황사가 잠시 멈추고 미세먼지가 없는 맑은 날이 며칠 동안 계속되었던 시간들 속에 있었다.

영아들과 엄마들을 태우고 달리는 버스 창가에서 바라본 바깥풍경은 햇살이 나무들 사이로 비스듬히 비추이자 이제 막 돋기 시작한 손톱보다 작은 새순들이 졸음에 겨운 아가 양들처럼 반쯤 졸린 눈을 하고 아지랑이가 가물거리는 가지 위에 길게 들어 누워 아침잠에서 깨어나지 못하고 나무에 매어 달려 자기들의 몸을 키워내느라 졸고 있었다. 다만 게으름으로 늦은 개화를 한 벚꽃 몇 송이가 가지 끝에 매달려 간혹 불어오는 바람에 살랑거리다가 간지럼을 참지 못하고 연분홍으로 혹은 진분홍으로 점점이 눈송이처럼 흩날리며 허공에서 춤을 추듯 떨어지고 있었다.

나는 봄날의 정겨움을 견디다 못해 차 창문을 열었다. 불어오는 바람결 사이로 분홍 실처럼 가늘고 꽃대가 부채 살처럼 피어있는 자귀나무의 꽃향기와 비슷한 은은하고 달콤한 향기가 날아 들어왔다. 아직 자귀나무의 꽃이 필 시기가 아닌데, 자귀나무의 꽃은 6월이나 되어야 피는 꽃인데 라고 생각이 드는 순간 꽃향기 사이로 서해안 갯벌의 비릿한 바다냄새도 슬며시 끼어 들어왔다.

올해 봄 소풍 장소는 대부도에서 과수원을 하는 함박꽃반 안태섭 할아버지 배 밭이었다. 그곳으로 가는 동안 영아들 중 몇은 엄마나 할머니 품에 잠들어 있었다. 깨어 있는 영아들은 바깥 풍경을 구경하느라 열심히 코를 창문에 대고 있었다. 이제 막 말문이 트인 녀석 중 한 명은 끊임없이 하늘이야? 구름이야? 배야? 새야? 나무야? 꽃이야? 하며 눈에 보이는 사물을 손가락으로 가리키고 엄마에게 쉴 새 없이 질문을 하고 있었다. 오리엔테이션과 입학식 날 얼굴을 본 후 아침 등원시간마다 마주치며 서로 얼굴을 익혔던 할머님들은 살아온 시간만큼의 넉살로 벌써 친해져 자신들이 살아 온 인생에 대한 이야기를 나누었다. 엄마들도 작은 소리로 서로 아이에 대한 정보를 나누고 있었다. 간간히 담소하는 목소리 사이로 슈베르트의 세레나데가 바이올린 연주로 들렸다. 차창 밖의 풍경도 아름다웠지만 음악과 함께 흐르는 버스안의 풍경도 정겹게 느껴졌다.

시흥시와 대부도 사이의 바닷길을 가르고 길게 이어진 8Km가 넘는 시화방조제를 건너 대부도에 있는 태섭이 할아버지 배 밭으로 우리들을 태운 버스가 들어서자 할아버지와 할머니는 전화를 받고 미리 나와 주차를 도와주었다. 버스에서 내리자마자 눈으로 들어오는 배꽃의 향연은 넋이 나갈 만큼 아름다웠다. 언덕처럼 비스듬히 있는 땅위로 알파벳 Y모양의 나무에 다닥다닥 붙어 있는 하얀 배꽃들은 멀리서 보기엔 흡사 영아들의 머리카락에 다닥다닥 붙어 있던 밥풀 떼기 같았다. 아직 혼자 스스로 밥을 먹지 못하는 영아들은 한 아이 의 밥 먹는 것을 도와주다가 잠시 눈을 떼어 다른 아이의 밥 먹는 것을 돕는 동안, 참지 못하고 스스로 먹겠다고 아직은 사용이 불편한 수저를 집어던지고 양손으로 밥을 먹다 그 손으로 여기저기를 만져 온 몸에 하얀 밥알을 잔뜩 묻혀놓고 밥을 먹곤 했다. 엄마들에게는 함박눈처럼 보인다는 배꽃이 나에게는 영아들 머리에 다닥다닥 매달 려 있던 밥풀떼기들처럼 사랑스럽게 보였다.

할아버지는 밭의 한쪽에 만들어 놓은 길고 넓은 평상으로 우리들 을 데리고 갔다. 평상에 짐들을 부리고 평상 아래 평평한 땅에 어린 이집에서 가지고 온 기린모양과 딸기모양이 그려진 돗자리를 깔았다. 돗자리를 깔고 아직 잠에서 깨지 못한 영아들을 누이거나 등에 멘 짐들을 풀었다. 모두 하얀 배꽃을 쳐다보며 감탄사를 연발했다.

"오늘 하루 회사에 휴가를 낸 것은 잘한 일 같아요! 꽃만 봐도 절 로 힐링이 되네요."

이현엄마가 자기도 모르게 큰 소리로 말하며 소리 내어 웃었다.

"꽃을 보니 이 나이에도 마음이 설레네! 내가 꼭 봄 소풍을 온 것 같아."

보험회사를 다니며 딸과 함께 창현이를 키우는 창현외할머니도 한 마디 했다.

"나도 오늘 친구들과 골프모임 있었는데 취소하고 잘 따라온 것 같아요. 어쩜 이리 경치가 좋은지 세상에!……"

말꼬리를 흐리며 주혁할머니도 기분이 좋은 듯 웃었다.

"시화방조제를 건너며 바닷물에 햇살이 출렁이는 것을 보니 박카스를 마신 듯 활력이 솟아나는 거 있죠! 완전 행복했어요."

예쁘게 생긴 서연엄마가 고른 치아를 드러내며 활짝 웃었다. 그리고 박카스 두 박스를 내밀었다.

"이거 들고 오느라 힘들었어요. 태섭할아버지 과수원으로 소풍 가는데 빈손으로 올수 없어서!…… 참고로 제 남편이 동아제약을 다녀서요."

"남편회사 제품 광고해주는 거예요?"

내가 박카스를 받아서 태섭엄마에게 전달했다.

"어머 고마워요. 제가 우리 아버지께 잘 말씀들일게요."

태섭엄마가 박카스를 받아서 평상에 올려놓았다.

"우리 서연인 오늘 소풍가는 날인줄 알았나 봐요. 새벽부터 일어나 거실을 뛰어다니며 얼마나 좋아하던지 김밥 싸는 동안엔 자는 게 효녀 짓인데, 김밥으로 남편아침식사 대신하랴. 뛰어다니는 서연일 진정시키랴 정말 정신이 없었어요. 하하하"

서연엄마의 활기찬 얘기에 모두 기분이 좋아졌다.

"아휴!~~ 난 바빠서 유부초밥으로 싸가지고 왔는데!…… 어제 회사가 늦게 끝나 장은 봤지만 아침에 일찍 일어나 김밥을 싸려니 체력이!…… 암튼 엄두가 나지 않아서요."

이현엄마는 같은 반 서연엄마의 김밥 얘기에 괜히 기죽어 했다.

"이현엄마! 같이 먹어요. 제가 선생님 것도 쌌어요. 넉넉히 싸가지고 왔으니 함께 식사를 하면 되죠."

"함박눈처럼 희고 예쁜 꽃과 달콤한 향기가 나는 이곳에서 먹는데, 뭘 먹은 들 안 맛있겠어요?"

"맞아요. 태섭엄마! 이런 곳에 초대 해주어 감사해요."

"모두 와주어 고마워요."

손으로 이마에 대고 모자의 챙을 만들 듯 손바닥 그늘을 만든 후 넓게 펼쳐진 과수원의 하얀 배꽃들을 둘러보며 아직도 여기저기서 감탄사가 계속해서 흘러나왔다.

짐을 평상에 내리자마자 주혁의 성화에 못 이겨 배나무 사이로 산책을 간 주혁엄마는 주혁의 손을 잡아끌고 이리로 오고 있었다. 주혁인 안 오겠다고 고집을 피우고 엄마는 주혁이를 데리고 엄마들이 모여 있는 이곳으로 데리고 오고 싶어 했다. 실랑이가 벌어지자 윤보영 선생님이 주혁에게 가서 잘 설득해 손을 잡고 같이 신나게 오고 있었다.

"어머머! 얘 좀 봐! 웃긴다. 내가 말할 땐 듣지도 않고 고집을 피우더니 자기 선생님이 말하니 이렇게 순식간에 말을 듣고 따라 오냐! 세상에 어쩜!~~~"

걸어오며 주혁엄마가 하는 말을 듣고 주혁할머니가 한마디를 거들었다.

"아이구!~~ 그러니까 담임 선생님이지 왜 담임 선생님이겠어!"

주혁할머니의 말에 또 한바탕 웃음꽃이 피었다. 오늘 주혁이는 엄마와 할머니가 함께 소풍을 따라왔다. 같이 오고 싶다고 문의를 해 원장님께 말씀드렸더니 승낙을 해주었다. 물론 소풍비는 없어 내지 않았지만 25인승으로 바꾼 버스의 대여비와 보험료는 할머니 것도 따로 냈다.

작게 코팅 된 미니 일정표를 전달하고 일정표의 시간을 다시 말로 일러주었다.

"도착한지 얼마 되지 않은 것 같은데 벌써 20분이 지나 지금 11시 10분이에요. 영아들과 함께 40분 정도 자유시간입니다. 산책을 다니며 사진도 찍으시고 11시 50분에 수돗가에서 손을 씻은 후 점심식사는 이곳에서 12시에 할게요. 점심식사 후 일정은 다시 식사를 마치고 정리를 한 후 알려드릴게요."

코팅된 미니 일정표에는 자유 시간, 식사시간, 정리시간, 풍선 및 비눗방울 놀이시간, 낮잠시간, 보물찾기시간 등이 적혀있었다.

엄마들은 영아들의 손을 잡고 배 밭 사이로 뿔뿔이 흩어졌다. 잡은 손을 놓고 먼저 달려가는 영아를 잡으려고 쫓아가기도 하고 얌전한 영아들은 벌써 나무 옆에 서서 사진을 찍기도 했다. 준비성이 많은 서연엄마는 아이와 함께 집에서 가지고 온 작은 소꿉 바구니에 떨어진 배꽃을 주워 담았다. 새벽에 일어났던 서연인 버스에서 오는 동안 잠깐 잠을 자고 일어나서인지 활기차 보였다. 배나무 사이로 꽃을 줍다가 뛰기 시작했다. 그리고 멀리 있는 친구의 이름을 불렀다.

"이현아!~~"

떨어진 배꽃을 들고 사진을 찍던 이현인 서연의 목소리를 듣고 달려왔다.

"서연아! 제발 조심해! 뛰지마! 걸어. 걸으라구!"

"이현아 엄마랑 같이 가야지! 넘어져."

이현엄마와 서연엄마는 넘어질까 걱정하며 딸내미들 뒤를 부지런히 달려서 쫓아갔다.

아이들의 웃음소리와 엄마들의 걱정 어린 소리가 뒤섞여서 즐겁게 들려왔다. 멀리서 뻐꾸기가 울었다. 뻐꾸기소리마저 정겹게 들렸다.

멀리 배나무 밑에서는 같은 반 창현할머니와 주혁할머니가 아이들 곁에 쪼그리고 앉아있었다. 윤보영선생님은 천천히 걸어서 남자 아이들 곁에 가 사진을 찍어주었다. 곤충에 관심이 많은 남자아이들이 공벌레에게 나뭇가지를 가지고 손가락 대신 만지며 놀이를 하고 있었다. 쥐며느리의 일종인 공벌레는 머리와 일곱 개의 마디로 된 가슴과 다섯 개의 배를 동그랗게 말아 공처럼 하고 있었다. 나뭇가지의 공격이 무서웠는지 길게 기어 다니던 벌레가 공처럼 동그랗게 말리자 아이들은 신기한 듯 소리를 질렀다. 남자아이들은 개미 같은 곤충, 온갖 벌레에 관심이 많았다. 할머니들은 그런 손주들이 벌써 프랑스 생물학자 장앙리 파브르인양 곤충박사님들을 쳐다보는 표정이 되어 있었다. 창현과 주혁인 고개를 숙이고 공벌레를 관찰하느라 시간가는 줄 몰랐다. 윤보영선생님은 그런 아이들이 귀여워 아이들의 표정을 크게 클로즈업시켜 사진을 찍었다. 할머니들과 나란히 앉아서 개미를 관찰하고 있는 풍경도 사진으로 찍어두었다. 돌아서다가 손주들의 곤충사랑에 벌써 파브르 박사님을 쳐다보듯 손주들을 황홀하게 바라보는 할머니들의 표정도 너무 진지하고 사랑스러워 한 분씩 사진으로 남겼다.

눈부시게 하얀 배꽃이 흰 물결을 이룬 과수원을 돌아 반대편으로는 연꽃이 몇 송이 피어있는 작은 연못이 있었다. 이미 이곳의 여기저기를 잘 알고 있는 과수원 손주인 태섭이가 인도에서 온 친구 마누의 손을 잡고 연못이 있는 이곳으로 와서 연꽃을 보여주고 있었다. 우리 반 다문화가정은 인도에서 온 마누였다. 마누 부모님들은 두 분 다 인도분들이라 한국말을 못할까봐 걱정했는데 다행히 마누아빠가 한국말을 너무 잘했다. 오늘은 감사하게도 태섭엄마가 마누엄마와 함께 있었다. 마누엄마는 아빠처럼 한국어를 잘하지 못해 영어와 한국어를 같이 사용했다. 태섭엄마는 마누엄마에게 연못가에 서서 영어와 함께 모국어를 사용한 보디랭귀지를 하며 열심히 설명을 했다. 마누엄마는 알아듣고 있는지 고개를 연신 끄덕이며 서로 얘기를 주고받았다. 역시 몸으로 하는 언어는 만국공통어인 듯 했다.

나는 엄마도 할머니도 오지 못한 우리 반 고은이의 손을 잡고 같이 걸어 다니며 사진도 찍어주고 꽃도 관찰하며 놀아주고 있었다.
"고은아! 오늘 소풍 와서 꽃도 보고 나비도 보니 기분이 좋지요?"
"응."
"응 아니고 네 라고 대답 해야지요."
"네!~~~"
저쪽에 떨어져 놀고 있던 이수엄마와 은아엄마가 우리 둘을 발견하고 두 분이 함께 고은이를 부르며 같이 놀자고 했다.
"고은아! 이리와! 우리 이수랑 같이 놀자."
그 소리를 들은 고은인 내 손을 잡아당기며 이수에게로 가려고 했다. 나는 고은일 번쩍 안아 올려 품에 안고 제법 멀리서 은아하고 함께 놀고 있는 이수에게로 갔다.

"선생님! 오늘 고은엄마 못 오신 거예요?"

"네. 하필 오늘이 회사에서 그동안 준비한 프로젝트를 발표하는 날이라 휴가를 내지 못하셨어요. 그래도 오늘 고은이 말고는 모두 오셔서 아이들과 함께 하는 시간이 되어 다행이에요."

"오늘 고은엄마도 뵙고 사귀게 되기를 바랐는데 아쉽네요."

"제가 이수어머니와 은아어머니가 무척 아쉬워했다고 고은어머니께 그 마음을 꼭 전해 드릴게요."

"어머! 선생님, 꼭 전해주세요."

함께 웃음보가 터졌다. 웃음소리에 아이들이 놀다가 놀란 토끼눈으로 웃고 있는 우리들을 쳐다보았다.

한참이나 개미를 관찰하던 창현이와 주혁인 어느새 함께 돗자리에 앉아 집에서 가지고 온 블록으로 기차를 만들고 있었다. 때마침 늦게 출발하여 따로 온다던 명환엄마의 자동차가 과수원으로 들어오는 모습이 보였다. 자동차에서 내려 가방을 등에 메고 카시트에 앉아 있는 명환을 내린 후 차문을 잠그고 손을 잡고 걸어오는데 반가운지 명환이 멀리 있는 친구들에게 소리를 지른다.

배꽃을 가지고 소꿉놀이를 하던 목련꽃반 아이들 중 말을 잘하는 서연과 이현은 명환을 쳐다보며 이름을 불러주었다.

"명환아! 명환아!~~~~어서와. 명환아!"

스마트폰 카메라로 봄 소풍의 여러 장면을 사진으로 찍던 윤보영 선생님은 명환과 명환엄마를 반갑게 맞이하고 나서 시간을 확인하고 점심시간이 다 되었으니 수돗가에서 손을 씻고 같이 식사를 하자고 큰 목소리로 알려주었다.

"함박꽃반, 목련꽃반 여러분! 이제 손을 씻고 맛있게 점심식사해요."

수돗가에 가까이 있던 친구들부터 손을 씻고 자리에 앉기 시작했다. 명환은 오자마자 손을 씻고 자리에 앉았다. 앉았다가 갑자기 일어나더니 서연에게 가서 서연일 꼭 안아주더니 다시 엄마 곁으로 갔다. 그 귀여운 행동에 서연엄마와 명환엄마, 이현엄마가 함께 미소를 지었다.

"명환아 우리 이현이는 안 안아줘?"

이현엄마가 장난스러운 말투로 물어보았다.

"응!"

명환이는 짧고 명확하게 자기의 의사를 표현하고 이현엄마를 쳐다보지도 않고 가방에 있는 도시락을 꺼내려고 작은 손을 꼼지락거렸다.

그 모습이 너무 귀여운지 엄마들이 함께 웃음을 터트렸다.

연못가에서 연꽃을 보며 놀이하던 태섭이와 마누가 들고 있던 나뭇가지를 버리고 손을 씻었다. 멀리까지 갔던 영아들도 돌아와 수돗가에서 손을 씻고 자리에 앉았다. 함박꽃반인 마누, 태섭, 고은, 은아, 이수가 함께 딸기 그림이 그려진 돗자리에 앉고 목련꽃반인 창현, 주혁, 명환, 이현, 서연이가 기린이 그려진 돗자리에 앉았다. 명환이가 자기 도시락을 들고 슬그머니 서연이 옆에 앉자 그 모습에 할머니들과 엄마들이 웃음을 터트렸다.

"정명환! 너 박서연이 그렇게 좋아?"

주혁할머니가 물어보았다.

"응!"

"왜 좋아?"

"예뻐!"

아주 짧고도 단호하게 말을 했다. 다시 한 번 웃음바다가 되었다.

각자 집에서 싸가지고 온 도시락을 펼치는데 태섭할아버지와 할머니가 구수한 파전과 잘 익은 총각김치를 가지고 와서 양쪽의 돗자리 위에 두었다.

"원래 엄마들을 위해 바지락 칼국수를 준비하려고 했는데 영아반은 뜨거운 국물은 위험하다고 해 칼국수 대신 해물을 듬뿍 넣은 파전을 준비했어요. 대부도까지 왔으니 바지락 칼국수를 꼭 먹어야 되는데~~ 우리 태섭이 6세나 7세 쯤 되어 다시 이곳으로 놀러오면 그때에는 바지락을 듬뿍 넣은 칼국수를 끓여 줄게요. 아이들이 너무 어려 위험하다니 어쩔 도리가 없죠. 파전이라도 맛있게 드세요."

엄마들은 먹기도 전에 할머니의 따스한 인사말을 듣기만 해도 좋은지 함성을 질렀다.

"칼국수 먹으려면 계속 이 어린이집에 다녀야 되겠는데요!……"

"어머 세상에 나도요!……"

"소풍장소 협찬해주신 것도 감사한데 이렇게 파전까지 너무 고맙습니다."

"나중에 아이들 낮잠시간에 아이들이 잘 때는 방 3개 있으니 그곳에서 재워요. 엄마들은 거실에서 좀 쉬고 쉴 때 태섭엄마가 커피를 내릴 테니 오늘 편안하게 놀다가 가요. 우리 태섭이를 키우느라 선생님들에게 너무 고마워요. 모두 와주어서 고마워요."

내가 하는 인사말에 할머니는 내 손을 잡고 태섭이를 맡아 키워주는 것에 대한 감사의 말과 낮잠시간에는 안채를 사용해도 된다는 말을 전하며 태섭이 옆에 앉았다. 태섭이가 곁에서 할머니에게 빨리 앉으라고 종용했다.

아이들이 아직 김밥이나 유부초밥 먹는 거에 익숙하지 않으니 일회용 장갑을 하나씩 나누어주며 김밥을 영아들이 입에 넣어주고 앞니로 스스로 잘라먹을 수 있도록 유도해 달라고 부탁했다. 나는 일회용비닐장갑을 끼고 김밥 하나를 들고 고은의 입에 김밥을 넣어주자 고은인 받아서 앞니로 김밥을 반으로 잘라먹었다. 남은 김밥은 손으로 들고 있다가 다 먹은 후 다시 입에 넣어주었다. 고은이는 어린이집 영아반에서 먹는 기본생활습관이 가장 좋은 아이였다. 김밥과 유부초밥을 먹이는 모범제시를 보여준 후 각자 가지고 온 도시락을 할머니나 엄마와 함께 먹도록 했더니 조잘 조잘 떠들던 아이들이 도시락을 열고 먹기 시작했다. 역시 먹으니 조용해졌다.

서연엄마가 아침부터 준비한 도시락을 나와 윤보영선생님에게 줬다. 도시락을 열자 상추가 꽃처럼 피어있었다. 밥에 양념한 소고기와 야채를 넣고 쌈장을 넣거나 양념고추장을 곁들여 놓았는데 먹음직도 했지만 너무 예뻐서 먹기가 아까웠다. 상추쌈밥을 각각 하나씩 드시라고 각반의 어머니와 할머니들의 도시락뚜껑에 드리자 맛을 보더니 감탄사를 연발했다.

"세상에 아침에 언제 일어나 이렇게 맛있는 밥을 준비했어요?"

"아니! 곱게 치장까지 하고 왔는데 도시락은 언제 또 이렇게 완벽하게 준비했대? 정말 대단하네! 서연엄마."

"서연이가 밥을 좋아해서요. 바쁘긴 했어요. 김밥과 쌈밥을 따로 싸느라 그래도 맛있다고 해주니 보람이 있는데요."

김밥과 쌈밥과 유부초밥 그리고 파전을 나누어 먹다보니 정말 배가 불렀다.

아이들 김밥은 다행히 대체적으로 입에 들어갈 수 있게 동전 크기만 하게 싸가지고 왔다. 고은이만 빼고 다들 아이들이 먹기 좋게 만들어가지고 왔다.

우리 어린이집 아이들만 소풍을 온 것도 좋았고 또 배나무 밭을 풍경삼아 점심식사로 먹는 모든 것은 정말 맛이 있었다. 특히 고소한 파전과 잘 익은 총각김치의 맛은 일품이었다. 아이들도 엄마들도 할머니들도 행복한 시간이었다.

멀리 흐드러지게 피어있는 하얀 배꽃도 우리들을 쳐다보며 웃어주는 것 같았다. 봄 하늘이 유난히 푸르고 구름이 르노와르그림에서 나오는 구름처럼 아름다웠다. 아이들의 웃음소리와 엄마들의 수다가 봄꽃처럼 아름답게 배 밭으로 퍼져나갔다.

식사를 마친 아이들이 또 배 밭 사이로 뛰어가기 시작했고 엄마들은 아이들을 잡으러 뛰어 갔다. 나는 얼른 윤보영선생님과 점심식사 뒷정리를 시작했다. 엄마들에게 잡힌 아이들의 웃음소리가 청명하게 울렸다.

6. 마블의 슈퍼히어로처럼

물푸레나무반 전희진어린이와 할머니 김연숙

할머니

올라프를 닮은 귀여운 손녀 희진이가 자전거를 타고 싶어 해 네발 자전거를 사주었다. 그렇게 졸라도 다칠까봐 걱정스러워 사주지 않던 자전거를 5월이 되자마자 사주었다. 우리 아파트 정문에서 자작나무 숲 어린이집까지 작년 가을 자전거도로가 생겼다. 등원을 할 때 걷기에는 조금 멀어서 늘 자가용으로 데려다 주던 것을 7살 봄이 되면 어린이용 자전거를 사서 운동 삼아 함께 자전거를 타고 등원을 하자고 한 약속을 지킨 것이다. 자전거도로 덕분에 집이 가까운 남자아이들은 도로가 생기자마자 자전거를 타고 다녔다. 그게 부러웠던 희진은 자전거도로가 생긴 작년 가을부터 나를 졸라댔다.

"할머니 빨리 어린이집 가고 싶어요. 빨리 나오세요."

어린이집 가방을 자전거 뒤에 실으며 소리를 쳤다. 자전거를 빨리 타고 싶은지 새벽부터 일어나 서둘렀다.

"그래 알았다! 다 준비됐어. 조금만 기다려주세요. 우리 올라프!"

"할머니 올라프라고 부르지 말라니까요!"

"엘사도 싫고 안나도 싫고 그러면 어찌 부르누?"

"전. 희. 진. 전희진이라고 부르면 되잖아요! 할머니는 매일 아침마다 그래!"

짜증스런 목소리로 대답을 했다. 그런 모습이 귀여워 난 또 억지를 썼다.

"나는 겨울왕국에서 올라프가 제일 귀엽드라. 세상에서 제일 귀여운 게 우리 손녀니올라프라고 불러야지!~ 올라프 싫으면 안나로 불러줄까?"

"싫어요!"

"엘사?~"

"어휴 정말!……"

겨울왕국을 좋아하던 희진이와 스무 번도 더 본'겨울왕국1,'을 생각하며 올라프 타령을 했다. 요즘은 희진이와'모아나'랑'토이스토리3'를 자주 보고 있다.'이제부터 모아나라 부를까'라고 생각하며 희진이를 쳐다보니 눈을 크게 뜨고 헉하는 표정을 지으며 손으로 입을 막는다.

"할머니!…… 또 그 옷에 블루투스를 목에 걸고 나왔네. 우리 반 남자 애들이 할머니 놀려요. 그리고 별명을 지었어요. 마블이라구! 마블."

"내 별명이 마블이라구? 악당들을 물리치는 어벤저스 영화를 만든 마블?"

"네. 마블!"

아이들이 마블의 뜻을 제대로 알기나하고 별명을 지은 것일까?

'마'자가 들어가니 괜히 마귀할멈 느낌으로 마블이라 지었나! 남자아이들 생각이 궁금했다.

"음!~ 마블이라……"

"아이 정말! 할머니가 매일 블루투스를 목에 걸고 이어폰을 귀에 꽂고 자전거 라이딩 옷을 입고 다니니까 우리 반 남자애들이 별명을 지었잖아요!"

"괜찮아! 나 그 별명 방금 참 멋지다고 생각했어. 마블이라!……"

"뭐가 멋져요. 친구들이 흉보는 건데……"

"왜, 할머니는 마블. 너는 올라프! 마블과 올라프! 영화제목 같은데!……"

"내가 할머니랑 말을 하지 말아야지. 선글라스, 블루투스, 안전모자, 이어폰. 그 옷에. 정말!…… 나 할머니랑 창피해서 같이 안 갈래요!"

"올라프, 햇빛 알레르기 때문에 선글라스 안 쓰면 눈물이 심하게 나와 어쩔 수가 없어. 그리고 자전거 탈 때 블루투스가 편해!…… 너도 안전모자는 썼잖아! 좀 봐주라."

"몰라요. 진짜!"

"봐~죠~ 올~ 라~ 프!~"

"……"

"올. 라. 프. 좀. 봐. 주. 세. 요."

"아휴!…… 알았어요. 오늘만 특별히 봐줄게요. 자전거 때문이에요."

"자전거 때문에 마블이 살았구나."

나는 자전거를 처음 타는 희진에게 말했다.

"첫 날이니 천천히 가자. 보조바퀴가 있어 속력만 내지 않으면 넘어지지 않아!"

나는 두 발 자전거. 희진 인 네발 자전거.

희진이는 작은 발로 자전거 페달을 밟으며 앞에서 달려갔다. 오이도 바닷가와 옥구공원 사이에 위치한 자작나무숲 어린이집 주변의 자전거도로에는 5월의 시작과 함께 조팝나무에서 하얀 꽃들이 활짝 피어 하얀 눈처럼 대롱대롱 매달려 있었다. 조팝나무의 하얀 꽃이 무성하게 핀 꽃길을 달려가고 있는 뒷모습을 보니 갑자기 코끝이 찡해졌다. 어느새 자라 스스로 자전거를 타고 가다니. 사진을 좀 찍어 딸에게 보내주어야겠다고 생각했다. 앞에서 달리던 희진이는 자전거를 멈추며 소리를 쳤다.

"할머니 조팝나무에 꽃들이 아주 많이 피었어요."

"그러게 말이다. 조팝꽃들이 아주 만개했구나."

"만개! 만개가 뭐예요? 꽃이 만개나 폈다는 뜻이에요?"

"뭐라고 설명을 해야 하나! 음…… 너 지난번 주스 따라서 마실 때 영화'모아나'보다 그만 잔 밖으로 흘러넘치게 따랐지. 바로 그거야. 가지마다 꽃들이 자기 맘껏 뽐내듯 넘치도록 활짝 피워 놓았다고 생각하면 되겠구나."

"밖으로 흘러넘친 주스처럼 넘치도록 마음껏 뽐내는 거예요?"

"그렇지! 예쁨이 넘친 거지."

"음~ 그러니까 꽃들이 최선을 다해 예쁜 모습으로 핀 거구나!~"

"그래, 꽃들이 너무 예뻐서 아주 행복해 보이는구나!"

"우리 할머니 시인 같네!……"

자전거를 타고 가다 멈추고 눈처럼 하얗게 핀 조팝꽃을 자세히 들여다보는 희진 일 보니 천상여자다. 나는 자전거를 세우고 희진이 옆에 서서 조팝꽃을 같이 들여다보았다. 앙증맞은 다섯 개의 꽃잎 사이로 분홍빛 받침에 노란 수염처럼 튀어나온 것을 작은 손으로 만지며 나를 쳐다보았다. 나는 설명을 해주었다.

"여기 중앙에 있는 것을 잘 봐. 아래쪽에 털이 나있지. 이것이 암술이고 나머지 분수처럼 마구 뻗은 게 수술이야"

"정말! 분수의 물줄기처럼 물방울이 튀듯 밖으로 뻗었네."

"손톱만큼 작아도 있을 건 다 있지. 너무 앙증맞고 예쁘지?"

"할머니. 조팝꽃반 동생들처럼 너무 귀여워요."

"그래 너희 어린이집 원장님이 반 이름을 그냥 지은 게 아니야! 아주 제대로 지었어. 조팝꽃을 닮은 동생들이 그리 귀엽니?"

"네! 동생들 중에 여자아이들은 조팝꽃처럼 정말 작아요. 그래서 귀엽고 예뻐요."

"할미 눈엔 우리 올라프도 엄청 귀엽고 예쁜데!"

"할머니! 난, 이제 일곱 살이에요. 귀여울 나이는 지났죠!"

희진이가 하는 말에 나는 웃음이 났다. 하기야 어린이집에서 일곱 살은 가장 큰 반이니 스스로 엄청 크다고 생각하는 것 같았다.

밥알같이 생긴 조팝꽃들을 한참 지켜보다가 다시 어린이집을 향했다. 조팝나무는 뜨거운 프라이팬 위 콩처럼 뜨거움을 참지 못하고 이리 튀고 저리 튀듯 길가 여기저기로 가지를 뻗으며 하얀 꽃들을 피워냈다. 한창 말 안 듣고 자기 마음대로 뛰어다니는 개구쟁이들 모습이다.

어린이집 이름 하나, 반 이름 하나 짓는 것에도 정성을 다하는 자작나무숲 어린이집 원장 고은희는 나와 가장 친한 친구이다. 같은 중학교, 같은 고등학교, 같은 대학, 같은 학과를 다닌 은희는 늘 진지

했다. 은희가 가지고 있는 삶의 태도나 유아들에 대한 철학이 좋아 이곳을 보내게 되었다. 3살부터 대기에 올려놓고 꼬박 1년 2개월이나 기다렸었다. 2015년 12월 음악을 하는 딸과 사위가 함께 이태리로 유학을 가게 되면서 바로 세 살배기 희진 인 우리 집으로 오게 되었다. 오자마자 보름이 지나 4살이 되었다. 자리가 없어 집에서 보육을 하며 기다린 끝에 이듬 해 입학을 하고 3년 동안 다니고 있다.

"할~~머~~니~~이!"
"할~~머~~니~~이!"
달리다가 기분이 좋은지 큰소리로 나를 불렀다. 내가 대답을 하지 않자 브레이크를 사용해 섰다. 뒤를 돌아보며 나를 향해 큰 소리로 말했다.
"바람이 너무 좋아요.~ 꽃도 너무 좋아요.~ 갈매기도 너무 좋아요.~ 어린이집도 너무 좋아요.~ 선생님도 너무 좋아요.~ 할머니도 너무, 너무 좋아요.~"
"그래 나도 좋다. 참 좋다."
길가에 피어 있는 하얀색 조팝꽃을 보면서 천천히 희진이를 따라서 갔다. 앞에서 달리고 있는 희진이의 자전거 양쪽에 달려 있는 작은 보조 바퀴들이 아이가 넘어지지 않게 안전하게 돌봐 주었다. 달려가고 있는 뒷모습이 조팝꽃처럼 앙증맞았다.
'자동차에 태우고 가는 것 보다 훨씬 좋구나. 바다냄새, 꽃냄새, 풀냄새……! 행복이라는 게 바로 이런 거구나!' 라는 생각이 들었다. 어린이집 가까이 가자 가까운 곳에 사는 아이들은 아빠 손을 잡거나 엄마 손을 잡고 걸어서 등원하는 모습이 보였다. 자전거를 타고 오는 남자아이도 보였다. 나는 어린이집 울타리에서 떨어진 곳에 자전거를 세우고 희진이 자전거는 어린이집 마당 끝에 있는 자전거걸이에다가 자물쇠를 이용하여 단단히 걸어놓았다. 젊은 엄마, 아빠의 손을 잡고 등원을 하는 아이들을 보니 왠지 마음이 짠하고 울컥해졌다. 젊은 엄마, 아빠들이 멀리서도 나를 보며 인사를 했다. 나도 인사를 해주었다. 엄마 아빠가 없는 희진의 머리를 쓰다듬어 주며 말했다.

"전희진. 오늘도 선생님 말씀 잘 듣고 동생들도 잘 돌봐주고 재미있게 놀아야 돼."

"네. 할머니! 그런데 나중에 올 때도 자전거 타고 올 거죠."

"그럼, 그래야지 어서 들어가 봐."

"네."

전희진

유리로 만들어진 유희실은 바깥풍경이 아주 잘 보였다. 나는 유희실 유리창에 코를 박고 할머니가 집으로 가는 모습을 지켜봤다. 할머니는 이어폰을 귀에 꽂고 음악을 들으며 자전거를 타고 갔다. 나는 갑자기 할머니가 듣는 음악이 궁금해졌다. 그때 담임이신 박소연 선생님이 걸어서 오는 모습이 보였다. 우리 선생님이 당직이 아닐 때에는 내가 선생님보다 일찍 등원 할 때도 많았다. 우리 선생님도 귀에다 이어폰을 끼고 스마트폰으로 음악을 들으며 어린이집 마당으로 오고 있었다. 나는 유희실을 나가 어린이집 현관 앞에서 선생님을 기다렸다.

"선생님 안녕하세요?"

바르게 서서 손을 배꼽에 대고 머리를 숙여 인사를 했다.

선생님은 귀에 꽂은 이어폰을 빼며 활짝 웃어주셨다. 신발을 벗어 신발장에 넣고 덧신을 꺼내 신으며 나를 쳐다보았다.

"우리 희진이 오늘도 어린이집에 일찍 왔네!"

"네. 오늘은 자전거로 왔어요."

"그럼 저 밖에 있는 새 자전거 희진이 꺼야?"

"네. 우리 어린이집 제9호 자전거예요."

"그래, 자전거도로가 생겼으니 운동도 할 겸 다른 아이들도 희진이 너처럼 자동차 대신 자전거로 등원을 하면 좋겠구나! 너무 멀면 힘들겠지만!……"

"선생님! 그런데 뭐 듣고 있었어요?"

"희진이도 들어볼래?

선생님이 듣던 이어폰을 귀에 꽂자 친구들이 즐겨 부르는 유행곡이 나오고 있었다.

"희진아! 너도 이 노래 좋아하니?"

"아니요. 저는 잘 모르겠어요. 너무 시끄러운 노래는 별루예요."

"왜? 물푸레나무반 친구들 대부분 좋아하던데……"

"모르겠어요. 할머니랑 매일 클래식만 들어서 그런가 봐요."

"아 맞다. 희진이 어머님 성악을 한다고 했지?"

"네. 초등학교 입학하면 온다고 했어요."

"내년이면 오겠네. 좋겠다."

"희진아! 네가 자주 듣는 클래식은 뭐야?"

"할머니가 모차르트, 바흐, 슈베르트, 베토벤, 슈만, 쇼팽, 하이든 그리고 라흐마니노프까지 자주 들어서. 나도 옆에서 자꾸 듣다보니 저절로 좋아졌어요."

"전희진! 너 라흐마니노프도 알아?"

"러시아 음악가! 그 정도만, 저는 라흐마니노프는 잘 모르겠어요. 대신 슈베르트의'세레나데'를 들으면 마음이 유리창처럼 맑고 투명해지면서 슬퍼요'숭어'는 물고기들이 헤엄쳐 다니면 퐁퐁 물방울이 터지는 것 같고 나비가 꽃 사이를 막 날아다니는 것 같아요. 슈만의 피아노'트로이메라이'를 듣고 있으면 마음이 청소한 것처럼 깨끗해지고 고요해지는 것 같아요. 마음이 막 예뻐지고 착해져요."라고 말하며 웃는다.

"우와!~ 전희진. 선생님보다 작곡가들과 음악에 대해 더 많이 아는데. 대단한데!"

"저는 피아노도 좋지만 첼로도 좋고 클라리넷이나 오보에로 연주하는 음악도 너무 좋아요. 눈을 감고 앉아서 가만히 들으면 키가 아주 큰 나무 사이로 바람이 새처럼 날아와 나무와 꽃들을 간지럽히고 있는 것 같아요. 그리고 틴휘슬이라는 악기도요"

"틴휘슬이라고, 처음 듣는 악기이름인데……"

"유튜브에서 송솔나무 아저씨의 파인 트리를 들어보세요. 틴휘슬 두 개로 연주하는데 소리가 새소리처럼 아름다워요. 할머니가 그러는데 틴휘슬은 플라스틱으로 만든 플루트래요. 아저씨가 직접 만든 거래요. 소리가 플루트보다 더 맑고 고와요."

"너 유튜브 음악도 듣니? 대단하다. 다음에 우리 반 전체 다 들어볼까? 송솔나무 아저씨의 음악을 네가 소개해 줄 수 있을까?"

"네 알겠어요. 할머니에게 좀 더 알려달라고 할게요."

"희진아! 너 악기도 많이 아네! 음악도 많이 알고 멋진데~"

"악기이름은 할머니가 가르쳐줬어요."

"선생님, 우리 할머니는 아바 노래도 좋아해요. 아바의 맘마미아! 그 노래 틀어 놓고 청소하세요."

"희진아 너 아바를 알아? 맘마미아를 들어봤어?"

"할머니랑 주로 만화영화를 같이 보는데…… 지난번에 할머니가 혼자 보며 훌쩍훌쩍 울고 있어서 옆에서 같이 보게 됐어요."

"어머, 그 영화 꽤 재미있는 영화던데 할머니가 왜 우셨을까?"

"그건 잘 모르겠어요. 많이 울지는 않았어요."

"한글을 따라 읽느라 영화 내용은 잘 모르겠어요. 노래는 정말 좋았어요."

영화를 보다가 울었던 할머니를 기억하자 그것도 궁금해졌다. 오늘은 할머니에게 질문 할 것이 아주 많이 생긴 날이다. 맘마미아를 보다가 왜 울었는지. 아침에 집으로 가면서 들은 음악은 무엇인지 알려 달라고 해야겠다.

자유놀이 시간이지만 오늘은 놀이를 하지 않기로 했다. 자꾸만 자전거에 눈이 갔다. 친구들과 동생들이 등원을 하며 자전거를 만져보거나 발로 타이어를 툭툭 차는 것이 눈에 보였다. 나는 다시 유리창에 코를 박고 서서 밖을 쳐다보았다. 빨리 수업을 마치고 다시 자전거를 타고 집으로 가고 싶어졌다. 담장에 묶어 둔 자전거를 감시하다가 멀리 할머니랑 가끔 생선과 조개를 사러가는 오이도의 어시장으로 들어가는 입구를 보았다. 어시장 입구에 사람들이 모여 있었다. 시장으로 들어가는 사람들과 시장에서 나오는 사람들이 모두 보였는데 나오는 사람들 손에는 검은 비닐봉지나 하얀 스트로폴 박스가 들려 있었다.

'맛있는 꽃게를 사가지고 가는 걸까? 생선을 사가지고 가는 걸까?……'

가끔은 자유 놀이대신 유리창에 코를 박고 매일 매일 바뀌는 바닷가의 풍경이나 오이도 어시장 입구의 사람들을 보는 일도 나에게는 너무나 재미있는 놀이 중 하나였다. 할머니가 오면 집으로 가기 전에 오이도 어시장에 가서 꽃게를 사가지고 가자고 해야겠다. 꽃게 찜 먹을 생각을 하니 침이 목구멍으로 꿀꺽 넘어갔다.

자유놀이시간이 끝났다. 오전 간식을 먹고 나면 프로젝트를 위해 옥구공원으로 나가야 했다. 우리는 7명씩 나눠 3개의 조로 활동을 했다. 각 조마다 장애통합반 아이도 1명씩 같이 활동을 했다. 나는 2조에 속했는데 우리 조엔 강한, 오창대, 채율, 채누리, 최민정, 정은영, 나까지 해서 남자 3명과 여자 4명이었다.

각 조마다 청진기를 가지고 나무의 물먹는 소리를 듣거나 디지털 카메라를 가지고 사진을 찍어야 했다. 필기도구로 메모용 수첩에다가 꽃과 나무를 관찰한 후 그림으로 그려두거나 꽃의 이름이나 나무들의 이름을 적어 두었다.

나무에 청진기를 대고 가만히 들어보면 물 흐르는 소리가 들렸다. 선생님이 알려준 것처럼 물이 뿌리에서 기둥 또 가지에서 잎맥을 타고 꼭대기로 올라가는 중인가 보다. 나는 청진기를 민정이의 귀에도 대주며 소리를 들을 수 있게 해주었다.

우리가 찍으려고 준비한 나무들의 사진을 미리 컴퓨터에서 뽑아 코팅을 해두었는데 창대랑 채율은 코팅된 사진을 보면서 공원의 나무들 중 사진과 같은 이름의 나무를 발견하면 카메라를 가진 강한과 은영에게 알려주었다. 디지털 카메라를 가진 강한과 은영은 막 피기 시작한 떡갈나무, 물푸레나무, 자작나무의 꽃을 자세하게 찍었다.

물푸레나무는 여자 꽃이 피는 나무와 남자 꽃이 피는 나무가 달랐다. 떡갈나무와 자작나무는 한 나무에서 여자 꽃과 남자 꽃이 같이 피었다. 여자 꽃들은 하늘을 향해 피었고 남자 꽃들은 땅을 향해 피어났다.

여자아이들은 꽃을 좋아해 이제는 거의 다 져버린 벚나무에 남아 있는 몇 개의 벚꽃과 노란색, 빨강색의 튤립, 진달래를 닮은 철쭉도 찍으라고 강한에게 말했다. 은영인 쪼그려 앉아 고개까지 숙이며 정성을 다해 야생화를 찍기도 했다. 그러면 창대와 율은 수첩에다가 땅에 꽂혀있는 팻말에 적힌 야생화 이름을 따라 적었다. 그러는 동안 나는 민정과 누리의 손을 잡고 다른 아이들이 하던 활동을 마칠 때까지 기다려주었다.

5월에 피는 꽃을 찍느라 바쁜 우리 조 아이들에 반해 다른 조의 카메라를 든 남자아이들 중에는 꽃은 찍지 않고 물가의 개구리 알이나 풀숲에서 우연히 만난 곤충들을 찍어대느라 바빴다. 나무에서 무언가 곤충을 발견하면 소리를 지르며 난리를 피웠다. 수업을 할 때마다 느끼는 것이지만 약속과 규칙을 지키지 않는 아이들이 항상 문제다! 선생님이 그렇게 교실 안에서 규칙을 정해 약속을 하고 나와도 약속을 지키지 않고 엉망진창인 행동을 했다. 특히 덕형, 항복, 성진, 국진인 우리 반 최고의 말썽꾸러기들이었다. 5살부터 같은 반으로 2년을 지내는 동안 나는 두 손, 두 발 다 들었다. 7살이나 되었는데도 4살 아이들처럼 규칙을 잊거나 약속을 지키지 않았다. 옥구공원이 떠나가도록 큰소리를 지르는데 갑자기 우리 담임 선생님이 불쌍해졌다.

4명의 아이들을 뺀 우리들은 3월 프로젝트와 4월 프로젝트에 이어 5월의 프로젝트 과제를 하느라 분주했다. 이번에도 우리들은 예비주제를 선정하고 주제 망을 구성했다. 조사활동을 위해 브레인스토밍하고 질문목록과 자원목록을 만들었다. 탐구활동과 조사 활동의 기회를 충분히 가지고자 우리는 옥구공원의 환경을 이용해 과제를 하고 있었다. 장난꾸러기 4명과 같은 조를 하고 있는 아이들을 위해서라도 장난꾸러기들이 제발 5월에는 잘해주기를 바랄뿐이다. 어쩌겠는가! 저 자유분방한 성격을. 우리 선생님이 미워하지 말라고 했으니 꾹 참아야지. 장난꾸러기들과 같은 조가 아닌 것이 얼마나 다행인지 모르겠다.

점심식사 후 옥구공원에서 본 꽃을 종합장에 연필로 먼저 그리고 싸인 펜으로 따라 그렸다. 색연필을 사용하여 색칠을 해 마무리했다. 사진으로 찍어 온 것을 프린터로 뽑는 작업은 남자들 중에는 강한, 여자들 중에는 윤유진이 했다. 사진도 잘 찍고 컴퓨터도 잘 다루어 선생님이 강한하고 유진에게 맡겼다. 컴퓨터에서 사진으로 뽑는 일은 선생님이 늘 도와주었다. 우리는 나무에 피는 꽃과 야생화를 분류하고 각각의 이름을 메모하며 그림목록을 만들었다. 나는 친구들과 목록을 만들면서도 어서 빨리 끝나기를 바랐다.
특별활동시간이 되어 유희실에 내려가 국악수업으로 장구를 쳤다. 장구를 치는 동안에도 할머니가 자전거를 타고 오는지 확인을 했다. 특별활동 후에는 오후간식을 먹었다. 간식접시를 쟁반위에 정리하고 의자위에 올라가 창문 밖을 내다봤다. 의자를 밟고 올라서니 2층 우리 반 창문에서 자전거도로가 잘 보였다. 멀리 어린이집을 향해 자전거를 타고 오는 할머니가 보였다. 할머니는 이어폰으로 음악을 듣고 있었다. 잊고 있었던 궁금증이 다시 스멀스멀 마음속에서 올라오고 있었다. '할머니는 또 무슨 음악을 듣고 있는 거지?'

"선생님! 할머니 지금 자전거 타고 오고 계세요."

"그래!…… 오후 간식은 다 먹고 가면 좋겠는데……"

"선생님! 벌써 다 먹고 간식접시랑 컵을 정리했어요. 아까 특별활동 때문에 정리하다가 그냥 두었던 나무와 꽃 그림 목록만 정리할게요."

"그래. 정리하고 가방가지고 선생님한테 오세요."

"네"

영역의 교구장위에 마구 널려있던 그림목록카드를 정리하고 내 이름이 적힌 싸인펜을 찾아 뚜껑이 잘 닫혔는지 확인하고 색연필은 12개가 있는지 확인한 다음 두 가지 다 비닐덮개를 비닐 끈 사이로 집어넣어 제대로 닫았다. 카드는 그대로 교구장에 넣고 싸인펜과 색연필은 서랍장 위 학용품 칸에 두었다. 서랍장 아래에 있던 가방하고 모자를 챙겨 선생님에게 갔다. 선생님은 모자를 머리에다 씌어주고 가방을 어깨에 메어 주었다.

"희진아, 그럼 내일 만나자."

선생님은 인사를 하며 나를 꼭 안아주었다. 나는 선생님 볼에 뽀뽀를 했다.

"선생님도 안녕히 계세요. 내일 또 만나요."

"애들아 안녕!"

교실에 앉아있는 아이들에게 손을 흔들자 창대가 입속에 빵을 꿀꺽 삼키며 나에게 손을 흔들며 인사를 했다.

"희진아! 오늘 왜 이렇게 빨리 가는 거야? 오후 자유놀이시간엔 누리랑 한이랑 너랑 퍼즐 맞추며 놀고 싶었는데."

아쉬운 표정을 지으며 입속에 있는 빵을 우물거렸다.

"응, 오늘 자전거도 타고 왔고 또 할머니랑 빨리 꽃게 사러가고 싶어서."

"꽃게?"

"응. 찌면 맛있는 꽃게"

"헐!"

간식을 먹는 누리도 미소만 짓고 말없이 손을 흔들어 주었다. 나도 누리의 눈을 쳐다보며 손을 흔들어주었다. 아름이랑 민수에게도 손을 흔들어주었다. 짝꿍 강한도 간식그릇을 쟁반에 두고 오면서 내 어깨를 툭 치며 인사를 했다.

"희진아 잘 가. 낼 만나! 내일은 오후에 같이 놀자?"

"알았어."

교실 밖으로 걸어 나오는데 교실 안에 있는 친구들의 목소리가 들려왔다.

"잘 가. 전희진~~ 내일 만나!"

복도로 나오니 함부로 들어가지 못하게 이중으로 만든 조리실 1미터 높이의 나무 여닫이문 안쪽의 미닫이문이 활짝 열려있었다. 조리사선생님들이 식탁에 앉아 마늘과 양파를 까는 모습이 보였다. 간식그릇이 나오기 전 내일 사용할 마늘과 양파를 미리 다듬고 있었다. 나는 들릴 수 있게 커다란 목소리로 인사를 했다.

"조리사 선생님 안녕히 계세요."

앉아서 마늘과 양파를 다듬던 조리실 담당 선생님들이 인사를 받아주었다.

"그려! 희진이가 오늘 기분이 음청 좋구먼. 내일 또 만~나~"

"그려 잘 가드라고."

1층으로 내려오니 할머니는 원장님과 이야기를 나누고 있었다. 내가 내려오자 찻잔을 내려놓으며 자리에서 일어나 원장실에서 나왔다. 원장님이 따라 나왔다.

"원장선생님 안녕하세요."

"희진아! 오늘 재미있게 놀았니?"

"네, 옥구공원에서 꽃과 나무를 관찰하고 사진도 찍어 왔어요. 나무가 물먹는 소리도 들었어요."

"그랬구나! 어떤 소리가 들렸어?"

"얇은 시냇물소리요."

"재미있었겠다. 다음에 원장님도 따라가서 나무가 물먹는 소리를 들어봐야겠구나."

"네, 그러세요. 원장님도 나무에서 일어나는 삼투현상, 모세관현상, 증산작용으로 물이 뿌리에서 하늘로 올라가는 소리를 들어보세요."

"어머, 삼투? 모세관? 증산? 그렇게 어려운 것을 누가 알려주었니?"

할머니는 눈이 동그래져서 나를 쳐다보았다. 나는 어깨를 으쓱하며 웃었다.

"소연선생님이 지난주에 교실에 있는 모니터로 컴퓨터에 나온 그림을 보여주며 알려줬어요."

"고은희원장! 우리 땐 이거 중학교 가서 알았는데 세상에……!"

"요즘 아이들 지식적으로는 너무 많이 아는데 아는 만큼 행동이나 규범을 통한 자기 통제와 조절능력이 부족해서 문제지. 요즘 일곱 살 아이들 알기야 엄청 많이 알지.”

“그래도 전문용어를 척척 말하는 게 신기한데!”

“다른 아이들은 저렇게 어려운 단어는 알려줬어도 바로 잊었겠지. 희진이가 언어능력이 탁월해. 아마 책읽기와 자주 보는 만화영화 때문일 거야! 같은 영화를 반복해서 보니 이해력과 어려운 단어의 습득능력이 뛰어나고 빨리 기억하는 거야. 어려운 음악가들의 이름을 줄줄줄 말하니 저렇게 어려운 단어도 외워서 말할 수 있는 거야!”

“우리 희진이가 스토리텔링은 잘하는 것 같아!”

원장님과 할머니의 얘기가 길어질 것 같아 걱정이 되었다. 나는 아침에 유희실에서 본 오이도 어시장 입구 풍경이 생각이 나 할머니의 손을 잡아끌며 말했다.

“할머니, 나 꽃게 찜 먹고 싶어요. 꽃게 사러 가요.”

“갑자기 꽃게가 먹고 싶어?” 원장님이 물어보았다.

“꽃게?”할머니도 물어보았다.

“네 꽃게요. 아침부터 먹고 싶었어요.”나는 애절한 눈빛으로 할머니를 쳐다봤다.

“그래, 그렇게 해! 희진이 먹고 싶다는데 자전거는 어린이집에다가 잠시 세워 놓고 사가지고 와. 걸어가려면 쫌 멀려나? 후문으로 나가서 마을버스 타야겠지.”

“은희야! 잠깐 가는 건데 너도 같이 갈래?”

할머니가 원장님께 같이 가자고 했다.

“원장님, 원장님도 같이 가요. 네!……”

나도 원장님을 졸랐다.

"아니 이거 원 손녀하고 친구하고 둘이 짰나? 공적인 시간에 업무를 두고 나가서 놀자고 완전 떼를 쓰네. 떼를 써!……"

"같이 가요."

"그래. 내가 말이 나와서 하는 말이지만 지금까지 이 어린이집 다니는 동안 오후에 내가 업무 방해할까봐 같이 놀자고 한 적 있어? 없어? 없지."

"못살아. 졌다. 졌어!…… 그래 가자."

"와!~~~"

나는 너무 신나서 토끼처럼 깡충깡충 뛰었다.

할머니와 원장님은 내가 하는 행동이 귀여운지 서로 마주보며 웃었다.

어린이집 마당 끝 자전거걸이에 묶어둔 내 자전거 옆에 할머니 자전거도 자물쇠를 이용하여 잠갔다. 가방은 어깨에 멨다. 시장에서 파는 슈크림 빵이나 새끼쥐포를 사면 가방에 넣으리라 생각했다. 두 할머니의 손을 잡고 가는 나는 너무 신나서 구름처럼 하늘위로 둥실 떠오르는 것 같았다. 어린이집 후문으로 나가 주차장에 있는 원장님의 차를 타고 오이도 빨강등대가 있는 어시장까지 가는 내내 콧노래가 절로 나왔다. 익으면 주홍색으로 변하는 꽃게를 먹을 생각하니 입에서 침이 돌았다.

할머니

중학교, 고등학교, 대학교를 같이 다닌 친구 은희가 운전을 해 오이도 어시장으로 갔다. 들어가는 입구 주차장에 차를 댔다. 사람들이 한쪽 편에 옹기종기 모여 있었다.

"웬 사람들이 모여 있지…… 새로운 장사가 왔나?"

"뭘 파는 게 아닌 것 같은데!……"

"그래, 그럼 뭐지?"

나는 희진이 손을 잡고 가까이 가서 무슨 물건을 파는지 보았다.

"어머 신기료장수 아니니?"

은희가 먼저 신기한 듯 큰소리로 말했다.

커다란 비치파라솔 밑에 나무통에는 구두모양의 쇠뭉치가 있고, 크고 작은 망치와 장비들이 있었다. 우리보다 나이가 많아 보이는 신기료장수는 정말 구두를 고치고 있었다. 하늘의 뭉게구름과 비치파라솔이 신기료장수를 감상적으로 보이게 했다.

"연숙아! 대학 다닐 때 생각난다."

은희가 내 이름을 부르니 희진이가 이상한 듯 쳐다보았다.

"축제날 가까이에 하필 구두 밑창이 구멍 났었잖아!"

할머니가 옛날 생각을 하며 원장님께 얘기를 시작했다.

"그래, 너 원피스에 구두 신고 싶어 했는데 구두에 구멍이 나서 속상해 했잖아!"

"축제 시작하기 전에 고치려고 신기료장수를 찾느라 고생한 것 생각나니?"

"그럼, 생각나지. 같이 며칠 동안 대학가주변 골목을 다 뒤지고 다녔잖아!"

"은희야! 우리 그때 참 가난했어!"

"우리만 가난했니? 나라 전체가 다 가난했는데!……"

"은희야! 대학 졸업하고도 우리들 참 검소했어! 한창 멋 부릴 나이였는데도 몇 년 동안 신은 구두를 신기료 아저씨에게 몇 번이고 다시 고쳐 신었잖아!"

"1980년대였으니까…… 그땐 그랬었지. 구두약만 열심히 발라 반짝반짝 광만 내는 것도 멋인 줄 아는 참 착한 아가씨들이였지!"

"연숙아 너 신발 고치다가 희진이 할아버지 만났지? 학생증 가지고 우리 대학 유아교육과 사무실로 찾아 왔었잖아? 신발 고치다가 주웠다고."

"그래. 너무 오래되어 잊고 있었는데, 그 사람도 신발 고쳐 신다가 한쪽 구석에 떨어져 있던 내 학생증을 찾아서 들고 왔었지! 은희야! 그런데 너 기억력 참 좋다. 나도 잊어버린 기억을 네가 하다니."

"그걸 어떻게 잊어. 그 후에 계속 너 만나려고 쫓아 다녔는데……"

"그렇게 쫓아 다니다가 결혼하면 뭐하냐! 지금은 데면데면 소 닭 보듯 하는데……"

"우리 나이엔 다 소 닭 보듯 하지. 나비가 꽃 보듯 하겠냐!"

"아이고 네네. 원장님! 다 옳은 말씀입니다. 그런데 신발 고칠 거야?"

"그렇지 않아도 신발 밑창이 얇아져서 불편했는데 밑에다 하나 덧대어 달라고 해야겠다."

은희가 신고 있던 신발을 벗었다. 신기료장수에게 주고 옆에 있던 슬리퍼를 신었다.

"어머 나도 버리기 아까운 신발 한 개 있는데 가지고 와서 고쳐 신어야겠다."

신기료 할아버지가 신발을 고치는 동안 그늘이 있는 바닷가 벤치에 앉았다.

희진아, 신발만 고치고 바로 꽃게 사러가자."

걱정스러운 눈빛을 한 희진이는 가만히 있다가 작은 소리로 말했다.

"네. 그럼 나 그림 그리고 있어도 되죠? 할머니 스마트폰 주세요."

"그래. 그림 그리고 있어."

희진은 대답하고 스마트 폰을 가지고 갔지만 내가 꽃게를 사러 가지 않을까봐 걱정하는 눈치였다. 신발 밑창이 고쳐지는 동안 희진에게 스마트폰을 주었다. 잠시 후 희진이가 스마트폰을 들고 왔다. 와서 보여주는 스마트폰에는 담임 선생님의 글이 사진과 함께 수첩 대신 쓰는 앱에 와 있었다.

-안녕하세요. 박소연선생님입니다. 외동이라 늘 걱정이라고 말씀하셨는데 걱정하지 마세요. 오늘도 공원에서 보여 준 모습은 아주 기특했습니다. 같은 조 친구들에게 일일이 귀에 청진기를 대고 물소리를 들을 수 있게 해주거나 친구들이 사진을 찍고 꽃 이름을 쓸 때 옆에서 도움을 주며 잘 할 수 있게 배려하고 협동하는 모습을 보여주었습니다. 장애통합반 아이들에게도 긍정적인 사고를 가지고 늘 돕는 행동을 해 마음이 든든합니다. 제가 오늘 긴 편지를 쓴 이유는 아침에 유희실에서 희진이와 얘기를 하던 중 클래식에 대해 많이 알아 놀랐습니다. 악기 중에서 송솔나무 선생님의 틴휘슬에 대한 얘기가 나왔는데 우리 반 아이들에게도 들려주고 싶어 이렇게 연락을 드렸습니다. 희진이한테 조금 자세하게 알려주시면 고맙겠습니다. 다음 주 월요일 아침 이야기나누기 시간에 친구들에게 악기에 대해 알려

주고 틴휘슬로 연주하는 음악도 같이 들을 계획입니다. 희진이가 밝고 건강하게 클 수 있도록 애써주셔서 늘 고맙습니다.-

사진은 옥구공원에서 두 명의 여자 친구와 손을 잡고 서 있는 모습과 고개를 숙이고 야생화를 찍는 친구를 쳐다보는 모습이었다. 선생님이 쓴 칭찬의 글을 읽고 희진의 표정이 밝아졌다. 나도 기분이 좋아졌다.

"희진아! 선생님이 칭찬을 하니 기분이 좋아?"

"어디 나도 좀 보자. 우리 박소연선생이 뭐라고 썼나?"

나는 스마트폰을 은희에게 줬다. 은희는 담임 선생님의 글을 다 읽고 나더니 눈을 크게 뜨며 희진이랑 나를 번갈아가며 쳐다보았다.

"뭐야! 알고는 있었지만 아주 훌륭하게 잘 키우고 있구나?"

"우리 지현이가 희진이 가졌을 때 태교로 클래식을 많이 들었고 불렀지. 그래서 그런지 어릴 때도 클래식을 들려주면 가만히 앉아서 듣고 있거나 편안하게 잠이 들었어. 레고로 만들기를 하거나 동화책을 읽을 때에도 클래식을 들려달라고 했어. 클래식을 좋아해 나도 키우며 신기했다니까!"

"그랬구나. 그런데 지현인 이태리에서 언제와?"

우리가 하는 얘기를 듣고 있던 희진이가 내 팔을 흔들었다.

"할머니…… 할머니…… 엄마보고 싶어요."

"엄마가 보고 싶어?"

나는 눈이 동그래져서 희진 일 쳐다보았다. 평소에 엄마 얘기를 하지 않던 희진이가 엄마를 보고 싶다고 하니 적잖이 놀랐다.

"그래! 우리 희진이 그동안 잘 견뎠지, 어린 것이 엄마 떨어져 4년

씩이나……"

"어차피 마음먹고 갔는데 열심히 해야지."

"독한 것! 어쩜 단 한 번도 한국에 오지 않고 소식을 끊은 것처럼 할 수가 있을까! 요즈음은 컴퓨터 화상통화하면 얼굴도 볼 수 있다던데…… 에구 모질고 독해라!"

"은희야! 지현이 나 때문에 그럴 거야. 내가 희진이 두고 둘이서 이태리로 유학 간다고 할 때 아주 모질게 굴었어."

"그거야 네가 너무 속이 상해서 그랬지, 일부러 그랬니?"

"지현이가 유학까지 생각했으면 결혼을 나중에 하길 바라서 그랬지. 아이는 엄마가 기르는 게 좋으니까!"

"그거야, 그렇긴 하지만……"

"대학 졸업하고 둘 다 공부를 더 해야 하는데도 불구하고 결혼을 하겠다고 철없이 굴 때 딸도 미웠지만 사위 될 아이도 얼마나 밉고 원망스럽던지……"

"그래, 네 맘 알아. 오죽했으면 그랬겠니. 이런 상황을 예상해서 그랬지."

"어쨌든 내가 막 퍼부었으니 유학 갈 때 마음을 독하게 먹었을 거야! 그 두 사람."

"그래, 너 그때 세 살 된 희진 때문에 속이 많이 상했지."

"지현이가 데리고 가서 공부하면서 아이 키우는 것도 힘들까봐 걱정되고 내가 맡아서 키우다가 엄마가 없어 혹시라도 불안전애착이 될까봐 염려스러웠지."

"우리가 병처럼 불안정애착에 대한 공포가 있기는 하지."

"그럼! 우리 대학 졸업하고 유치원에서 근무 할 때 불안정애착을 가진 아이들 때문에 고생 많이 했잖아!"

"사실 지금도 그 문제가 가장 크기는 해!……"

"딸 유학보다 희진이가 걱정이 되었지."

"그래. 불안정애착을 가진 아이들은 초등학교에서도 자존감이 낮고 심리적으로도 불안정하고 아이들과 어울리지 못해 결국 사회성이 부족한 어른이 될 수도 있으니!"

"희진 일 그렇게 키우게 될까봐 걱정을 많이 했지! 엄마가 주는 사랑하고 할머니가 주는 사랑하고 같은가 싶어서. 내가 아무리 애써도 엄마만큼은 해 줄 수가 없잖아!"

"아니야! 아주 잘 키웠어. 희진이 잘 키웠어! 오늘 우리 박소연선생이 칭찬을 완전 많이 했잖아. 그리고 요즘 심리학에서 보면 회복탄력성이라고 꼭 엄마가 아니더라도 사랑과 애정을 듬뿍 주면서 바르게 지도하면 아이들이 심리적으로 건강하고 예의 바르게 잘 자란다는 이론."

"그래? 참 다행이다."

우리가 대화를 나누고 있는데 희진이가 펜으로 그림을 그리고 있는 스마트폰에서 벨이 울렸다. 그림을 그리던 희진이 전화를 들고 왔다. 전화를 받으니 이태리에 있는 지현이 전화였다. 이태리에서 이 시간에…… 나는 놀라서 한참동안 지현이와 통화를 하고 전화를 끊었다. 나는 나도 모르게 가슴에 손을 얹고 눈물이 글썽해졌다. 은희가 놀라서 물었다.

"왜 그래? 무슨 일이야?"

"지현이가 다음 달에 온단다. 그리고 우리 희진이 동생이 생겼다는 구나."

"할머니 나한테 동생이 생겼어요?"

"연숙아! 지현이가 둘째 임신했다니?"

"둘이 다음 달 말에 한국으로 나온단다. 임신 6주라고 하는구나. 꽃게 찜이 너무 먹고 싶대."

우리는 눈이 동그래졌다. 그리고 큰 소리로 웃었다.

"엄마랑 나랑 찌찌뽕이네."

"그러게. 우리 희진이랑 찌찌뽕이네!"

"할머니! 나도 꽃게가 먹고 싶어서 이곳으로 왔는데……"

희진이는 입을 가리고 웃었다. 나와 은희도 손을 마주잡고 웃었다. 신기료장수가 우리를 불렀다. 어느새 신발이 고쳐져 비치파라솔 밑에 얌전히 놓여 있었다.

이제 희진이 손을 잡고 꽃게를 사러가야겠다. 나와 함께 우리 손녀를 키워주는 내 친구 은희에게도 꽃게를 선물해야겠다. 저녁식탁에 붉은 꽃게가 접시에 푸짐하게 담겨질 수 있게 넉넉히 사주어야겠다.

1950년 6,25전쟁 이후 10년이 지난 1960년에 태어나 지금까지 대한민국을 이끈 우리들은 마블의 슈퍼히어로들처럼 용감하게 살아냈다. 그리고 지금도 은희와 나는 용감하게 살아내고 있다. 베이비붐 시대의 사람들 모두 용감하게 살아냈다.

마블 할머니.

아이들이 지어 준 별명이 새삼 좋아진다.

어쩜 아이들은 은연중에 알고 있었을지도 모른다.

할머니 세대인 우리가 사실은 진짜 **마블의 슈퍼 히어로**들이란 걸.

7. 당신을 처음 만난 날

4세 조팝꽃반 신입교사 서푸름선생님

옥구공원은 우리 어린이집 숲 놀이터다.

3월은 내내 날이 추워 아이들과 옥구공원까지 걸어서 다녀오는 활동으로만 주로 했었다. 그것도 미세먼지가 없는 날에만.

4월이 되고 날씨가 푸근해지니 자주 옥구공원을 가게 되었다.

조팝꽃반 아이들은 36개월 미만의 아이들이다. 1학기인 지금은 대체로 25개월에서 28개월 사이다. 혼자서 7명을 데리고 옥구공원까지 걸어가기에는 무리가 있어 매 번 7세 형님들의 도움을 받아 걸어가곤 했다. 물푸레나무반 아이들과 짝꿍을 만들어주면 모두 조팝꽃반 아이들을 귀여워하고 예뻐했지만 특별히 이현과 무현은 지수와 지성을 동생처럼 아꼈다. 같은 쌍둥이들이라서 그런지 손을 꼭 잡고 옥구공원까지 데리고 가서 식물이나 곤충을 관찰할 때도 아이들이 혹여 다칠까봐 애지중지하며 챙겨주었다. 나뭇잎이나 꽃을 관찰할 때엔 가

173

끔 자기들이 알고 있는 지식을 전달해주면서. 7살 밖에 안 된 아이들이 가진 해박한 지식과 인성 그리고 사회성. 나는 그런 모습을 보며 감탄과 함께 놀라기도 했다.

어린이집에서 제법 걸어야 하지만 이곳에 오면 아이들과 여러 가지 활동을 할 수 있었다. 공원에서 제일 많이 볼 수 있는 것은 꽃과 나무였다. 형형색색의 봄꽃은 너무 인위적이지 않고 자연스럽게 마치 자기들끼리 서로 어울려서 핀 것 같은 그러니까 미국그림동화작가 타샤 투더의 정원처럼 꾸며놓은 화단과 나무에 돋아나는 새순이 연한 녹색을 띠고 완두콩만한 크기로 피었다가 점점 짙은 녹색으로 변하는 모습을 아이들과 함께 볼 수 있어서 얼마나 행복한지. 아이들과 손을 잡고 공원의 여기저기를 산책하다 보면 봄이 오는 아름다운 풍경을 눈으로 보고 새들의 지저귐으로 소리까지 들을 수 있어 절로 감상에 젖으며 나도 모르게 시인이 되는 것 같아 이런 아기자기한 공원이 어린이집 근처에 있는 것이 너무나 고마웠다.

처음 형님반 아이들과 옥구공원에 갔을 때 형님반 아이들은 어린이집 이름인 자작나무를 제일 먼저 찾아서 나에게 알려주었다. 내 눈에 비슷해 보이는 함박꽃이나 목련꽃도 어떤 꽃이 함박꽃인지 목련꽃인지 손으로 가리키며 알려주었다. 함박꽃은 작약이라고도 불린다고 물푸레나무반 강한이 알려주었다. 7살의 눈썰미와 해박한 지식이 이리도 좋다니!…… 아마도 교육의 효과인 듯 했다. 또 조팝꽃이나 이팝꽃도 알고 있었다. 자기반의 이름과 같은 떡갈나무나 물푸레나무를 찾아보기도 했다. 또 배롱나무, 상수리나무, 느티나무, 갈참나무,

단풍나무, 은행나무 등등 나무들의 팻말에 붙은 이름을 보며 "여기 배롱나무가 있어!"라고 먼저 본 아이가 다른 아이들에게 큰소리로 말해주기도 했다. 땅에 떨어진 나뭇잎을 주워 모양을 비교하고 잎맥을 관찰해보기도 했다. 주운 나뭇잎들은 지퍼 백에 담아 소중하게 들고 다녔다. 6세와 달리 7세들은 선생님에게 배운 지식을 토대로 식물학자들처럼 떡갈나무와 신갈나무의 비슷하고 다른 점을 찾아냈다. 몇몇 장난꾸러기들을 제외하고 활동을 진짜 열심히 했다. 컴퓨터로 검색해서 뽑은 나무사진은 코팅을 해서 책처럼 묶어서 가지고 다녔다. 코팅된 사진을 실물과 비교하며 꽤 진지한 표정을 지었다. 사진 속에 나온 나무의 테두리를 직접 손바닥으로 나무를 만지며 짓던 경이로운 표정들이란!……

목련꽃과 함박꽃을 찾았을 땐 하얗고 커다란 꽃송이가 영아반 아가들을 닮았다고 얼마나 좋아하던지… 선생님들 눈에는 3살이나 7살이나 모두 함박꽃 같고 목련꽃 같아 다 귀엽고 앙증맞아 보이는데! 겨우 7살인 아이들의 조숙한 표정과 마음 씀씀이가 때때로 웃음을 자아냈다.

진달래가 한창 피던 4월 중순, 조팝꽃반 아이들도 떨어진 꽃송이를 담아오기 위해 곤충채집용 플라스틱가방을 어깨에 메고 따라 나섰다. 형님반 아이들은 나무의 새순을 돋보기를 사용하여 관찰하거나 떨어진 꽃잎을 투명 OHP필름처럼 생긴 접착용 코팅지에 수술과 암술이 보이도록 꽃을 잘 펼쳐 붙이고 비닐을 떼어내고 접착을 했다. 아마도 코팅지에 붙여진 꽃은 과학영역 앞에 걸어둔 줄에 집게를 사용하여 걸어두려고 하는 것 같았다. 물푸레나무반 교실에 가보면 과학영역

앞에 마사노끈으로 줄을 만들어 놓았는데 그 줄에는 다양한 나뭇잎들이 매달려 있었다. 공원에서 관찰을 하며 주운 자연물들은 과학영역 위에 있는 플라스틱 접시에 보관을 했다.

아직 어린 조팝꽃반 아이들은 관찰하거나 채집하는 활동까지는 가능했지만 형님반 아이들처럼 관찰한 것을 채집하여 같은 종류끼리 분류하고 목록을 만드는 활동까지는 할 수 없었다. 대신 손을 잡고 산책을 하며 만나게 되는 나무와 꽃의 이름을 알려주었다. 때로 떨어진 꽃들이나 잎을 만지며 촉감을 사용하여 느껴보게 했다. 그리고 알려준 꽃과 나무의 이름을 따라서 말해 보게 했다. 발음이 정확하고 어휘력이 좋은 아이들은 잘 따라했다. 아이들 중 김나현은 언어가 발달된 아이였다. 단어뿐만 아니라 문장을 사용하여 자기의 의견을 말할 수 있는 아이였다. 그러니 단어처럼 알려주는 나무의 이름은 정확한 발음으로 따라서 말했다. 조팝나무를 발견하고 이름을 알려주었더니 잘 따라했는데 은정이만 말이 늦어 잘하지 못했다. 나현이는 아직 발음이 분명하지 않은 은정에게 자기를 따라 해보라며 조. 팝. 나. 무. 한 낱자씩 발음을 해주며 따라하게 했다. 낱자를 곧 잘 따라하니 한꺼번에 연결하여'조팝나무'라고 알려주며 따라 해보게 했다. 은정이가'조파나우'라고 발음하자 다시 따라서 해보게 하고는 답답한지"조팝나무라고!……"소리를 치며 화를 냈다. 은정인 화내는 나현이를 쳐다보다가 어이없는 표정을 지으며 울려 했다. 두 꼬마 아이들이 어찌나 귀여운지 나는 얼른 꼬~옥 안아주며 토닥였다. 그리고 나현이를 쳐다보며"은정인 가을이 되면 말을 잘하게 될 거야."라고 알려주었다. 은정은 내 말에 마음이 풀렸는지 다시 웃었고 나현인 나를 쳐다보며"가을이 되면 말을 잘할 수 있어?……"라고 물어보았다. 나는 대답 대신

176

고개를 끄덕여주었다.

5월이 되자 옥구공원은 튤립의 천지가 되었다. 네덜란드의 국화로만 알던 내게 책을 많이 읽는다는 물푸레나무반 강한이 지나가면서 터키와 남아프리카공화국하고 아프가니스탄의 국화도 튤립인 것을 알려주었다. 스마트폰으로 검색을 해보니 진짜였다. 그 외에도 이란, 키르기스스탄의 국화도 튤립이었다. 나는 속으로 '아 강한 때문에 식물과 동물에 대한 공부도 좀 해야 하나?'라는 생각이 들었다. 이팝꽃반 곽세영선생님이 내 놀란 표정을 보더니 어깨를 들썩이며 "강한은 식물, 동물, 만물박사야! 뭐든 척척박사야! 이팝꽃반 때부터 그랬어. 4살 아이가 청설모를 알았어. 이름만 아는 게 아니라 생태적 특징까지 알고 있어서 완전 놀랐어. 강한엄마가 태교로 뱃속에 있을 때부터 곤충, 동물, 나무, 꽃, 식물에 관한 책을 많이 봤다고 개별상담시간에 말해 주었어. 강한이 2~3살 한참 책을 좋아할 때는 잠들기 전 스무 권쯤 읽어 달라고 졸라서 목이 아팠다고 했어. 때때로 삼십 권정도 읽어야 잠이 들기도 했대! 책을 많이 읽으니 아는 것도 많아! 같은 내용을 무한 반복으로 읽기도 했으니 평범한 7살이라고 생각하면 큰 일 나요." 주임이신 곽세영선생님은 강한의 성장과정을 다 알고 있었다. 갑자기 강한이 어리지만 식물박사님처럼 보였다.

매 달 마지막 주 수요일에는 모두 색에 관한 프로젝트를 했는데 3월에는 노랑으로 정하고 yellow day, 4월은 초록으로 정하고 Green day라고 했다. 프로젝트를 하는 날은 가방, 신발, 모자, 스카프, 헤어밴드 등으로 아이들이 장식을 하고 오거나 정해진 색의 옷을 입고 오기도 했다. 정해진 색이 들어간 장난감, 인형, 장신구 등을 가지고 올 수 있는 특별한 날이기도 했다. 다만 규칙으로 30센티미터 이하로만 가져 올 수 있었다. 선생님들도 마찬가지였다. 어린이집 복도에는 색에 맞는 풍선으로 장식을 해놓거나 각 반 교실에는 색종이로 나비배너를 만들어 벽을 장식해 두거나 멋진 무늬가 들어간 스카프를 벽면에 펼쳐서 걸어두기도 했다. 7세반은 미술활동이 들어간 오감놀이를 했다. 아이들이 색에 대한 재미를 놀이처럼 느끼게 하는 시간이었다.

5월에도 미세먼지가 없는 맑은 날에는 어김없이 옥구공원엘 다녔다. 이번 달 색에 관한 프로젝트 수업은 제비꽃의 보라색이었다. 마지막 주 수요일인 오늘 purple day로 수업을 진행하고 있었다. 어린이집 모든 아이들과 선생님들은 보라색이 들어 간 옷을 입고 등원을 했다. 나도 짙은 보라색 킬로트스커트에 연보라색 블라우스를 입고 스카프를 두르고 왔다. 우리 반 아이들도 머리띠, 티셔츠나, 바지 등으로 purple day를 즐기고 있었다. 물푸레나무반은 오늘 옥구공원에 오지 못했다. 어린이집에서 보라색이 들어간 과일과 채소를 가지고 오감놀이 활동을 하고 있었다. 과일과 채소 속에 들어간 안토시아닌이라는 보라색 색소의 이로운 점에 대한 브레인스토밍을 한 후 아이들이 가지고 온 아로니아, 블루베리, 비트, 가지를 만져보고 과일은 먹고 비트와 가지는 조리실로 가져가 반찬으로 만들어 점심시간에 물푸레나무반 아이들만 먹는다. 부러운 녀석들! 냉동 아로니아, 블루베리를 짓이겨 천에 염색을 하는 활동도 이루어진다고 했다.

오늘은 오감놀이를 하는 7세 물푸레나무반 형님들 대신 6세 떡갈나무반 형님들과 짝꿍을 해서 옥구공원으로 산책을 나갔다. 짝꿍을 만들어 주다보니 떡갈나무반에 결석이 많았다. 조팝꽃반은 윤지호 1명만 할머니 댁에 제사가 있어 결석을 했는데 떡갈나무반은 무려 4명이나 결석을 했다. 역시 5월은 여행을 다니기에 좋은 계절이라 결석이 많았다. 또 떡갈나무반에 아직 등원 하지 않은 아이가 있었는데 아빠와 둘이 사는 유미였다. 통합시간에 보았던 유미는 늘 활기차고 씩씩했었다. 그랬던 유미가 어제 밤에 감기가 들어 편도가 많이 부어 밤새 열이 나고 아파서 먼저 병원에 들러 치료를 받고 약 처방을 받은 후 옥구공원으로 온다고 했단다.

떡갈나무반 김아연선생님은 오지 않은 유미를 기다리며 한참 조팝꽃반과 함께 튤립 꽃을 구경했다. 유미를 기다리다 유미가 생각보다 늦어지자 결국 나에게 유미를 부탁하고 떡갈나무반 아이들과 함께 근력운동을 위해 산 정상을 향해 올라갔다. 옥구공원에 있는 옥구산의 높이는 95미터. 아주 작고 아담한 산이다. 정상에는 정자와 전망대인 낙조대가 있다. 낙조대로 올라가면 서해바다와 오이도의 빨강등대, 생명의 나무라는 하얀색 조형물이 보인다. 물론 우리 어린이집도 보인다. 형님반 아이들은 공원에 오면 대근육 강화를 위해 반드시 산 정상을 찍고 온다. 아이들 모두 정상을 향해 오를 때 서두르지 않고 천천히 걸어가는 것을 목표로 삼는다. 우리 어린이집에서는 산에 오르는 시간 속에 뛰고 싶은 것을 참고 견디며 천천히 걸어 올라가는 것을 통해 마시멜로를 먹지 않고 참았던 아이들처럼 인내와 절제를 배우고 직접 실천하게 하는 행동으로 삼았다.

한 명씩 사진을 찍어주면서도 전체 아이들에게 눈을 떼지 못하고 혹여 다치거나 멀리까지 갈까 싶어 아이들을 계속 쳐다보고 있는데 누군가 내 치마를 붙잡았다. 돌아보니 유미가 힘없이 웃으며 인사를 했다. 목이 아픈지 보라색 손수건을 목에 두르고 예쁜 보라색 투피스를 입고 있었다. 치마바지가 너무 예뻤다.

"안녕하세요?"

처음 뵙게 되는 유미아빠에게 먼저 인사를 했다. 유미아빠도 보라색으로 셔츠를 입고 있었다. 보라색이 아주 잘 어울렸다.

"처음 뵙겠습니다. 유미아빠입니다."

"아!~ 네, 안녕하세요."

"담임 선생님이 튤립정원이 있는 곳에 조팝꽃반이 있다고 해서…… "

"네. 저희가 조팝꽃반입니다."

"유미반 아이들은 산 정상에 있다고 하네요."

"네. 유미는 저에게 맡기시면 됩니다. 보라색 셔츠가 아주 잘 어울리시네요?"

"감사합니다. 유미가 오늘은 보라색으로 옷을 입는 날이라고 해서 같이 입어봤습니다. 노란색, 초록색에 이어 오늘은 보라색이네요. 하하하!"

"네. 5월에는 purple day라서요."

조금은 쑥스러운 듯 머리를 만지며 유쾌하게 웃는 유미아빠의 콧날이 유난히 반듯해 보이고 치아가 고르게 생긴 것을 알게 되었다. 유미아빠의 환하게 웃는 모습을 보며 나도 모르게 같이 따라서 웃었다. 유미가 아빠를 닮아서 예쁘게 생겼구나.

"선생님도 보라색 스카프가 멋지시네요. 죄송한데 제가 지금 바로 회사로 다시 들어가야 해서요. 우리 유미 부탁드립니다."라고 말하며 목례를 했다.

"네! 안녕히 가세요."

나도 얼떨결에 인사를 했다.

"감사합니다. 안녕히 계세요."

잠시 인사를 나누는 동안 유미는 내 치마를 계속 붙들고 있었다. 유미아빠가 바쁜 듯 돌아서며 유미에게 손을 흔들었다. 유미는 한 손으로 치마를 잡은 체 한 손으로 아빠에게 손을 흔들며 인사를 했다. 얼른 조팝꽃반 아이들이 잘 놀고 있는지 아이들의 안전을 확인하고 나서 유미의 손을 꼭 잡아주었다. 그리고 다시 눈을 들어 멀리까지 걸어 간 보라색셔츠를 입은 유미아빠의 뒷모습을 보는데 아픈 유미를 맡기고 돌아가는 발걸음이 몹시 급했다. 아픈 유미를 병원에 데리고 갔다가 다시 공원까지 와서 맡기고 가는 뒷모습과 바쁜 걸음걸이에서 혼자서 아이를 키우는 버거운 일상이 그대로 묻어났다. 유미의 손은 아직 뜨거웠다. 미열이 있는 것 같았다. 이제 멀어져 손 한마디의 크기로 변한 유미아빠의 뒷모습에 왠지 모를 쓸쓸함이 느껴졌다.

나는 유미의 손을 꼭 잡아주며 "유미야! 아직 열이 있는데 이제 아프지 않아?"라고 물어보았다. 유미는 아픈 얼굴을 하고도 미소를 지으며 고개를 끄덕여 보였다. 아픈데 집에서 쉬지 못하고 어린이집으로 온 유미가 또 이겨내려는 그 마음 씀씀이가 튤립 꽃처럼 예쁘고도 고왔다.

멀리서 산을 내려오는 떡갈나무반 아이들의 목소리가 들려오기 시작했다.

3장

여름

저것 좀 봐
소낙비가 거미줄 위
방울 방울 떨어져
음표를 만들었네

1. 엄마 오늘 하루 커피 마시며 푹 쉬어요

6세 떡갈나무반 신입교사 김아연선생님

토요일 행사는 아무리 홍보를 열심히 해도 전체적으로 60% 참석을 하면 아주 대단한 것이라고 했다. 그래서 나는 올 해 이 행사를 맡게 되며 성과를 올리기 위해 3월부터 각반에 홍보를 시작했다. 선생님들에게 매달 월간 계획안에 6월 첫 주에 있을 '아빠와 함께 추억을'에 대한 안내를 한 줄만 넣어 달라는 부탁을 했다. 5월부터는 주간 계획안을 보낼 때마다 매주 가정 통신란에 6월 첫 주에 있을 이 행사에 대해 감성적인 코드로 본격적인 안내를 시작했다. 결국 이 행사를 치룬 이래 가장 많은 참석인원이 모였다고 했다. 나는 너무 기뻤다. 결국 해내고 말았다.

원래 '아빠와 함께 추억을'이란 주제의 행사를 만든 이유는 두 가지였다.

첫째; 아이들이 아빠와 함께 놀이를 하며 어린 시절의 좋은 추억을 만드는 것.

둘째; 엄마가 이 시간을 이용해 최대한 자유롭게 행복을 누리는 것
이었다.

2월에 있었던 교사 오리엔테이션 둘째 날, 이 행사에 대한 내용을
들었을 때 같은 여자로 감동을 받았다. 늘 육아문제는 부부쌍방이 공
동으로 책임을 져야 한다고 이론적으로 알고는 있었지만 아이의 탄
생과 함께 아이를 돌보는 일에 아빠가 육아휴직을 내는 것이 이슈가
되어 광고로 채택이 될 정도로 아직도 아이 돌보는 일은 어려움이
많다. 결국 자녀의 탄생은 참으로 기쁜 일이지만 엄마는 당연하게 육
아휴직을 내야 하거나 다니던 회사를 퇴직하며 '경단녀'가 되는 것이
현실이었다. 아빠들이 돕는다고 하지만 가사와 육아의 전반적인 일들
은 실질적으로 엄마들 몫으로 아이의 탄생과 함께 집안일에 육아일
까지 가중되어 일이 더 많아지는 것이 기정사실이었다. 이 점을 고려
해 원장님은 봄과 가을, 토요일 하루를 잡아 아빠와 함께 하는 프로
그램을 만들었다고 했다. 이 날 하루만이라도 엄마들이 아이들에게
벗어나 친구를 만나거나 금요일부터 1박2일로 여행을 시도해보는 하
다못해 영화라도 한 편 편하게 보는 시간이 되길 바란다고 했다. 아
이들 없이 우아하게 카페에 앉아 커피를 마시며 자유를 느껴보라고
만든 우리 원의 특별한 행사였다. 엄마들을 쉬게 하고 싶어 만든 행
사라 당연히 행사 당일 날 점심식사와 간식은 어린이집에서 모두 준
비해야 했다. 이 일로 참여하는 아빠들의 정확한 명단이 필요해 수요
일 늦은 시간까지 변동 상황을 조사하느라 어린이집에서는 각 반별
로 참가하는 가정으로 전화를 돌리느라 필사적으로 바빴다.

어린이집에서 조금 떨어진 곳에 이번 여행을 함께 할 45인승 관광 버스 3대는 미리 와서 대기하고 있었다. 평소보다 30분 일찍 출근한 선생님들은 명단을 보며 이름표와 간식, 기념품을 챙기고 게임할 때 필요한 도구들과 선물을 챙겨 버스에 미리 실어 나르느라 정신이 없었다. 10시까지 등원인데 너무 일찍 오신 분들이 있어 유희실에서 조리사선생님이 시원한 음료수나 커피를 대접하고 있었다.

'바쁜데 왜 이리 일찍 오신 건지? 도무지!······'

원장님은 여수경선생님과 함께 떡집과 식당을 하는 학부모의 커다란 냉장고에서 500ml 물 300개와 미리 준비한 떡을 가져오느라 아침부터 출타 중이었다. 각 반 선생님들은 오신다고 한 아빠들의 명단을 보며, 혹여 늦을 것 같은 느낌이 드는 아빠들에게 전화를 해서 오고 있는 것을 확인하느라 바빴다.

자작나무, 떡갈나무, 물푸레나무 세 반으로 나뉜 버스엔 나머지 영아반의 아빠들을 나누어 배치시켰다. 나 같은 신입은 아침부터 전쟁을 치루고 있는 것 같았다. 어떤 아빠가 지각을 할지 예측이 어려웠고 아빠들의 얼굴은 뵌 적이 거의 없으니 우리 반 아이얼굴을 찾느라 얼이 빠졌다. 눈치껏 선배선생님들을 보니 자기반 아빠들을 현관에서 만나 바로 버스로 안내를 하고 있었다. 나도 어린이집 마당에 서서 아빠들을 확인하고 바로 버스로 안내를 해드렸다. 다행히 아이들이 먼저 나를 발견하고 큰 소리로 아침인사를 했다.

영화배우처럼 선글라스를 쓰고 모자에서 운동화까지 색을 맞추거나 등에 매는 가방이나 신발 혹은 모자를 아이들과 커플로 맞춰 오늘 주인공은 나야 나 하는 것처럼 잔뜩 멋을 부린 젊은 아빠들로부터 가기 싫은데 억지로 끌려나온 듯 부은 얼굴로 무뚝뚝한 표정을 짓고 머리도 손질하지 않고 동네 산책을 가듯 반바지 차림으로 가볍게 슬리퍼를 신고 온 아빠들도 있었다.

일찍부터 미리 와서 유희실에 앉아 차까지 대접 받은 아빠들도 모두 버스에 승차를 했고 가지고 갈 물건들도 다 실었는지 확인 한 후 각 선생님들도 나뉘어 버스에 올라탔다. 원장님이 간단하게 1호차에서부터 3호차까지 인사를 나누었다. 원장님이 탄 1호차가 출발을 하자 2호차, 3호차도 꼬리처럼 출발했다. 나는 내가 탄 버스의 맨 뒷좌석에 앉아 아침부터 바빴던 모든 일들을 내려놓고 숨을 고르며 오늘 하루 치르게 될 행사가 무사히 끝나기를 기도했다.

버스를 타고 바로 간식과 물을 나누어주었다. 가는 동안 버스 안에서는 주임선생님이 USB에 담아 준 만화 주제가 '미래소년 코난'의 노래가 나오고 있었다. 버스타고 갈 때는 아빠들이 좋아하는 만화주제가를 들려주고 행사를 마치고 돌아올 때는 잠잘 때 듣는 클래식을 아주 작게 들려주라던 원장님의 아이디어는 신의 한수였다.

제부도를 향해가는 버스 안에서는 아빠들 모두 처음에는 서먹서먹해하며 눈인사를 하거나 누구, 누구 아빱니다~. 라고 인사말을 나누며 악수를 하고 모두 의자 깊숙이 앉아 자려는 포즈를 취하더니 노래가 나오자 몇 아빠만 작은 소리로 흥얼거렸는데 '은하철도 999'가 나오자 정현아빠가 용기 있게 큰소리로 부르기 시작했다. 그러자 모두 동심으로 돌아가 만화주제가를 아주 큰 소리로 신나게 불렀다. 아이들 대신 아빠들이 신나게 노래를 따라 부르고 있었다. 이제 아빠들은 일심동체가 되었다. 다른 버스 안은 어떤 분위기로 제부도를 향해 달리고 있을까?

제부도에 거의 도착하자 각 버스의 담당 선생님들은 안내를 시작했다. 우리가 갈 곳은 미리 예약을 해둔 제부도에서 가장 큰 식당으로 이곳에서 바지락칼국수를 먹는다고 알려주었다. 원장님과 주임선생님이 미리 답사를 해 식당의 방위치를 알려준 대로 각 반마다 정해진 방에 가방을 내리고 옷을 갈아입거나 신발을 새로 갈아 신었다.

갯벌에 들어갈 때에는 검정 아쿠아슈즈 혹은 장화, 검정색에 가까운 운동화로 준비하라고 했다. 갯벌에 빠지면 신발이나 옷이 먹물처럼 변해 가정통신문에 희고 예쁜 색상의 옷이나 신발은 갯벌에서 사용을 금한다고 알려주었다. 그런 분들은 반드시 갯벌에 들어갈 때 입을 여벌옷을 가지고 오라고 했다. 화사한 옷을 입고 온 아빠들은 자신들이 먼저 갈아입고 난 다음에 아이들의 옷도 갈아입혀 주었다. 경험이 많은 선생님들은 눈으로 둘러보며 일회용 비닐을 가지고 아빠나 아이들이 벗어 놓은 옷을 담게 한 후 비닐 겉면에 유성매직으로 이름을 써주고 입구를 테이프로 붙였다.

윤보영선생님은 함박꽃반과 목련꽃반의 신발을 챙겨 커다란 바구니에 담아놓았다. 생각해보니 갯벌에서 돌아와 수돗가에서 발을 씻고 우르르 몰려와 한꺼번에 신발을 찾느라 우왕좌왕할 것을 상상하니 끔찍했다. 커다란 바구니가 어디에 있는지 찾아보았으나 식당에서 더 이상 없다고 말해주었다. 당황해하다가 바구니 대신 마트에서 배추를 담아주는 파란색의 커다란 비닐봉지가 눈에 띄어 우리 반 아빠들과 아이들이 벗어 놓은 신발을 비닐봉지에 담고 유성매직으로 크게 반

이름을 써 짐이 있는 방안의 한쪽구석에다가 두었다. 다행히 아빠와 아이들이 처음부터 아쿠아슈즈를 신고와 벗어 둔 신발은 그리 많지 않았다. 이런 팁은 미리 알려주었으면 좋았을 텐데 선배선생님들에게 조금 섭섭한 마음이 들었다. 목에 준비해 둔 호루라기를 걸고 비장한 마음으로 갯벌을 향해 출발했다. 아빠들의 목에도 작게 코팅된 일정표가 걸려있었다.

 6월이 막 시작되는 첫 번째 주 토요일, 제부도의 넓은 바닷가는 제주도처럼 눈이 부시도록 푸르고 맑은 바다는 아니었지만 모래사장으로 시작했다가 서해 특유의 칙칙한 갯벌이 되었다가 탁한 색의 바다로 연결되었다. 비록 갯벌 때문에 잿빛의 칙칙함이 묻어났지만 하늘은 푸르고 뭉게구름 몇 점이 푸른 하늘에 그림처럼 떠 있었다. 탁 트인 바닷가모래밭에 커다란 반원을 그리고 아빠들과 아이들이 나란히 앉아있었다.
 원장님은 자연생태학교에서 일일교사로 나온 교수님과 제자들을 소개했다. 교수님은 서해 갯벌에 사는 여러 종의 생물들을 소개했다. 갯벌에 사는 생물들이 어떻게 바다를 풍요롭게 만드는지에 대해서도 간략하게 설명했다. 서해의 갯벌에는 털보집 갯지렁이, 비단고둥, 발콩게, 밀짚날개갯지렁이, 달랑게, 흰민챙이, 아무르불가사리, 서해비단고둥, 엽낭게, 맛 등이 서식하고 있다고 카드로 만든 그림을 보여주며 알려주었다. 하지만 제부도 바다의 갯벌에서는 많지 않고 아산만 방조제 밑으로 내려가야 풍성한 갯벌생물들을 볼 수 있고 맛이나 모시, 꼬막 같은 조개채취가 훨씬 더 가능하다고 알려주었다. 그리고 제부도 갯벌에서는 바지락이나 쏙만 잡고 나머지는 사진을 찍거나 눈으로 감상만 하고 채취하지 말라고 알려주며 마무리 인사를 했다. 드디어 출발을 했다. 앉아있던 반원모양이 깨지며 우르르 아빠들이 일어나 아이들의 손을 잡고 흩어졌다.

쌍둥이 지우와 지성이 아빠, 무현과 이현이 아빠는 아이들의 나이 차가 3살이나 나는데도 불구하고 쌍둥이들의 아빠라는 존재감만으로 벌써 친구가 되신 듯. 7살 이현이는 집에 가면 조팝반 동생 지우에 대해 이야기를 많이 해서인지 아빠들은 서먹해 하지 않고 오랫동안 알고 지낸 듯 사이좋게 걸어갔다. 이현은 지우의 손을 잡고 무현은 지성이 손을 잡고 모래밭을 걸어갔다. 형제와 자매들처럼 보여 얼마나 귀여운지 멀리서 담임 선생님이 좇아가며 아이들이 걸어가는 모습을 사진으로 찍고 있었다. 아빠들은 아이들의 그런 모습을 쳐다보며 아빠들끼리 무슨 얘기들을 나누는지 무현아빠가 지성아빠의 어깨를 토닥거려주었다.

6세 떡깔나무반에는 아빠들끼리 직장 친구인 분들도 있고 엄마들끼리 같은 산부인과를 다니다가 친해져서 그때부터 친구가 되어 아이들을 같은 어린이집에 보낸 분도 있었다. 임신도 거의 비슷한 시기에 하니 아이를 낳는 시기도 비슷했다고 한다. 두 집 다 임신한 내내 이름 짓는 것으로 고민을 하다 마침 드라마 '상속자들'이 폭발적인 인기를 끌며 종영되어 아이들 이름을 남자주인공과 여자주인공의 이름으로 짓게 된 경우도 있었다. 하긴 나도 고등학교 다니던 내내 '상속자들'이란 드라마의 팬이기도 했다. 김탄아빠는 다행히 김씨여서 성도 같이 쓸 수 있었는데 여자 주인공 차은상은 성이 차씨가 아니라 이씨라 할 수 없이 이은상이 되었다고 했다.

아빠 두 분이 회사의 직장 동료들이다보니 아이들은 돌보지 않고 회사 야유회를 온 양 친밀도를 나타내며 서로 티격태격 몸싸움까지 하며 걸어갔다. 아이들이 손을 잡고 갯벌을 향해 뛰기 시작하자 그제야 티격태격하던 행동을 멈추고 아이들을 잡으러 아빠들도 아이들을 따라 뛰기 시작했다. 아빠들에게 잡힌 아이들은 갯벌에서 무엇을 발견했는지 손으로 갯벌을 가리키다가 4명이 함께 쪼그리고 앉아 관찰을 시작했다. 발콩게가 옆으로 기어가다 아이들 발에 닿자 바다가 떠나갈 듯 소리를 질렀다. 그리곤 자기들의 행동이 우스운지 배를 잡고 웃기 시작했다. 탄이하고 은상이 웃음소리가 갯벌에 즐겁게 울렸다. 자연생태학교에서 나온 선생님들이 여기 저기 흩어져 아이들과 함께 갯벌을 탐구하고 있었고 점 점 갯벌이 소란해지기 시작했다.

마누아빠의 소개로 우리어린이집에 등록 한 지크람아빠도 인도분이다. 같은 나라 사람들이라 그런지 다정하게 이야기를 하며 걸었다. 마누는 걷는 대신 아빠가 매고 온 힙시트에 앉아 있었다. 지크람은 아빠 손을 잡고 가다가 갯벌이 불편했는지 걸어가는 것을 멈추었다. 걷기를 멈춘 지크람에게 아빠가 무슨 말인가를 했고 지크람이 아빠의 말을 듣고 고개를 끄덕이자 지크람아빠는 지크람을 등에 업어주었다. 아빠 등에 업히자 그제야 활짝 웃었다. 힙시트에 앉아서 가는 마누가 부러웠는지, 갯벌이 불편했는지 걷기를 멈추었던 지크람은 아빠 등에 업히고 나서야 마누에게도 손을 흔들어주었다.

함박꽃반과 목련꽃반은 24개월 전 영아들이라 갯벌 걷는 것이 불편하다고 생각했는지 10명 중 7명이 왔는데 아빠들 모두 베이비용

띠를 매고 왔거나 힙시트를 어깨에 걸치고 와 아이를 앉히고 걸어가는 모습이었다. 영아들은 걷다가 지치면 캥거루처럼 언제든지 아빠의 아기 띠 안으로 들어 갈 준비가 되어 있었다.

모래밭을 지나 펼쳐진 갯벌 여기저기에 흩어져 한 무더기씩 쪼그리고 앉아 자연생태학교에서 나온 선생님들과 모종삽이나 조개 채취용 호미로 뻘의 흙을 들쑤셔가며 조개를 찾기도 했다. 집에서 가지고 왔는지 소꿉놀이용 양동이와 수저를 가지고 얌전하게 관찰을 하는 아빠와 딸도 있었다. 쏙을 찾기 위해 집에서 된장을 가지고 온 준비성이 대단한 아빠도 있었다.

짓궂은 아빠들은 작은 소라게를 아이들의 손등에 올려 아이들이 놀라 소리를 지르게 했다. 장난꾸러기 기질을 가진 아빠들은 갯벌의 흙을 아이 얼굴과 자기 얼굴에 발라 머드팩을 한 모습으로 웃고 있었다. 더 심한 아빠는 눈싸움을 하듯 갯벌 흙을 뭉쳐 아이에게 시비를 걸 듯 흙싸움을 시작해 머리와 몸통이 온통 흙투성이가 되기도 했다. 나는 나도 모르게 큰 소리로 "아이쿠 저걸 어떻게 씻으려고!"라고 말했다.

각반 선생님들은 흩어져 자기반의 아이를 찾아내서 사진을 찍어주느라 바빴다. 나도 갯벌에 흩어져 있는 우리 반 아이들을 찾아 아이와 아빠의 사진을 찍어주었다. 사진을 찍다보니 아이들과 아빠들이 다양한 갯벌놀이에 심취해 아주 행복한 표정을 지으며 놀고 있었고 그런 표정을 계속해서 찍다보니 나도 절로 웃음이 나왔다. 기쁨은 참 좋은 것이다. 웃고 있는 표정의 사진을 찍기만 해도 나도 모르게 저

절로 입 꼬리가 올라가며 같이 웃고 있으니, 웃음은 긍정적인 힘으로
전이가 되는 것 같았다.

어느새 저 멀리 바닷가에는 갯벌체험을 마치고 바닷물을 가지고
놀고 있는 아이들이 보였다. 6월이라 아직 물이 찰 텐데 차가움도
잊은 듯 소리를 지르며 발로 바닷물을 차 물보라를 일으키는 아이들
도 있었다. 발로 바닷물을 찰 때마다 물보라는 허공에 무지개를 만들
어 냈다. 무지개가 만들어지자 아이들에 이어 아빠들까지 합세를 했
다. 그러자 노는 소리가 천둥소리만큼 커졌다. 흙싸움을 하며 놀았던
아빠와 아이들은 바닷물을 가지고 놀며 갯벌의 검은흙을 깨끗하게
씻어냈다.
"이야!~ 저렇게 놀면서 갯벌 흙을 씻어내는 구나!"
제대로 놀이를 할 줄 아는 것 같아 칭찬의 박수를 마구 쳐주고 싶
었다.
제부도 갯벌은 정오가 될 때까지 자작나무숲어린이집에서 온 아빠
와 아이들로 인해 소란스러운 정겨움으로 가득 찼다. 하늘의 햇살도
빙그레 웃고 있었다. 날씨가 적당히 뜨거워 물놀이에 흥을 더했다.

놀이를 마친 아이들은 소금기를 없애기 위해 해안가로 내려가는
계단 옆 수돗가에서 씻거나 우리가 머문 식당의 수돗가에서 씻게 했
다. 준비된 점심식사를 먹기 전 몇 차례나 아이를 닦이고 옷을 갈아
입히는 분주함으로 정신이 없었다. 물론 대체적으로 아빠들이 자기
아이의 옷을 갈아입혔지만 옆에서 젖은 옷을 비닐봉지에 담고 챙겨
주느라 아이들의 인원수가 많은 나로서는 얼이 빠지는 것 같았다.

'갯벌에서 놀이를 했던 시간보다 씻고 정리를 하는 시간이 더 길게 느껴지는 이유는 뭘까'라고 생각하며 방바닥에 널브러져 있는 수건과 겉옷을 비닐에 담고, 일일이 누구의 것인지 찾아다니며 확인을 해 가방에 넣어주고 젖은 신발도 비닐에 담아주는 것으로 모든 정리를 마쳤다. 방바닥에는 이제 아무것도 없었다. 벽에 한 줄로 늘어 선 우리 반 가방을 보며 식사하기 전 갯벌체험과 정리정돈은 일단 끝을 낼 수 있었다.

이제 점심식사 시간이 되었다.

아빠와 아이들이 만족할 수 있는 식사를 할 수 있게 해야 한다는 생각으로 다시 긴장을 했다. 한 상에 6명이 앉을 수 있게 자리를 배치하고 이미 주문한 바지락칼국수를 기다렸다. 바로 끓여 뜨겁게 나오는 국수는 아빠들끼리 앉아서 먹을 수 있게 했다. 아빠들은 국수를 기다리는 동안 맥주와 소주를 시켜 사이다에 타서 한 잔씩 마시겠다고 해서서, 원장님께 말씀을 드리니 그렇게 하도록 했다. '맥사'와 '소사'가 이곳저곳에서 시원하게 거품을 일으키고 있었다. 나도 아빠들 곁에서 사이다가 들어간 시원한 맥주를 한 잔 마시고 싶었지만 꾹 참았다.

바지락이 듬뿍 들어가 맛있게 끓여진 바지락칼국수가 나오자 테이블 네 곳에 나누어 앉은 우리 반 아빠들은 버스를 같이 타고 온 다른 반 아빠들과도 친해져 허물없이 이야기꽃을 피우며 칼국수를 맛있게 먹을 준비를 했다. 수저를 놓고 김치와 커다란 무를 집게로 잡아 가위로 먹기 좋게 잘라 접시에 담기도 했다. 각 테이블마다 센스 있는 아빠들이 한분씩 있어 식사를 할 수 있게 도움을 주었다. 센스

쟁이 아빠들은 국자를 가지고 커다란 그릇에 칼국수와 바지락을 먹기 좋게 담아 나누어 주었다. 뜨거운 칼국수를 먹기 시작하자 모두 조용해졌다.

아이들은 작은 그릇에 미리 담아 식혀 놓은 것을 국물만 따스하게 부어주었다. 아이들이 국수를 잘 먹을 수 있도록 도와주었다. 젓가락질을 잘하는 아이도 젓가락질이 힘들어 아직도 포크를 사용하는 아이도 갯벌 활동이 제법 운동이 되었는지 국수를 아주 맛있게 먹었다. 잘 먹는 아이는 국수뿐만 아니라 국물까지 두 그릇을 먹었다. 아이들이 어느 정도 먹자 우리도 젓가락을 들었다. 아빠 한 분이 잠깐 기다리라고 한 후 얼른 칼국수와 바지락을 담아 맛있게 먹으라며 우리에게 주었다. 감사하다는 인사를 하고 배가 고팠던 박광선선생님과 나는 허겁지겁 먹기 시작했다. 칼국수도 특별히 고소했지만 바지락을 우려 낸 국물 맛이 끝내줬다.

아빠들 중 커피나 음료수를 사가지고 온 분들이 많았다. 또 방울토마토나 체리, 망고나 포도를 씻어 일회용 밀폐용기에 담아가지고 선생님들의 디저트로 가져오신 분들이 많았다. 모아놓고 보니 커피, 음료수, 과일이 넘쳐났다. 원장님은 조리사선생님에게 모두 드려 잘 나누어 교사와 함께 준비하지 못한 아빠들도 점심식사 후 커피와 과일을 같이 먹을 수 있게 해드렸다.

몇몇 엄마들은 아이가 걱정이 되어 자동차를 끌고 제부도까지 왔다. 주로 3살, 4살 영아반의 엄마들이었다. 아이 걱정으로 식사시간이 끝난 자유놀이시간에 맞추어 데리러 왔거나 구경을 하러 왔다. 엄마를 만난 영아들은 아빠와 함께 있을 때보다 얼굴표정이 환해지고 말이 많아졌다. 아빠와 갯벌체험을 했던 것을 엄마에게 옹알이 언어로 종알종알 이야기를 했다. 즐거운 표정으로 아이의 이야기를 들으며 각 반 선생님들과 작별인사를 나누곤 아이와 아빠를 데리고 귀가를 했다.

일정표에 맞춰 점심식사가 끝나고 1시간 정도 자유놀이시간이 주어지자 남은 영아들 중 벌써 아빠 품에 안겨 잠 든 영아도 생겼다. 아이를 재우며 아빠도 같이 잤다. 유아반 몇 분의 아빠도 방 한 귀퉁이에 누워 잠시 벽을 향해 오수를 즐기기도 했다. 오수를 즐기는 아빠들의 아이들은 모두 밖으로 데리고 나와 바닷가를 배경으로 사진을 찍어주기도 하고 어린이집에서 가지고 온 비눗방울을 가지고 놀이를 시켰다.

원래 평소라면 낮잠을 자는 시간인데 바깥에서 놀이를 해서 그런지 아이들 대부분 쌩쌩했다. 7세는 전통놀이로 비석치기와 고무줄놀이를 자주하는데 남자아이들이 아빠와 함께 비석으로 세울 수 있는 돌을 찾아가지고 와서 아빠들과 비석치기 놀이를 시작했다. 여자아이들은 고무줄을 가지고 와서 고무줄놀이를 했다. 아빠 세 분이 다리에 고무줄을 대고 술래를 해주고 있었다. "금강산 찾아가자~ 일만 이천봉~ 볼수록 아름답고 신기하구나!" 원장님이 알려준 노래를 부르며 3명의 여자아이들이 시계반대방향으로 폴짝폴짝 거리며 동시에 고무줄을 넘었다. 나도 신기했다. 여러 선생님들과 원장님, 조리실선생님들도 흐뭇한 표정으로 고무줄놀이를 하는 여자아이들을 쳐다보았다. 운동량이 꽤 될 텐데 피곤한 기색도 없이 가볍게 고무줄놀이를 했다. 아빠들은 술래가 되어 발목에 고무줄을 매고 서서 딸들의 고무줄놀이를 쳐다보며 신기하고 좋은지 웃느라 입이 귀에 걸려 있었다.

6세인 우리 반 여자아이들도 하고 싶어 하는 눈치였다. 7살 고무줄의 동작을 분석하느라 가만히 보고 있다가 완벽하게 숙지하고 나서 아이들을 불러놓고 고무줄 대신 바닥에 줄을 긋고 하는 방법을 알려주었다. 먼저 오른발이 선 밖으로 나가고 다음 왼발이 선 밖으로 나갔다가, 다시 오른발 먼저 선 안으로 들어오고, 바로 왼발이 따라서 선 안으로 들어오는 반복을 연습시켰다. 아이들에게 설명을 하고 깡충거리며 하는 시범을 보여주자 아이들은 선을 사용하여 재미있게 노래를 부르며 놀이를 했다. 우리 반도 다음부터 원장님께 고무줄놀이를 배워서 진짜 고무줄을 이용하여 놀이를 시도해 봐야겠다고 생각했다. 대, 소 근육운동이 될 뿐만 아니라 노래까지 부르며 활동을 하니 운동, 언어, 리듬까지 일석삼조쯤 되는 고무줄놀이인 것 같았다.

어느덧 오후 활동으로 모래밭에서 두 편으로 나누어 게임을 할 시간이 되었다. 멀리서 주임선생님의 호루라기 소리가 들려왔다. 어린이집에서 준비한 비닐지퍼 백에 담긴 간식과 음료를 가지고 자유놀이시간을 가진 아빠들은 주임선생님의 호루라기 소리에 아이들과 함께 다시 모래사장으로 모였다.

어린이집에서 아빠와 아이들의 명단을 가지고 큰 반, 작은 반, 남자아이와 여자아이 평소 운동을 잘하는 아이와 운동을 못하는 아이 등 골고루 배정이 될 수 있도록 미리 정해 놓았는데, 그 명단을 가지고 "콩팀"과 "팥팀"으로 이름을 알려주며 모래밭에 양쪽으로 나누어 앉게 했다.

레크리에이션 지도자 자격증이 있는 문희경선생님은 무선마이크를 귀에 꽂고 스피커를 허리에 차고 모든 게임의 이름과 전체 게임규칙을 순서대로 설명해주었다.

　아빠와 아이가 함께하는 2인삼각하기.

　아이와 함께 훌라후프에 들어가서 50미터 반환점 돌아오기.

　아빠들만 하는 검정고무신 벗어 멀리 던지기.

　한 팀이 모두 함께 10미터 홍해바다 건너기.

　아빠 가마 만들어 유아반 아이들을 태우고 30미터 반환점 돌아오기.

　유아반 아이들의 세발자전거타고 반환점 돌아오기.

　영아반 아이들의 머리에 공이고 5미터 반환점 돌아오기.

　마지막으로 전체 줄다리기를 하며 모든 게임이 끝난다고 알려주었다.

　그리고 다시 한 번 더 각각의 게임 규칙을 알려주며 팀별대항 게임이 시작되었다.

　'콩팀'은 무현, 이현. 지성, 지우. 쌍둥이들 아빠. 탄과 은상처럼 직장동료 아빠. 은아, 은수처럼 연년생을 키우는 아빠였는데 은아와 은수아빠는 영아반임에도 불구하고 끝까지 남아 활약을 해주었다. 유미아빠도 콩 팀이었는데 훌라후프에 유미와 함께 들어가서 둘이 훌라후프를 잡고 뛰는데 훌라후프도 안정적으로 잡았지만 아빠도 유미도 호흡을 맞추어 정말 잘 뛰었다. 유미가 그렇게 달리기를 잘하는 줄 몰랐다. 와이슈츠메아빠는 터키분이신데 한국말을 너무 잘 알아들었고 잘 하셨다. 발음이 정말 좋았다. 얼굴을 보지 않고 목소리만 들으면 한국 분 인줄. 남자고무신 던지기는 고무신을 발에 신고 던져 가장 멀리 나가도록 하는 게임이었다. 와이슈츠메아빠는 고무신을 완전히 신지 않고 엄지발가락에만 살짝 걸친 채 던져 한국아빠들보다 고무신을 가장 멀리 날아가게 했다. 너무 잘해서 한국아빠들에게 박수

갈채를 받았다. '콩팀' 아빠들은 전체적으로 운동선수들 마냥 승부욕
도 강하고 운동도 잘했다.

'팥팀'에 있는 마누아빠와 지크람아빠도 운동을 잘해 한국 아빠들
이 모두 놀라며 박수를 쳐주었다. 마누아빠와 지크람아빠는 대학원에
서 식물이 보내는 신호에 대한 연구를 한국의 박사들과 함께 한다고
들었는데 운동도 잘해 선생님들도 눈이 휘둥그레졌다. 인도의 식물바
이오박사들은 운동도 잘하는가 보았다. 항복과 덕형아빠도 '팥팀'이었
는데 항복과 덕형은 어린이집에서 활동량이 많고 동적활동을 좋아하
고 잘해 그런 운동신경이 뛰어난 아이들의 아빠들이라 운동을 잘할
줄 알았는데 두 분 다 운동에는 소질이 없었다. 아이들이 하는 게임
에서는 항복과 덕형이 계속 이겼으나 아빠들이 하는 게임에서는 계
속해서 지자 덕형과 항복은 스머프에 나오는 투덜이처럼 화를 냈다.
특히 비닐터널을 통과하는 홍해바다건너기 게임에서는 '콩팀'은 전체적
으로 팀워크를 보이며 한 분의 아빠가 리더십을 발휘하여 구령에 맞
추어 전체가 안전하지만 빠르고 신속하게 비닐을 통과한 반면 '팥팀'
은 비닐 안으로 들어가서 이기려는 마음에 급하게 우왕좌왕하며 터
널을 통과해 잘못하면 넘어질 뻔한 경우도 생겨 결국 '콩팀'이 이겼
다. '팥팀'의 아빠들 중에는 전체를 통솔하는 리더십을 가진 분이 없
었다.

'팥팀' 아이들은 아빠들이 계속지자 속이 상해 눈물까지 글썽였다.
아이들의 평소 행동을 생각하며 팀을 짤 때 골고루 분포했다고 생각
했는데 생각 외로 운동을 너무 잘하거나 생각 외로 운동을 너무 못
하는 아빠들이 몇 분 계셨다. 편파적으로 '콩팀'이 이기자 팀을 나눈

선생님들이 괜히 미안해졌다. 이긴 콩팀은 서로 손을 잡고 환호성을 지르며 좋아했고 진 '팥팀'은 아빠들이 서로 미안해하며 어깨를 두드려주는 반면 아이들은 두 발을 모래밭에 구르며 억울해했다. 승자의 기뻐하는 모습과 패자의 분노하는 모습이 웃음을 자아냈다. 각반 선생님들은 그런 장면까지 사진으로 찍어 두었다. 쳐다보던 갈매기들도 신이 나는지 목청껏 노래를 불렀다.

모래밭에서 게임을 통해 신나고 즐거운 놀이를 하며 이긴 팀은 집에 가서 샤워를 깨끗하게 하라고 바디제품을 상품으로 주었고 진 팀은 기분이 꿀꿀하니 맛있는 라면이라도 끓여 먹으라고 라면 두 봉지를 선물로 줬다. 기념품으로는 어린이집 로고가 박힌 부엌에서 사용하는 작은 수건을 줬다. 바디제품을 받은 이긴 팀 아이들보다 진 팀 아이들이 라면 선물을 머리 위로 들고 소리를 지르며 엄청 좋아했다. 역시 먹는 것이 최고인 듯 했다. 라면선물을 받은 '팥팀' 아이들이 받은 라면을 자랑했다.

모든 게임을 마치고 놀이를 하느라 더럽혀진 모래밭을 아빠들과 함께 정리 했다. 아이들은 선물을 들고 있고 아빠들은 모래밭의 쓰레기를 쓰레기봉투에 담거나 게임했던 도구들을 정리해주었다. 식당 앞에 대기 한 버스에 게임할 때 사용했던 도구들을 실었다. 마누아빠와 지크람아빠, 오창대아빠, 정유미아빠는 모래밭 정리뿐만 아니라 마지막까지 선생님들을 도와 식당 안까지 정리를 해주었다. 생각해보니 아침에도 일찍 와서 버스에 짐을 실어주었다. 헉! 그럼 도와주려고 일찍 왔는데 쓸데없이 일찍 온 것으로 오해를 했나 보다. 오해를 해서 너무너무 죄송하고 참 감사한 분들이다.

마누, 지크람 아빠 최고!

창대, 유미아빠도 최고!

아이들에게 가방을 메게 하고 아침에 타고 온 순서대로 버스에 올라타게 했다. 자유놀이시간에 돌아간 아이들을 뺀 나머지 각 반 아이들이 아빠와 다 탔는지, 안전벨트는 잘 매었는지 각 버스마다 확인을 하고 1호차에서 3호차까지 어린이집으로 출발을 시작했다.

제부도 바닷가의 햇살은 어느덧 한풀 꺾인 듯 아이들이 떠난 갯벌을 고즈넉하게 비쳐주었다. 텅 빈 바닷가에서는 아이들의 소란이 사라지자 갈매기 울음소리만 들려왔다. 머리를 의자 등받이에 편하게 대고 무심하게 펼쳐진 바다를 쳐다보자 3월부터 마음을 졸이며 처음으로 치렀던 행사가 아무런 사고 없이 무탈하게 끝난 것에 대한 감사가 저절로 흘러나왔다. 승부욕이 강하고 우리 어린이집교사분들에 비해 괄괄하고 억센 부분도 있지만 조금씩 다듬어가면서 다른 선생님들처럼 부드럽고 상냥한 교사가 되려고 노력하는 내가 스스로 대견해서 머리를 쓰다듬어주고 싶어졌다. 두 손을 모으고 무사히 끝난 나의 첫 번 행사에 감사의 기도를 올렸다.

버스 안에는 어린이집을 향해 가는 동안 클래식이 잔잔하게 흘러나왔다. 여기 저기 얘기소리가 들리다가 피곤했던 아빠와 아이들은 천천히 잠이 들기 시작했다. 틀어놓은 클래식 소리보다 코고는 소리가 더 크게 들려오기 시작했다. 달리는 버스의 차창 밖으로 이름을 달리한 바지락칼국수집들이 연이어 보였다. 낮에 먹었던 맛있는 바지락칼국수 맛이 떠올랐다. 바닷가에서 했던 체험과 놀이들이 생각나자 입가에 저절로 미소가 지어졌다. 나도 긴장이 풀리며 눈꺼풀이 아주 무거워졌다. 자면 안 된다고 생각했는데 다시 바닷길이 보이자 나도 모르게 눈이 감겼다. 분주했던 하루가 잠속으로 스며들어갔다.

그러는 동안 이 하루로 인해 어제부터 여행을 떠났거나, 조조영화를 보고 있거나, 오랜만에 소파에 누워서 자유를 느끼고 있거나, 홍대와 이대가 있는 신촌에서 커피를 마시거나, 더 멀리 파주의 헤이리 마을에서 식사를 하거나, 양평이나 양수리의 한 카페에 앉아 친구들과 커피를 마시며 수다를 떨다가 생각이 났다며 감사하다는 엄마들의 카카오 톡 문자들이 내 스마트폰 안으로 꽃잎처럼 떨어지고 있는 것을 몰랐다.

2. 백색 치자꽃은 붉은 등불을 가슴에 품고 있다

7세 물푸레나무 장애통합반 신입교사 정샛별선생님

치자꽃은 6월에서 7월 사이 눈보다 더 하얀 순백의 꽃으로 피었다
가 점점 노란색으로 변하며 시들어버린다. 초록의 무성한 잎들 사이
에서 8월의 뜨거운 폭염과 천둥과 번개를 동반한 폭우를 견디고 나
면 9월과 10월 사이에 뾰족하고도 둥그스름한 황홍색을 띠는 열매로
다시 태어난다.

가을날 그것은 마치 붉은 등불 같다.

어린이집에서 마을버스를 타고 조금만 가면 소래산이 있다. 인천대
공원이 있는 산자락 쪽으로 아담하게 지어진 3층짜리 건물인데 이름
이 '치자나무공방'이다. 우리가 부를 땐 '치자방'이라 줄여 말했다. 왜
냐하면 공방 주변에 담 대신 치자나무를 울타리로 심어 놓았기 때문
이었다. 도자기선생님은 유난히 하얀 치자 꽃과 붉은 열매를 좋아했
는데 벽돌로 담을 만드는 대신 치자나무를 심었다고 했다.

매달 공방선생님이 어린이집으로 우리를 찾아왔지만 치자 꽃이 피

는 6월과 치자열매가 맺히는 9월에는 우리들을 공방으로 초대했다. 초여름 순백의 하얀 꽃들의 향기와 열매들이 익어가는 가을날 울타리의 붉은 빛이 아이들이 자란 후 두고두고 좋은 추억으로 남으라고 이렇게 일 년에 두 번 봄과 가을에 초대를 해줬다. 공방에 있는 물레도 돌려보고 여러 가지 색의 흙 점토도 만져보고 가스로 만든 도자기 가마도 구경해 보는 시간이 되었다.

운이 좋게도 우리가 공방에 온 날인 오늘, 초록의 울타리에 유난히 하얀 꽃송이들이 밤하늘별처럼 하얗게 달려 빛을 내고 있었다. 하얗게 빛나는 한 송이 꽃마다 달콤한 향기가 뿜어져 나와 천지사방으로 흩날리고 있어 마치 치자꽃향기가 공방 자체에서 뿜어내는 향기처럼 착각이 들 정도로 은은하고 고혹적이었다.

"누리, 누리, 누리. 냄새난다.……"
"누리야! 이제 공방 안으로 들어 가야해?"
창대는 누리의 손을 잡았다.
"꽃 냄새. 꽃 냄새. 예쁜 냄새. 누리, 누리…… 냄새 난다"
"누리야, 이건 치자꽃향기. 저기 피어있는 하얀꽃 보이지, 그 꽃의 향기야!"
누리가 치자꽃이 만발한 울타리 쪽으로 가려고 했다.
창대는 잡고 있던 누리의 손에 힘을 주었다.
"누리야! 이제는 흙 놀이 하러 가야지. 들어가자."
말은 그렇게 했지만 공방 안으로 친구들이 다 들어갈 동안 창대는 누리의 손을 잡고 다시 울타리의 하얀 치자꽃 앞으로 가서 누리가 꽃향기를 맡는 동안 기다려 주었다. 누리는 공방에 들어가는 시간인 것쯤은 아무것도 아닌 듯 하얀 치자꽃 앞에서 떠날 줄을 몰랐다. 창대는 그런 누리가 좋았다. 말을 시키지 않으면 자폐가 있는지 모를 정도로 얼굴이 뽀얀 누리를 창대는 참 좋아했다.

소풍을 가거나 견학을 갈 때에도 자청하여 누리의 손을 잡고 다녔다. 그동안 누리를 맡았던 다른 선생님들이 힘들다고 극구 말렸지만 창대는 누리의 손을 잡고 함께 다니고 싶어 한다고 했다. 선배 선생님들의 말을 들어보아도 그렇고 지난 3개월 동안 내가 봐도 그랬다.

사실, 같은 반에 장애를 가지고 있는 아이가 3명이다 보니 장애아를 전담하는 나 같은 장애통합선생님은 외부 활동이나 야외로 놀이를 나갈 때는 늘 손이 부족했다. 손이 문어처럼 8개면 좋겠다는 생각을 몇 번이나 했는지. 매번 야외 활동을 나가면 이렇게 창대가 누리에게 관심을 가지고 맡아주니 나도 고마웠지만 지난날 선생님들도 창대의 행동에 대해 항상 고마웠다고 말해 주었다. 오늘도 창대는 누리를 맡았다. 초임으로 긴장을 많이 한 나로서는 창대의 행동이 너무 고마웠다.

"누리야! 이제 그만 흙 놀이 하러 갈까?"
"누리~ 꽃. 누리~ 꽃 좋아! 누리는 꽃…… 꽃 더 좋아!"
"알고 있어!~ 하지만 모두 들어갔잖아! 공방 안으로 우리도 가자?"
창대는 누리의 손을 살며시 잡아끌었다. 누리는 창대의 말에 꿈쩍을 안했다. 도리어 창대가 잡고 있던 손을 빼려고 했다. 창대는 누리가 손을 빼자 두 손으로 어깨를 살며시 잡아 몸을 돌려 공방이 있는 2층 계단 앞으로 데리고 갔다. 창대는 다시 누리의 손목을 꼭 잡았다.

"누리야! 과자그릇 먼저 만들고 또 다시 꽃 보러 나오자! 응?......"

"누리 알~~ 써."

누리가 창대의 말을 듣고 계단을 오르려고 했다.

"누리야! 계단을 올라갈 때엔 신발을 쳐다보며 가야 해."

창대가 누리 손목을 잡고 계단을 오르며 얘기를 했다. 누리는 창대의 목소리를 귀담아 듣지 않고 자꾸만 다른 곳을 보며 계단을 오르려고 했다. 창대는 누리가 다른 곳을 보면서 계단을 오르다 혹여 발을 헛디뎌 굴러 떨어질까 봐 가슴이 조마조마했다. 누리 손목을 꼭 잡은 창대의 손바닥에 땀이 송골송골 솟아났다.

"누리야 계단을 오를 때에는 신발을 쳐다보며 걸어야지."

"누리 신발. 누리 신발."

"그래! 우리 누리, 신발 쳐다보며 오르고 있지?"

"응 신발… 신발… 올라가."

"누리야 오늘 나랑 약속할 게 있어."

"약속… 약속…"

"누리야, 오늘 점토놀이 하다가 흙 먹으면 안 돼!"

"먹으면 안 돼. 흙. 흙. 먹으면 안 돼. 흙. 안 돼……"

"그래, 누리야 오늘은 정말로 흙 먹지 마!"

"먹지 마! 먹지 마! 흙. 흙. 누리 먹지 마!"

"그래, 누리야 잘했어."

오늘도 창대는 누리에게 다짐을 해 둔다.

한 달에 한번, 그러니까 어린이집에서 매월 네 번째 주 화요일 정기적으로 흙을 가지고 사탕그릇이나 컵, 접시, 공기, 인형 등 여러 가지 도자기를 만들어 보는 날, 누리는 흙을 가지고 주제에 맞추어 만들다가 몰래 떼어 입어 넣고 껌처럼 씹으려고 할 때가 많았다. 그럴 때마다 선생님이나 창대, 혹은 다른 친구들의 도움으로 입에 넣은 흙을 빼내었다. 흙으로 작품을 만드는 동안 누리가 입에다 흙을 넣지 않게 자주 주의를 주며 만들었지만 눈 깜짝할 사이에 그런 행동을 했다. 하지만 누리는 점토놀이를 정말 좋아했다. 토방에 올 때 빼면!…… 토방에 오면 늘 치자 꽃에 먼저 반한다.

나는 아름이와 민수를 먼저 공방 의자에 앉히고 누리를 데리러 밖으로 나왔다.

마침 창대가 누리의 손목을 잡고 계단을 올라오고 있었다.

"누리야 어서와? 창대야! 오늘도 고맙다."

"네. 누리가 꽃이 너무 좋은가 봐요. 꽃을 보다가 늦어졌어요."

"그래 창대야! 그래도 우리 창대가 누리를 잘 데리고 왔구나."

나는 양손으로 창대와 누리의 손을 잡아주었다.

문을 열고 들어서자 앉아있던 친구들이 모두 쳐다보았다.

공방의 정미영선생님이 다가와서 누리와 창대의 머리를 쓰다듬어주었다.

"선생님 안녕하세요?"

창대가 공방 정미영선생에게 인사를 했다.

"선…생…니…임, 누리, 누리… 왔다. 누리 왔다."

"그래, 우리 누리 왔구나! 창대야, 누리야 반가워."

나는 창대와 누리가 의자에 앉을 수 있도록 도와주었다.

다른 친구들은 이미 의자에 앉아 토련용 반죽대 위에 쪽 늘어놓은 손 물레들을 열심히 돌리며 장난을 치고 있었다. 정미영선생님의 제자 세 분은 태토를 떼어 그릇을 만들기 좋게 바닥을 둥글게 해놓았다.

"여러분! 안녕하세요? 오늘 물푸레나무반 친구들을 다시 만나 반가워요. 선생님을 만나지 못한 한 달 동안 아팠던 친구들이 혹시 있었나요?"

"아니요!"

"그래요. 오늘 친구들 얼굴을 보니 지난달보다 훨씬 작품을 잘 만들 것 같아요."

공방선생님의 말이 끝나자 아이들이 와자한 웃음을 터트렸다.

"올해는 동화 내용을 이용한 그릇을 만들고 있어요. 지난달에 만든 사탕그릇과 뚜껑이에요."

정미영선생님의 손에는 지난달에 만든 사탕그릇 중 가장 잘 만든 작품 한 점이 들려있었다. 선생님은 그것을 번쩍 들어 아이들에게 보여주었다.

"소이현 작품이에요. 뚜껑에 올라앉은 사과가 앙증맞지요?"

아이들이 모두 합창을 하듯 소리를 질렀다.

"네~~~~~에!"

점토에 소질이 있는 소무현과 소이현은 쌍둥이 남매였다. 그 중 이현이가 만든 작품이었다. 7살인데도 이현은 가끔 소질 없는 나 같은 선생님보다 점토를 잘 빚었다. 아무리 선생님이고 어른이라도 미술하고 영 거리가 먼 사람과는 DNA가 다른가 보았다.

"자 그럼 오늘은 과자그릇 인데요. 6월의 동화는 '이상한 나라의 앨리스'니까 동화를 잘 생각하고 과자뚜껑이나 과자그릇에 어떤 것을 표현할지 잘 생각해 봐요. 뚜껑이나 그릇 안쪽에 작게 여자 주인공이나 토끼 등을 표현해 볼 수 있겠죠!"

"네~~~~~~~~~에! 알겠어요."

"나는 모자장수요."

"나는 고양이요"

"나는 체스카드 할거예요."

"나는 나무나 꽃으로 표현할거예요!"

공방선생님의 말에 여기저기서 책상을 두드리거나 물레를 돌리며 대답과 함께 긍정적인 표현을 해 왔다.

"자 항상 하던 대로 밑판에 점토를 올리기 위해 긴 뱀을 다섯 마리 만들 거예요. 우선 먼저 길게 떡가래를 밀듯이 뱀 한 마리를 만들어 밑판의 둘레와 맞추세요. 둘레와 딱 맞으면 똑같은 방법으로 네 마리 더 만들어 올려야 해요. 서로 붙이려면 뱀 머리와 꼬랑지를 잘 만들어야 되는 것 잊지 않았죠. 머리 납작하게 만드는 것 잊지 말고요."

"네~~~~~~에"

제자 세 분과 정미영선생님이 쩰 줄을 이용해 점토를 같은 크기로 잘라 주었다. 여기저기서 자기 것을 먼저 해달라고 시끄러워 졌다. 아이들은 선생님이 쩰 줄로 잘라놓은 같은 크기의 커다란 점토를 가지고 가서 일곱 덩어리의 점토로 나누었다. 작은 돌덩이만한 점토를 손으로 둥글게 주물렀다. 그리고 둥글게 주물러진 점토를 바닥에 내려놓고 밀면서 길게 가래떡처럼 만들기 시작했다. 둥근모양이 길쭉하고 가는 가래떡 모양이 되자 정말 머리와 꼬랑지를 만들어 뱀처럼 만들어 냈다. 나는 겨우 네 번째 도자기 수업을 받으며 점토를 주무르고 있지만 아이들이 이렇게 잘하는 게 신기했다. 모두 능숙하게 밑판의 가장자리에 둥글게 붙였다. 아이들 모두 2년이 넘게 흙을 주무른 솜씨가 보였다. 기본적으로 하는 것에는 능숙함이 있었다. 아이들의 손이지만 다들 손마디에 힘이 들어가 있는 것이 보였다. 2년이라는 시간은 아이들의 손을 보배로 만들어 놓았다.

자작나무숲어린이집에서는 다섯 살 자작나무반이 되면 도예를 배우기 시작한다고 했다. 다섯 살 땐 작품보다는 주로 손으로 주무르고 굴리며 손바닥을 이용하여 겨울철에 먹는 단팥죽의 새알처럼 동그랗게 말아서 탑처럼 쌓거나 두 손바닥으로 흙을 종이처럼 떼거나 붙이거나를 연습하고 지우개가루처럼 얇게 만드는 것을 연습 시킨다고 했다. 작품 대신 점토를 가지고 주물럭거리며 연습 삼아 놀이를 하는 것인데 아이들 중 스스로 무언가를 만들면 그대로 두는 것이 원장님과 공방선생님과의 철저한 약속이었다. 다섯 살에는 흙을 가지고 놀기만 할 것, 계속 주무르면서 흙과 친해지기를 하고 1년이 지나 여섯 살이 되면 작품에 들어간다고 했다. 다섯 살 일 년 동안 동그랗게 알을 만들거나 지우개의 떼처럼 길게 만들며 기본기를 익히게 되면 여섯 살부터 작품에 들어갈 때 많은 도움을 준다고 했다. 기본이 너무 중요하다고 생각하시는 두 분은 떡깔나무반 일 때도 부모님에게 보여주기 위한 작품보다는 아이들 스스로 놀이처럼 작품을 할 수 있게 테라코타인형을 많이 했다고 한다. 중간에 이사를 왔거나 6세가 되어서야 우리 어린이집으로 들어오지 않은 이상 아이들 모두 2년 동안 한 달에 한 번씩 점토를 가지고 놀이를 했다고 한다. 사실 각 반엔 평소에도 미술활동으로 클레이를 가지고 놀이를 많이 했다. 그래선지 내 눈에 아이들의 고사리만 한 손들이 모두 도공들의 손 같았다.

"점토 둘레에 뱀을 한 마리씩 올리고 손가락을 이용하여 꾹꾹 눌러 밑판에 붙여주세요. 꼬리와 머리가 만나는 부분엔 머리를 납작하게 눌러주어야 높이가 같아져요. 알지요? 점토의 안쪽과 바깥쪽은 손가락을 이용하여 문지르는 지우개질을 잊지 말아야 해요. 똑같은 방법으로 다섯 마리 올리고 손가락으로 지우개질을 여러 번 해야 스펀지로 다듬을 때 구멍이 송송 나지 않아요. 잘 기억하며 만들어요. 지우개질이 제대로 안되면 구워질 때 깨져버리거나 도자기에 금이 가 형편없이 나오는 거 알죠?"

아이들은 하면서도 정미영선생님의 이야기를 듣고 있었는지 대답을 크게 했다.

"네."

공방선생님은 그 후로도 중앙에서 아이들에게 큰 소리로 오늘 만드는 과자 그릇 빚는 방법을 계속해서 설명하고 있었고 시끄러운 와중에도 아이들은 대답을 했다. 그저 신기할 따름이었다.

창대는 그릇의 옆면을 만들기 위해 흙을 떡가래처럼 길게 만든 후 두 손으로 책상위에 여러 번 문질러서 뱀을 만들었다. 이미 만들어 놓은 밑판의 둘레에 딱 맞추어 쌓아 올렸다. 뱀처럼 머리와 꼬리를 만들고 둥글게 서로 만나는 부분에서는 너무 굵어지지 않도록 흙의 양을 조절했다. 길게 만든 뱀 한 마리를 둘레에 슬며시 올려보더니 너무 길게 만들어지면 떼어내어 길이를 맞추는 창대가 일곱 살이 아닌 것처럼 느껴졌다. 한 칸 한 칸 정성을 다해 다섯 칸을 쌓아 올렸다. 창대는 그릇의 한쪽 귀퉁이에 점토로 토끼모양을 만들어 올릴 생각인지 점토를 작게 떼어 토끼를 열심히 만들고 있었다. 옆에서 누리는 오늘도 어김없이 흙으로 콩알을 만들고 있었다. 염소 똥 같기도 하고, 포도 알 같기도 한, 흙으로 만든 콩알을 너무나 열심히 만들고 있었다.

"누리야 너도 빨리 그릇을 만들어야지. 창대처럼!"

나는 콩알을 만들고 있는 누리에게 말했다.

누리는 콩알을 만드느라 대답도 안했다. 창대도 잠깐 누리를 쳐다보다가 다시 자기 그릇을 완성하느라 스펀지를 찾으러 갔다.

스스로 잘 만드는 아이들은 자기 작품을 만드느라 소리도 내지 않고 점토를 문지르고 떼고 둥글게 말고 있었다. 잘 만들어지지 않는 아이들은 도움을 청하느라 의자에서 일어나 각자 원하는 선생님에게 왔다 갔다 하며 도움을 청했다. 다들 과자접시를 만드느라 최선을 다하고 있었다. 미술 실력이 없는 나는 누리 말고도 민수와 아름의 작품을 도와주느라 정신이 없었다.

공방에는 나하고 박소연선생님, 정미영선생님, 제자 세 분 이렇게 총 여섯 명이 아이들이 만든 그릇을 각 위치에서 다듬어 주고 있었다. 아이들은 자기들의 작품이 거의 완성이 되어가자 두 손 만큼이나 바쁘게 입으로도 떠들고 있었다. 서로 스펀지를 찾고 쩰 줄, 곰방대, 전대, 유발과 붓으로 각자의 그릇에 최선을 다하고 있었다. 초벌구이를 한 후에 쓰는 도구도 괜히 한 번 만져보는 친구도 있었다. 완성을 한 친구들은 공방선생님이나 제자들에게 마지막 점검을 받고 건조용 나무판 위에 내려놓았다. 손을 씻으러 가는 친구, 화장실을 가는 친구들로 공방은 다시 어수선해졌다.

창대가 스펀지에 물을 살짝 묻혀 곱게 다듬는 작업을 하고 있었다. 그릇을 마무리하여 공방선생님에게 점검을 받고 건조용 나무판 위에 올려놓고 손을 씻으러 가는 모습을 보았다.

나는 마음이 급해져 누리를 쳐다보니 많이 어설프지만 어느새 밑판에 크기가 다른 뱀들을 만들어 둘레를 대충 쌓아 올리고 과자뚜껑에는 콩알을 만들어 포도처럼 만들어 놓고 의자에서 내려와 뒤에 장식해 놓은 수저인형과 포크인형을 쪼그리고 앉아 쳐다보고 있었다.

나는 민수와 아름의 작품을 먼저 마무리 해주기 위해 손이 분주해졌다. 누리와 민수 그리고 아름이는 다른 아이들처럼 스펀지에 물을 묻혀 매끄럽게 하는 방법까지의 완성도에는 미치지 못했지만 모양을 만들어 내기까지 제법 잘 따라 했다. 아이들의 부족한 부분은 공방선생님의 제자들이 마무리를 해주기로 했으니 그릇모양까지만 만들어 놓기에 집중했다. 한참 민수와 아름이 그릇을 완성시키느라 정신이 없었다. 다하고 돌아보니 누리가 없었다. 창대도 화장실에 가서 손을 씻고 오다가 누리가 없어진 것을 알고 나에게 왔다. 나는 선생님들에게 누리가 없어졌다고 말하고 박소연선생님에게 민수와 아름을 맡기고 누리를 찾아보려고 창대와 함께 밖으로 나갔다.

2층에는 우리가 쓰는 도자기방 말고도 공간이 세 군데나 더 있었다.

첫 번째 방은 발로 물레를 돌리며 도자기를 만드는 물레가 가득 있는 방이었다.

두 번째 방은 손으로 만든 작품들을 모아 초벌이나 재벌구이를 하려고 만든, 말리는 작업을 위해 나무 받침대들이 서재처럼 잔뜩 서있는 방이었는데 거기에는 아직 색을 입히지 않은 점토들이 서서히 말

213

라가고 있었다.

세 번째 방은 문 입구 쪽에서부터 디귿자 모양으로 여러 가지 도자기들이 전시되어 있는 방이었는데 그곳의 작품들은 전시와 판매용으로 꾸며놓은 방이었다. 네모나 세모, 긴 원통 모양에서부터 납작한 원통까지 구부러지거나 휘어지기도 하고 추상적이고 다양한 모양의 도자기들이 아이들의 눈높이에 맞추어 전시되어 있었다. 우주선같이 생긴 현대 분위기의 도자기에서부터 고려시대의 고려청자 조선시대의 조선백자 같은 옛날 분위기의 도자기들까지 서로 함께 어울려 어깨동무를 하듯 전시되어 있었다.

반대쪽 벽에는 흙으로 구운 벽시계들이 뒷부분에 태엽을 넣어 실생활에 쓰일 수 있도록 했다. 다양한 모양과 빨갛고 파란 강렬한 색상의 멋진 시계들이 째깍째깍 소리를 내고 있었다. 전시판매와 함께 온라인판매를 하는 것이었다.

바닥에 세워놓고 은은하게 눈길을 끄는 것이 있는데 실용적으로 만들어놓은 스탠드들이었다. 전구를 연결하여 주황이나 빨강, 푸른 불빛이 나오는 전등이었다. 갓을 도자기로 만들어 중간 중간 여러 모양의 구멍. 일그러지거나 눌린 듯 추상적인 모양의 구멍들이 뚫려있었다. 모든 구멍들에서 다양한 색의 불빛이 쏟아져 나왔다. 내 눈에는 그저 기기묘묘한 멋진 작품들이 가득한 방이었다.

커다란 접시나 작은 접시들은 말할 것도 없고 커피 잔과 커피 받침대, 밥공기 국그릇 같은 도자기도 전시되어 있었다. 나는 정신이 번쩍 들었다. 누리가 이런 작품을 깨면 어떻게 하나? 아니 깨진 도기 조각에 베이거나 다치기라도 하면… 이런 생각이 들자 머리가 어지럽고 눈앞이 까마득해 졌다.

창대가 마음이 급한지 방에서 나오자마자 막 뛰려는 것을 내가 잡았다.

"창대야! 누리 공방 안에 있을 거야 걱정하지 마!"

창대에게 말은 그렇게 했지만 나도 염려가 되어 마음이 떨렸다. 우선 공방안의 다른 방들을 확인했다. 각 방마다 누리가 없었다. 다행히 작품들이 깨진 것도 없었다. 화장실에도 가보았다. 화장실 안을 확인했으나 누리가 없었다. 나는 창대와 함께 밖으로 나가 계단으로 내려갔다.

"선생님 저기 누리가 있어요!"

나는 창대가 가리키는 방향을 향해 쳐다보았다. 마음이 급해지자 창대가 아니라 내가 계단을 구를 뻔 했다. 한 손으로 가까스로 계단 손잡이를 잡고 헛디딘 발을 진정시켰다. 심호흡을 하고 다시 계단을 내려가는데 창대는 이미 계단을 다 내려갔다.

계단을 다 내려간 창대는 누리를 향해 달려가 꼭 안아주었다. 나는 그 모습에 눈물이 나려고 했다. 누리는 무슨 일인지 몰라 눈을 동그랗게 뜨고 우리를 쳐다보았다.

"누리야! 끝나고 나면 같이 꽃 보러 나온다고 했잖아. 약속했는데 기다리지 않고 혼자 나오면 어떡해? 약속은 지켜야지. 선생님하고 나하고 너를 걱정했잖아!"

나는 창대의 어른스러운 말에 깜짝 놀랐다.

"그래, 누리야 창대하고 선생님하고 깜짝 놀랐어! 네가 없어진 줄 알고!……"

"누리. 누리. 꽃 좋아."

"다행이다. 그래도 이곳에 있어주어서!……"

누리가 있던 장소에는 치자 꽃이 떨어져 있었고 넓적한 돌 위엔 하얀 꽃잎이 짓이겨져 있었다. 손에 들고 있는 작은 돌멩이에도 꽃잎이 묻어있었다. 공방 안에 있었던 인형이 달린 포크와 숟가락은 넓적한 돌 옆에 얌전히 놓여 있었다. 누리는 수저와 포크를 가지고 꽃을 따서 소꿉놀이를 하고 있었나보다. 누리의 표정은 아주 행복해 보였다.

어린이집으로 와서 수업을 마치고 다른 선생님들에게 창대와 누리의 이야기를 했다. 그리고 창대에 대한 이야기를 물어 보았다. 선생님들이 하는 이야기를 듣고 더욱 더 창대가 너무 기특하고 놀라웠다. 요즘 아이들 같지 않았다.

오창대는 채누리의 짝꿍이다. 만 3세 그러니까 우리나라 나이로 다섯 살 때 자작나무 반에서 만났다고 했다. 그땐 짝꿍이 아니었지만 자주 누리와 놀이를 했고 일반아이와 다른 누리에게 도움을 주고 싶어 했다고 한다. 6세 떡갈나무반이 되자 창대가 스스로 누리와 짝꿍이 되겠다고 엄마에게 졸랐다고 했다. 창대엄마는 어린이집으로 찾아와 상담을 했는데 물푸레나무반이 될 때까지 짝꿍이 되어 누리를 도와주면 안 되느냐고 상담을 했다고 한다. 그 후에 창대는 신발장에 신발 넣어주기. 가방 속에 출석카드와 낱말카드 정리해주기. 사물함 정리해주기. 신발 신고 벗는 것 도와주기. 겨울 되면 장갑, 모자, 털코트 입거나 씌어주기. 간식과 식사시간에 식판정리 해주기. 자유놀이시간에 같이 놀아주기 등등 창대가 누리와 함께 지난 2년 동안 성실하게 짝꿍을 하니 선생님들과 교실의 친구들도 알게 되고 전체 어린이집 엄마, 아빠에게도 소문이 자자했다. 가끔 선생님들이 창대에게 "힘들지 않아?"라고 물으면 창대는 늘 똑같이 "나는 누리가 정말 좋아요."라고 대답을 했다고 한다. 바른 인성교육을 꿈꾸는 현시대에 다른 엄마들도 창대의 심성을 부러워하는 분들이 많다고 했다. 원장님과 어린이집교사 모두는 창대도 감사했지만 창대엄마에게도 감사하다고 했다. 장애아동의 짝꿍이 되려고 하면 도리어 짝꿍이 되는 것을 드러내어놓고 싫어하거나 싫어하지는 않아도 불편하게 생각했다. 그런데 어린이집을 방문해 누리가 다른 곳으로 이사를 가지 않는 한 창대와 누리가 어린이집을 졸업할 때까지 짝꿍을 하면 안 되냐고 하여 모두 감동을 했다고 한다. 누리의 부모님도 고마워했고 결국 누리 부모님과 창대부모님은 친구가 되었다고 했다. 나는 창대아빠와 엄마가 궁금했다. 선생님들이 창대아빠는 오이도 빨강 등대가 보이는 곳의 작은 개척교회를 하시는 목사님이라고 했다.

창대는 겨우 7살인데 한 사람의 몫을 해내고 있다. 아무리 작은 아이일지라도 몫을 할 수 있게 키운다는 건 중요한 일이다. 대학을 졸업하고 첫 직장인 이곳에서 저토록 잘 영글어가는 오창대같은 제자를 만난 일은 나에게 행운이었다.

물푸레나무반에는 장애아이가 3명, 비장애아이가 20명이다. 비장애 아이들 중에는 오창대나 전희진처럼 장애를 가진 아이들을 특별하게 챙기거나 같이 놀아주는 마음이 고운 아이들이 있다. 또 한지민이나 정은영처럼 수시로 친구들의 사물함을 확인하여 색연필 12가지색이 맞게 들어있는지 싸인펜도 12가지색이 잘 담겨져 있는지 뚜껑은 잘 닫혀있는지 늘 정리정돈을 해주는 아이들도 있다. 이런 모습을 볼 때마다 나는 매일 놀라워하고 있다. 강한이나 윤유진은 말할 것도 없다. 아주 똑 부러지는 아이들이다. 이 아이들 모두 이곳에서 4~5년 어린이집 커리큘럼에 따라 수업을 하면서 놀이를 통해 기본생활습관이 몸에 베이도록 매년마다 담임 선생님들이 했을 손 수고를 생각해 본다. 참으로 대단한 일인 것이다. 뭣을 제대로 하는 아이들이 꽤 많았다.

요즘같이 코에 걸면 코걸이요 귀에 걸면 귀걸이 같은 잘못되고 편견이 많은 세상에서 창대부모님같이 자기 아들이 하는 수고를 귀하게 생각하는 부모님은 없을 듯하다. 교사인 내가 누리를 챙기지 못하고 창대에게 맡기는 일은 보는 사람들의 시각에 따라 교사 직무유기나 태만으로 보일 수도 있고, 심하면 아동학대라고도 표현될 수 있는 이야기다. 그러기에 선생님들은 초긴장을 하면서 창대에게 누리를 그렇게까지 챙겨주지 않아도 된다고 말리는데도 불구하고 창대는 늘 자기 분신처럼 아끼고 챙겨준다. 너무 열심히 하는 창대를 선생님들이 말리거나 누리를 챙겨달라고 부탁하지 않는데도 불구하고 창대는 스스로 친구를 돕는 기쁨으로 늘 충만했다. 오창대가 나에게 어느 순간부터 어리지만 작은 거인처럼 느껴지기 시작했다.

치자의 황홍색 열매는 초여름 날인 지금은 저 무수히 달려있는 하얀 치자 꽃송이에서는 보이지 않는다. 눈처럼 하얀 꽃송이들 속에 꿈처럼 숨어 있다가 결국 가을날 주렁주렁 붉은 등불을 켜는 열매로 피어나는 것이다.

사랑의 빛깔을 닮은 황홍색 열매는 그렇게 봄날에는 눈에 보이지
않는다.

창대가 보여주는 오늘 같은 성실한 날들이 누리에게 차곡차곡 쌓
이고 쌓여 시간이 흐른 후 어른이 되면 누리가 일반인들과 함께 생
활 할 수 있게 되기를 바란다. 창대가 도와주는 아름다운 시간들이
그냥 흘러가지 않기를 간절히 바란다. 붉은 등불 같은 열매를 가슴에
품고 피어있는 치자의 하얀 빛깔 꽃처럼 지금은 보이지 않아도 시간
이 흐른 후 누리의 가을날 등불처럼 환한 일상으로 펼쳐지기를 꿈꾸
어 본다.

누리야 너무 사랑해!
그리고 창대야 정말 고마워!
너는 나의 작은 거인이야!……

3. 위인전의 주인공들도 어린 날에는
장난꾸러기였다

7세 물푸레나무반 교사 박소연선생님

아침부터 또 와자하다. 아이들의 소리가 온 교실 가득하다. 아침 당직을 하던 유희실에서부터 기 싸움 하던 두 녀석은 2층 교실로 와서도 눈을 부라리며 서로 쳐다보고 으르렁거린다.

'음! 작년 임사라선생님이 저 두 녀석 때문에 사직서를 썼다고 난 그럴 수 없지. 저 두 녀석의 기를 꺾고야 말겠어.'

아이들에게 자기 이름표를 가지고 각 영역에 3명씩 들어가서 영역판에 이름표를 붙이고 시계방향으로 돌면서 놀이를 시작하라고 했다. 그리고 두 녀석들의 이름을 불렀다. 매일 다투는 이 녀석들 때문에 한숨이 절로 났다. 들은 척도 하지 않았다. 마음에서 짜증이 올라왔다.

"항복! 덕형! 선생님한테 오세요."

목소리가 점점 뾰족해지고 있었다.

"도대체! 너희 둘은 매일 매일 싸움을 하니 어쩌면 좋을까요. 이렇

게 매일 싸움을 할 거면 어린이집엔 왜 오는 걸까요? 둘이는 어린이
집에 싸우러 오는 건가요?"

"아니에요. 선생님! 싸우려고 오는 건 아니에요."

"아~ 닐~ 걸~ 요~"

"선생님. 죄송해요. 하지만~"

"놀려고 오는 걸~ 껄~ 요~ 그치 덕형아! 크크크!"

항복이는 내 앞에 서 있으면서도 장난을 멈추지 않는다.

"이렇게 매일 선생님 말 듣지 않고 자꾸 싸우려면 가방 메고 집으
로 가세요. 각자의 집에서, 각자의 방에서, 각자 혼자서 놀아요! 규칙
도 지키지 않고 질서도 없이 사이좋게 놀고 있는 다른 친구들 방해
하지 말고요!"

"아~이~ 선생니~임. 그만해요. 지금, 아~ 진짜, 자유놀이 시간인데,
이 시간을 얼마나 기다렸는데, 오늘 쌓기 영역에 있는 저 교구 내가
가지고 놀 차례란 말이에요."

항복이 눈이 하늘로 치켜 올라간다.

"아니야 내가 먼저 쌓기 영역에 이름표를 붙였으니까 내가 먼저
가지고 놀아야지!"

서로 한마디도 지지 않고 싸우고 있는 아이들을 쳐다보자니 아침
부터 뒷골이 댕기고 오전인데 벌써 피곤함이 몰려왔다. 오늘 날씨가
매우 흐리고 비가 온다고 했는데…

"됐고. 오늘 아침에 유희실에서 서로 주먹으로 얼굴을 때리면서 싸
웠다고 하는데 왜 싸웠어요? 누가 먼저 시비를 걸었어요?"

"덕형이가 내가 가지고 놀던 레고블록을 빼앗어서 자기블록에다가
끼워 넣었어요. 오늘 덕형인 나보다 블록을 훨씬 많이 가지고 있었는

데 매일 욕심만 부려요."

"아니에요. 선생님! 항복이가 레고를 혼자만 가지고 놀려고 막 숨겼어요. 미끄럼틀 밑에도 숨기고 창틀에 있는 커튼에도 숨기고 동생반 아이들 놀고 있는 매트 속에도 막 숨겼어요. 숨긴 걸 찾으려면 얼마나 힘 드는데……"

덕형이의 목소리가 억울한 듯 높다. 뒷목이 더 뻣뻣해져 왔다. 피곤한 하루가 시작되고 있었다. 덕형이가 항복이의 행동에 대해 얘기하고 있는데 조작영역에서 놀이를 하던 다른 아이들의 다툼소리가 들렸다.

날씨가 흐려서 그런가! 오늘따라 아이들이 아침부터 목소리가 높고 자기주장들이 강해지기 시작했다. 머리가 지끈지끈하다. 조작 영역에서 다투고 있는 아이들도 불러냈다. 덕형과 항복은 잠시 세워두고 다투고 있는 아이들을 불러 낼 때 수영역에 있는 책상위에서 말판을 가지고 수 놀이를 하던 여자 아이들 중 한 명이 울면서 엎드렸다. 그 바람에 수 놀이를 하던 숫자판이 다 엎어졌다. 숫자판과 말판의 말들이 "와르르" 소리를 내며 쏟아져 내렸다.

아!~~ 오늘은 정말 이상하고도 굉장한 날이구나 싶었다. 나는 일단 덕형과 항복이 내 책상 앞에 서 있는지 확인하고 싸우던 다른 녀석들도 잠시 멈추라고 한 후 여자아이들을 책상 위에 잠시 엎드리라고 말했다. 그렇게 교통정리를 하고 있는데 싸우던 아이들이 서로 참지를 못하고 발길질을 해댔다. 날씨가 많이 흐렸다. 나는 쫓아가서 서로 발길질을 하는 아이들의 다리를 붙잡았다.

"그만! 그만하라고. 뭐하는 행동이야? 왜 이래 오늘, 너희들 정말!……"
나도 언성이 점점 높아지고 있었다.

"선생님, 나무블록으로 동물원을 만들어 놓고 동물 모양 미니어처를 가지고 우리에다가 동물들을 집어넣고 있는데 성진이가 하마를 주머니에 감추었어요."

"성진아 정말 그랬어?"

"아니에요."

"주머니 좀 보여주세요?"

"선생님! 국진이가 동물원 같이 만들자고 했는데 혼자서만 만들어서 얄미워서 그랬어요."

성진인 울먹이며 주머니에서 작은 하마와 낙타를 끄집어내어 나에게 주었다.

"성진아! 그래도 주머니에 넣는 건 그랬다. 쫌 치사하다. 그치!"

"국진아 너도 같이 놀이를 하면 되는데 혼자서 미니어처를 다 가지고 놀이를 하니 성진이가 속이 상해서 그런 행동을 했지. 같이 놀이를 하면 안 될까? 혼자서 동물원을 만드는 것보다 훨씬 더 재미있을 걸. 선생님 말이 맞는지 안 맞는지 같이 놀이를 해봐! 알겠지. 선생님이 늘 이야기하지만 사이좋게 놀이하는 친구를 더 많이 사랑해."

성진과 국진에게 다시 조작영역에 들어가서 놀이를 하라고 시킨 후 수영역에 엎드려 있는 여자아이들에게 가서 똑바로 앉으라고 말했다.

"왜 그랬는지 말해 줄 수 있는 친구는 누굴까요?"

"선생님. 주사위는 던지는 데로 숫자가 나오는 거잖아요. 그런데 민정인 자기가 주사위를 던져서 자기 숫자가 나온 건데 같은 숫자가 계속 나오니까 화가 났는지 우리한테 골을 부리다가 결국 꼴찌를 하니까 안한다고 성내면서 엎드려 우는 거예요. 그래서 수 놀이판이 다

엎어졌어요. 쯧"하고 은지가 화가 나서 말을 했다.

"그랬구나. 은지야! 말해주어서 고맙다."

최민정. ADHD 경계선상에 있는 아이. 이해력이 많이 부족하고 산만하다. 장애아동은 아니지만 늘 게임을 하거나 학습을 하거나 프로젝트 작업할 때 혹은 다양한 놀이를 할 때 자기가 억울하다는 생각이 들면 아이들과 대화를 하면서 상황을 풀지 못하고 무조건 엎드려서 울음으로 대신했다. 그래서 아이들이 점차적으로 민정이랑 놀이를 기피하고 있었다. 아이들에게 이야기나누기 시간을 통해서 그럴수록 더 도와주면서 사이좋게 놀이를 해야 한다고 말해주긴 했지만 아이들은 늘 같이 놀이하길 싫어했다.

"민정아! 울지 말고 선생님 좀 쳐다보자. 얼른! 고개 좀 들어 봐~"

고개를 든 민정인 훌쩍훌쩍 울면서 어느새 눈물과 콧물이 범벅이 되어있다.

은지는 말하기도 전에 휴지를 찾으러 일어나서 휴지를 가지고와 민정에게 준다.

"선생님. 주사위에 숫자가 자꾸 나만 적게 나와요. 은지랑 유진인 숫자가 많이 나오는데 나만 주사위 숫자가 적게 나와 게임의 말판이 움직여지지 않아요."하면서 운다.

나는 갑자기 민정이 엄마의 얼굴이 떠오르며 확 짜증이 났다. 그렇게 엄마에게 검사를 받고 아이를 위해서 치료를 받으라고 해도 늦되는 거라며 아이가 아기 같아서 그렇지 사물에 대한 관심도 많고 단지 마음이 순수한 것이 문제라면 문제지 우리아이는 정말 지극히 정상이라고 말했다.'정상은 무슨, 매 번 놀이를 할 때마다 이해력이 부족하고 산만해서 아이들과 마찰을 빚고 있는데…'라는 생각이 들자 엄마를 다시 불러 상담을 해야겠다고 생각하며 민정일 달랬다.

"민정아! 그래 속이 많이 상했겠다. 하필 네가 주사위를 던지면 그 주사위는 큰 수가 안 나오고 하필 작은 수만 나오고 그러냐. 그치!~ 은지랑 유진이가 다시 놀아준다고 하니까 이 수 놀이 다시 한 번 해 보면 안 될까?"

"선생님 싫어요. 민정인 분명 또 울 거예요. 숫자 자기 마음대로 안 나오면⋯⋯"

은지의 말에 유진도 뽀로통한 얼굴로 나를 쳐다보며 말했다.

"저도 싫어요. 민정이랑 놀기 싫었는데 하도 같이 놀자고 해서 붙 여주었건만!⋯⋯, 으이그!⋯⋯ 울보!"

유진은 정말 싫었는지 머리를 잡고 흔들며 고개를 숙였다. 나는 한손으로는 유진이의 손을 한손으로는 민정이 어깨에 손을 올리면서 말했다.

"아니야!~~ 그렇지 않아. 민정이 울지 않을 거야."

나는 민정이 얼굴을 들여다보며 다시 이야기를 했다.

"우리 민정이 친구들과 다시 사이좋게 놀이할 수 있지요?"

"네~ 울지 않을 거예요. 야! 너희들! 민정이 이제 절대 울지 않을 거야!"

민정인 두 아이들을 보면서 소리를 지르듯 이야기를 했다. 나는 다시 아이들을 자리에 앉히고 주사위와 말판을 제자리에 놓고 대신 언어 영역에 있는 '여름에 피는 꽃 단어 맞추기 놀이'를 가져다주었 다. 꽃과 이름을 아이들의 머릿수에 맞게 맞추어 주고 나서 덕형과 항복을 찾으니 아이들이 없다. 각 영역에 들어가서 놀이를 하는 아이 들의 얼굴을 확인하며 쳐다보니 교실에는 두 녀석이 없었다. 복도로 나가 아이들이 있는지 확인해보니 복도에도 없었다. 조리실문을 두드리고 조리사 선생님들 두 분에게 여쭈어 보았다.

"선생님 혹시 항복이랑 덕형이 못 보셨어요?"

"아니 못 봤는디, 우째 묻는 겨?"

"아이들이 안보여서요."

"워메~ 그게 무슨 소리 다냐! 또 항복이랑 덕형인겨!~"

"갸들 둘이는 하루에 한건씩 사고를 안치면 목에 가시가 돋는 거여 뭐여~!"

"에구 징혀! 아니 지들이 안중근 의사인 줄 아는 겨~"

"날 궂지 하는 거지. 오늘 또 비가 오려구하잖아? 아침부터 에구 징혀 참 쯧쯧쯧~~"

선생님들의 혀 차는 소리를 들으며 나는 다시 교실로 급하게 뛰어가서 둘러보았다. 교실에 붙어있는 화장실도 기웃거려보았다. 몇 명의 아이들이 영역에서 가만히 놀지를 못하고 마구 뛰어다녔지만 아이들에게 자리에 앉아서 놀라고 말하며 사이사이를 둘러보아도 항복과 덕형은 없었다. 설마 '내가 아까 가방 메고 집으로 가라고 했다고 정말 간 거야' 하면서 아이들의 사물함을 뒤져보니 진짜 가방이 없었다. '내가 못 살아!' 급하게 정샛별선생님을 찾았다. 다행히 바로 조리실 옆 '또바기방'에서 세 명의 아이들과 놀이를 하고 있었다. 없어진 아이들 얘기를 하니 통합반 아이들과 함께 우리 반 교실로 왔다. 나는 교실을 잠시 정샛별선생님에게 맡기고 원장님께 내려갔다. 원장님은 소방교육으로 방금 출타 중이었고 하필 어린이집의 현관문 한쪽이 열려있었다. 현관에 신발 한 짝이 세워져 끝부분이 살짝 걸리며 현관 잠금장치를 방해했다. 아이들이 들고 나면서 벗어 둔 신발을 차

장금장치를 방해한 것 같았다. 아이들의 신발장을 보니 신발도 없었다. 눈앞이 깜깜해졌다. 주임선생님에게 얘기를 하니 먼저 112에 신고를 했다. 그리고 오후에 나오는 여수경선생님에게 전화를 해 급한 용무가 생겼으니 지금 출근 해달라고 부탁을 드렸다. 삽시간에 어린이집이 난리가 났다. 조리실선생님 중 한분은 어린이집 주변을 돌았다. 주임선생님반의 아이들은 1층의 각 반으로 흩어 보내고 밖의 실외 놀이터로 나갔다. 도착하신 여수경선생님은 아이들이 걸어갈 수 있는 자전거 길에서 오이도 빨강등대까지 차를 가지고 찾아 헤맸다. 경찰서에서 순경들이 왔다. 나는 간단하게 자초지종을 설명하고 경찰차를 탔다. 경찰들과 함께 아이들의 주소를 들고 찾아 나섰다. 하필 아이들이 없어졌는데 비가 살살 내리기 시작했다.

'비가 내리려고 하는 날에는 특별히 조심했어야 하는데……'

아이들도 교사도 비가 오려고 날이 흐려지고 있으면 감정 선이 턱없이 요동을 쳤다. 저기압에서 오는 이상증상은 캐나다 소설가 가브리엘 루아가 쓴 「내 생애의 아이들」에서 나오는 초등학교 아이들에게도 나타났었다. 가히 상상을 초월하는 이상하고, 괴팍스러운 과격한 행동을 했더랬다.

'100년 전이나 지금이나 비오는 날은 좌우당간 조심을 했어야하는 건데……'

마음으로 몇 번이나 후회를 했다.

"없어진 아이 주소가 어떻게 되는지요?"

"먼저 어린이집에서 가까운 친구 주소부터 댈까요?"

"상관없고 먼저 집으로 갈 만한 친구부터 찍죠."

나는 항복이네 주소를 불러주었다.

내비게이션에 주소를 찍고 먼저 항복이네 집으로 갔다. 아파트에 도착해 올라가 초인종을 누르니 답이 없다. 아파트 복도에도 항복이 가 보이지 않았다. 다시 덕형이네 집을 내비게이션으로 찍었다. 그리 고 덕형이네 집으로 가는데 갑자기 눈물이 났다. 순경 중 한분이 뒤 에 있는 나를 흘끔 보더니 티슈를 주었다. 나도 모르게 흐르는 눈물 을 닦으며 코까지 풀었다. 아이들이 걱정이 되어 눈물 콧물이 하염없 이 나왔다.

"걱정하지 말아요. 찾을 수 있을 거예요!"

앞에 운전을 하는 순경도 한 마디 거들어주었다.

"우리가 같이 찾으니 꼭 찾을 수 있을 겁니다. 티슈를 준 순경도 안심을 시켰다.

'아!~ 아이들이 무사해야 될 텐데 아이들이 유괴를 당하거나 교통 사고가 나거나 잘못되면 어떻게 하지…… 비를 맞고 감기라고 걸리 면……'하고 생각하자 다시 눈물이 흐르며 눈앞을 가렸다. 앞에 앉은 순경이 또 티슈를 주었다.

덕형이네 집에 도착하니 아까 티슈를 준 순경이 얼른 내려서 우산 을 받쳐주었다. 그리고 아파트 현관까지 들어와 같이 올라가 주었다. 아파트의 초인종을 눌렀지만 역시 대답이 없었다. 혹시 계단에 앉아 있을까봐 내려올 때는 승강기를 타지 않고 걸어서 내려왔다. 하지만 아이들은 없었다. 앞이 캄캄해져왔다. 어떻게 해야 할지 알 수가 없 었다. '아침에 내가 왜 그런 말을 했을까?' 다시 눈물이 왈칵 쏟아졌 다. 제발 무사하기만을 바랐다. 다시 항복이집 근처로 가려고 경찰차 에 타려는 순간 핸드폰이 울리며 아이들을 찾았다며 빨리 어린이집 으로 오라는 것이었다. 나는 차를 타고 어린이집으로 가는 동안 아이들을 찾았다는 생각에 가슴이 마구 뛰었다. 경찰차에서 두 분의 순경들에게 아이들을 찾았다고 말하며 감사의 인사말도 전했다.

"거봐요. 내가 찾을 거라고 했죠?"

"다행이에요. 아이들을 찾게 되어서. 걱정 많이 했죠."

"고맙습니다. 다시 한 번 감사드려요."

"감사하면 오늘 말고 다음에 나에게 꼭 커피 한잔 사요?"

라고 말하며 자기의 스마트폰을 주면서 전화번호를 찍으라고 말했다. 그러면서 번호를 누를 수 있는 곳을 열어서 나에게 주었다.

"네~~"

나는 힘없이 대답을 하면서 아무 생각 없이 순경이 건넨 스마트폰의 번호판에 내 번호를 누르고 통화버튼을 눌렀다. 주머니에 있는 내 스마트폰이 진동하기 시작했다. 순경은 자기 스마트폰을 도로 가지고 가서 버튼을 눌러 통화를 중단시켰다. 주머니속의 스마트폰이 진동을 멈추었다. 말없이 가는 동안 순경은 곁눈으로 자꾸 쳐다보았지만 나는 아이들 생각에 그러거나 말거나 생각할 여유가 없었다. '아까 얼굴에 눈물을 닦다가 휴지조각이라도 붙은 게지. 어휴. 나 어떻게!' 멍하니 창문을 바라보면서 가고 있는 나에게 그 순경은 뒤를 돌아보면서 말을 시키며 자주 웃어주었다. 사실 나는 순경의 말도 창밖에서 내리는 비도 눈에 들어오지 않았다. 멍청이가 된 기분이었다.

나는 경찰차를 타고 와 어린이집에 도착해 카드로 현관문을 열고 들어가자마자 아이들을 향해 뛰어가서 붙잡고 울었다. 아이들도 내가 울자 같이 따라서 막 울었다.

주임선생님이 가방으로 머리만 가리고 비를 맞으며 횡단보도를 건너려고 신호등을 기다리는 두 녀석을 발견하여 데리고 왔다는 것이었다.

주임선생님이 아이들에게 물어보았더니 집으로 가려는데 비가 내리기 시작했고, 비를 맞으며 집으로 가는데 우산이 있을지도 모르는 형 생각이 났다고 했다. 먼저 형이 다니는 초등학교로 가서 우산을 빌려 달라고 했는데 우산은 주지 않고 나무라며 어린이집으로 다시 돌아가라고 했단다. 형의 담임 선생님은 아이들이 어린이집에 있어야 할 시간에 우산도 없이 비를 맞으며 학교로 온 것이 너무 이상해 엄마에게 전화를 해드렸다고 한다. 엄마들도 때 아닌 아이들의 가출사건으로 지금 어린이집으로 오는 중이라고 했다. 항복엄마는 오면서 덕형엄마에게 전화를 했고 결국 두 엄마가 함께 오는 중이라고 했다. 주임선생님이 문자로 원장님께 상황을 보고해 원장님도 소방교육을 받으러 가시다가 다시 돌아오는 중이라고 했다. 어린이집에서도 정샛별선생님을 뺀 다른 장애통합반 선생님들은 모두 두 명의 아이를 찾으러 나갔다고 했다. 주임선생님이 단톡에 올린 내용으로 찾으러나갔던 선생님들이 모두 돌아오는 중이라고 했다. 그야말로 어린이집이 순간 아수라장이 되었다. 나는 쥐구멍이라도 있으면 숨고 싶었다. '나는 왜 오늘 하필 아이들에게 그렇게 말을 듣지 않으려면 가방을 메고 집으로 가라고 했을까'라고 말한 것을 경찰차를 타고 다니는 동안 백번도 넘게 후회를 했다. 그리고 작년 임사라선생님이 저 두 명의 아이들 때문에 지쳐서 쉬고 싶다며 올해 그만 둔 이유를 조금이나마 알 것 같았다. 한숨이 절로 나왔다.

단체 토크 방에서 내용을 읽은 선생님들이 돌아왔고 원장님도 들어오셨다.

원장님은 여수경선생님에게 두 아이들을 데리고 교실로 가서 점심 식사 준비를 정샛별선생님과 함께 해서 물푸레나무반 아이들과 식사를 하라고 부탁한 뒤 나와 함께 어머님들을 기다렸다. 아이들은 금방 눈물을 닦고 여수경선생님과 함께 교실로 올라갔다. 참으려고 했는데 자꾸 눈물이 났다. 원장님은 내 등을 쓰다듬어 주면서 울지 말라고 했다.

"박선생님, 현장은 이래서 힘든 거야. 많은 교사들이 경력을 조금 쌓으면 이런 현장을 떠나고 싶어 하는 이유가 바로 이런 일이 늘 있기 때문이야. 대학원에 가서 공부를 더하는 이유가 현장의 아이들을 위해서가 아니고 대체적으로 현장을 떠나 대학에서 교편을 잡거나 교사들을 교육하는 교육원의 지식전달자가 되고 싶어서야! 그 이유는 바로 뜨거워진 프라이팬의 콩알들이 프라이팬에서 어디로 튈지 모르는 오늘과 같은 이런 행동들 때문에 그러는 거야! 그러니까 울지 마요. 아이들 모두 무사히 돌아왔잖아!"

나는 원장님이 이 일 때문에 엄청 화를 낼 거라고 생각했는데 도리어 위로를 해주니 죄송하고 송구스러워 눈물이 마구 흘러내렸다.

'우리 원장님 같으신 분이 있을까? 아마도 없을 것 같아!……'

"원장님 죄송합니다. 그리고 고맙습니다. 다음부터 이런 일이 생기지 않도록 더 조심하겠습니다."

"그래, 그래. 이런 일이 또 생기면 안 되지요."

따뜻한 배려의 말씀에 앞으로 더 힘든 일이 생겨도 아이들을 더 잘 지도해야겠다는 생각이 절로 들었다. 그리고 너무 죄송하고 존경스러웠다.

엄마들이 도착해 현관에서부터 마구 화를 내며 들어섰다. 원장실로 들어오자마자 소리를 질러댔다. 나는 먼저 어머님들께 고개를 숙이며 말했다.

"죄송합니다. 입이 열 개라도 할 말이 없습니다."

"아니 아이가 없어지면 먼저 엄마들한테 연락을 해주셔야지요!"

"죄송하다면 다예요. 아이들이 만약에 다쳤으면, 사고라도 났으면, 어떻게 책임을 지실 거예욧! 이게 도대체 무슨 일입니까?"

"죄송합니다. 무조건 죄송합니다."

나는 원장실 바닥에 무릎을 꿇고 다시 한 번 사죄를 했다.

"아니 죄송하단 말 듣자고 하는 말이 아니잖아요?"

항복엄마가 원장실의 책상을 손으로 치면서 언성을 높였다.

듣고 있던 원장님께서 항복엄마의 손을 잡고 진정시키며 말을 했다.

"우선 선생님을 자리에 앉히겠습니다."

그리고 무릎을 꿇고 있는 나를 어깨와 겨드랑이를 잡고 일으켜 세웠다.

"선생님 일어나세요. 그리고 자리에 앉으세요. 어머님들도 자리에 앉으시죠."

"우선 사과드립니다. 우선순위를 정하면서 일을 처리하다보니 어머님들께 먼저 연락을 하지 않게 되었더군요. 핑계 같지만 그랬습니다. 주임선생님께서 어머님께 전화를 했을 때는 두 분 다 통화중이라고 하더군요. 마음이 급하다보니 경찰서에 먼저 전화를 걸었고 또 여수경선생님과 저에게 번갈아가면서 전화를 하다 보니 그랬던 것 같습니다. 저 역시 이일로 어머님들이 회사에서 이 시간에 어린이집까지 오시게 되어 죄송합니다. 그래도 다행스럽게 빨리 찾았고 아이들이 무사하니 너무 다행입니다."

"다행이라뇨? 아이들이 비를 맞고 길을 헤매고 다녔을 텐데……"

"감기라도 걸리면 어쩌실 건가요?"

"그리고 잘못한 선생님에게 원장님이 너무 감싸는 거 아녜요?"

"그럴 리가요? 그렇지 않습니다. 모든 것이 잘 되었으니 문제를 확대해석하지 말자는 거지요. 가장 중요한건 아이들이 무사히 돌아왔으니까요."

"죄송합니다. 항복어머님. 죄송합니다. 덕형어머님."

나는 울먹이면서 두 엄마에게 진심어린 사과를 드렸다.

"원장님. 전 이 문제 그냥 넘길 수 없어요. 시청에 보고를 하겠어요."

"그러셔도 됩니다. 하지만 한 번 더 생각해 주시길 바랍니다. 박소연선생님은 우리 어린이집에 오신지 벌써 7년째 되는 선생님이시죠. 지난 7년 동안 한 결 같이 아이들을 사랑으로 보듬어 키워냈습니다. 좋은 교사와 오랫동안 함께 일을 한다는 것은 원장으로서 기쁜 일입니다. 어머님들께 죄송한 말이지만 저 두 녀석들이 유아 사춘기가 시작되던 재작년 여름부터 서로 으르렁거리며 싸움을 정말 많이 하여 힘들었습니다. 결국 작년 담임이었던 임사라선생님은 휴직을 했지요."

"어머! 원장님, 그럼 임사라선생님이 우리 아이들 때문에 그만두었단 말이에요?"

"아닙니다. 그런 뜻은 아니고 작년에 이상하리만치 전체적으로 아이들이 부산스럽고 활동적이었어요. 아이들에게 정적활동을 시키려고 해도 항복과 덕형이가 아이들을 부추겨 동적으로 움직이게 해 움직임이 많다보니 도미노현상처럼 넘어져 무릎을 까이기도 했고 서로 잡아당기다가 어깨가 빠지기도 했죠. 또 겹질러서 인대가 늘어나 기브스를 하고 다니기도 했어요. 이런 일이 계속 연달아 생기다보니 늘 아이들이 다칠까봐 노심초사했어요. 아이들을 진짜 좋아했던 임사라 선생님은 작년 일 년 내내 신경쇠약이 걸릴 만큼 마음고생을 아주 많이 했죠. 계속 보육을 감당하기에는 몸과 마음이 너무 지쳐서 일 년만이라도 쉬고 싶다고 했어요."

"듣다보니 지금 원장님의 표현은 마치 우리 항복이가 교실에서 활동을 심하게 해 선생님을 힘들게 만들었다는 얘기 같군요. 우리 항복이가 친구나 선생님을 그렇게 힘들게 괴롭혔다는 말인가요?"

"그런 뜻이 아니라 괴롭힌 것이라고 표현하기보다는 지나치게 활동적이라고 말하고 싶네요. 가끔 뛰어다니는 것이 아니라 날아다니는 것 같았으니까요. 그리고 임사라선생님이 다치기도 했는데 그건 항복이가 아니고……"

"어머 그럼 우리 덕형인가요? 몰랐습니다. 죄송해요, 선생님."

"일부러 그런 건 아니었습니다. 그렇지만 덕형이 때문에 선생님이 다쳤었지요."

"어머나 세상에 그런 일이…… 그럼 작년에 한동안 턱에 상처밴드를 크게 붙이고 있었던 이유가 우리 아들 때문이었군요."

"작년에 임사라선생님은 턱이 찢어져 일곱 바늘 꿰매었습니다. 선생님들이 아이들한테 꼬집혀 멍이 들거나 던진 블록을 맞아 피가 나는 것들은 다 감수해야하지요. 아이들이 아니고 교사들이니까요. 턱이 찢어진 것은 사실 임사라선생님을 좋아하던 덕형이가 뒤에서 선생님을 끌어안다가 생긴 일이었어요. 모래밭에 앉아 신발이 벗겨진 다른 아이의 양말에 묻은 모래를 털어주고 다시 신을 신겨주고 있는데 갑자기 뒤에서 뛰어와 등에 와락 안기는 바람에 중심을 잃고 앞으로 넘어지면서 신발을 신겨주기 위해 앉아있던 아이의 머리와 부딪히면서 턱밑이 찢어졌지요."

나는 고개를 들 수가 없었다. 원장님이 덕형과 항복엄마의 마음을
어떻게 해서든 풀려고 묻어둔 작년 이야기까지 꺼내셨다. 듣고 있던
덕형어머님이 말을 했다.

"어머 그랬으면 전화라도 한 통 주시지. 정말 죄송하네요."

"아닙니다. 덕형어머님께 죄송하다는 말을 들으려고 한 것이 아닙
니다. 덕형이가 일부러 그런 것도 아니고 선생님을 좋아해서 안기려
다보니, 힘 조절이 안 되서 그렇게 된 것인데 무슨 전화를 드리겠습
니까. 임사라선생님도 덕형어머님께 전화 드리지 말라고 당부도 했
고……"

"덕형이가 장난이 심해도 정이 많기는 하죠. 그래도 죄송하네요."

덕형어머님이 잠시 생각에 잠기는 듯했다. 나는 민망해서 고개를
더욱 수그리고 있었다. 아 나의 말 한마디가 이런 대형 사고를 일으
키다니 내 입이 원망스러웠다.

"이런 얘기를 하는 이유는 덕형이나 항복이가 다른 남자 아이들보
다 동적활동을 좋아하고 평소에도 가족끼리 친한 만큼 서로 자주 만
나 놀이를 하다 보니 형제처럼 친해져 다투기도 잘하고 서로에게 시
샘도 많이 내는 편이지요. 두 아이의 활달한 성품으로 인해 선생님들
이 다른 친구들보다 좀 더 세심하게 돌보고 다치지 않게 신경을 배
로 써야 한다는 것을 이해시키고 싶었을 뿐입니다."

"어머! 원장님 참 이상하시다. 다른 아이들보다 신경을 많이 쓴다
는 말은 다른 아이들에 비해 힘들다는 말과 같은 뜻인가요? 그 얘기
를 왜 지금 하세요? 적절하지 않은 타이밍이네요. 그런 얘기를 지금
하니 정말, 나는 더 기분이 나빠요. 어찌되었든 안전에 책임을 지서

야죠! 더군다나 여기는 시립어린이집인데. 시에서 운영하는 곳이잖아요. 민간도 아니고. 시립이니 뭔가 좀 더 아이들에게 잘 할 것이다, 이렇게 생각하죠. 우리들 모두 시립어린이집을 전적으로 믿고 있는데 어린이집에서 놀아야 할 시간에 아이들이 하필 우산도 없이 비를 맞으며 가방을 메고 거리를 방황했다는 것을 생각하니 생각만으로도 아찔하고 안쓰러워 눈물이 나려고 하네요."

항복엄마의 말을 듣고 원장님께서 가만히 계셨다.

원장님이 아무런 대꾸를 하지 않자 엄마들도 가만히 있었다.

잠시 계시던 원장님이 다소 낮은 목소리로 말을 했다.

"항복어머님이 기분이 나쁘셨다면 죄송합니다."

듣고 있던 덕형엄마가 손사래를 치며 말을 했다.

"아녜요. 원장님, 항복엄마도 나도 아이들이 어린이집에서 나갔다는 전화 때문에 너무 놀라고, 순간 여러 가지 나쁜 상상으로 잠시 마음이 불안정해져서 그래요. 마음이 조금 진정되면 화가 풀릴 거예요."

"덕형엄마! 무슨 소리야. 난 지금 몹시 불쾌하다고!……"

"그래. 알았어! 항복엄마 그래도 아이들이 모두 무사하게 어린이집으로 돌아왔잖아."

"무슨 소리야? 덕형엄마! 덕형엄마는 속상하지 않아? 우리 아이들이 길을 잃고 비를 맞으며 울고 다녔으면 어떻게 해?"

"항복엄마! 아이들이 3살 4살도 아니고, 어린이집에서 자전거 길로 해서 쭉 가면 횡단보도가 나오는데 길 잃어버릴 거가 어디 있어? 7살 아이들이 무슨 길을 잃어. 일단 아이들을 찾았으니까 진정 좀 합시다."

"덕형엄마! 원장님 앞이라고 괜히 그러는 거야? 필요할 땐 바른말도 해야 돼!"

"네. 다행히 아이들이 길도 잃지 않았고 아이들을 찾았을 때 둘이 신호등 앞에서 가방을 머리에 이고 서로 마주보며 무슨 얘기를 하는지 깔깔깔 거리며 즐겁게 웃고 있었다고 했어요."

"어머!~ 아이들이 웃었대요? 원장님이 직접 보셨어요? 그걸 어떻게 아세요?"

"아까 주임선생님이 횡단보도 앞에 서 있는 아이들을 찾았을 때 아이들이 둘 다 웃고 있어서 왜 웃었느냐고 물어보니 우산 대신 가방을 머리에 이고 있는 서로의 모습이 웃겨서 웃음이 났다고 말했답니다. 그 이야기를 들은 저도 다행이다 싶었죠. 길을 잃어버렸거나 여러 가지 불안한 생각으로 걱정 많았는데 그 얘기를 듣고 정말 다행이라고 생각했어요."

"그래요, 웃었대요? 우리 항복이가 장난은 좀 심해도 사실은 심성은 아주 착한 아들이에요. 집에서는 형에게 얼마나 양보를 잘하는데요."

"그럼요. 항복인 동생이 없어서인지 어린이집 동생들하고 아주 잘 놀아주고 선생님 심부름도 곧 잘하고 그러지요. 그런데 어릴 때부터 같이 커서 그런지 덕형에겐 양보를 하지 않고 사이좋게 놀다가도 잘 다투어서 그렇죠."

"듣고 보니 우리 항복이가 무슨 문제아인 것처럼 말씀하시는데 일곱 살짜리 남자아이들의 장난이 다 거기서 거기지?"

항복엄마는 말을 하다가 얼굴이 벌게졌다. 나는 정말 너무 마음이 힘들었다. 항복엄마가 원장님에게 쏘아붙이는 말로 인해 원장님께 더 죄송한 마음이 들었다. 우선 항복엄마의 마음을 풀게 해야 한다는 생각이 들었다.

"항복어머님 죄송합니다. 다음부터는 이런 일 없겠습니다."

항복엄마가 아무런 대답을 하지 않았다.

"항복어머님 앞으로 항복일 더 잘 보살피겠습니다. 제발 용서해 주십시오."

덕형엄마가 옆에서 항복엄마의 손을 잡고 말을 했다.

"그래 항복엄마 진정 좀 해봐!~"

"항복어머님. 문제의 초점이 잘못되어 있어 바로 잡고 싶었을 뿐입니다. 어머님들께서 길을 잃고 헤맸다는 그 생각만으로 너무 지나치게 나쁜 상상을 하시니 아이들을 찾았을 때 행동을 그대로 말했던 것이고 방금 이야기 했듯이 다행이라고 생각했어요. 항복어머니가 기분이 나빴다면 죄송합니다."

원장님의 얼굴도 점점 더 굳어져가고 있었다.

"아무튼 기분이 나쁘고 불쾌합니다."

"그러면 어떻게 해드려야 기분이 풀리겠습니까? 어머님들이 원하시는 데로 말씀을 해주세요. 어머님들의 의견을 수렴해 드리겠습니다."

"일단 저희가 '갑'인 것은 알지요. 원장님 및 선생님들은 '을'입니다. '갑'과 '을'의 관계를 분명하게 했으면 좋겠어요. 우리가 어린이집에 아이들을 맡기고 이런 식으로 아이들을 돌보면 우리가 어떻게 마음 편하게 아이들을 맡기고 회사에 출근을 해 일을 할 수 있겠습니까? 어떠한 경우라도 최선을 다하여 아이를 돌보는 일이 교사의 사명 아닌가요? 이런 불성실한 교사에게 우리 아이들을 맡길 수 없습니다. 시에 보고 하겠어요. 알겠어요?"

퍼붓듯이 쏟아내는 항복엄마의 말을 원장님은 아무 말 없이 듣고

계셨다. 그러던 중에 조리실 정순영선생님이 따뜻한 레몬차를 가지고
원장실로 들어왔다.

"어린이집에서 담근 레몬차입니다. 비가 오니 따뜻하게 한 잔 드시
고 기왕 오셨으니 점심식사라도 하고 가십시오. 외람된 말씀인지는
모르나 덕형어머님과 항복어머님 마음 푸시길 바랍니다. 덕형과 항복
을 우리 선생님들이 얼마나 귀여워했는데요. 제가 이 녀석들 세살 때
기저귀도 여러 번 갈아주었고 가끔 품에 앉고 밥도 떠먹였습니다. 아
마 가장 많이 아이들을 사랑하고 밥을 떠먹여주신 분이 원장님일 것
입니다. 아이들이 이곳에서 오랜 시간을 보내다보니 집처럼 편안해져
서 개구쟁이가 되었고 개구쟁이다 보니 오늘 같은 일도 생긴 것 같
습니다. 부디 용서를 해주시면 감사하겠습니다."

조리사 정순영선생님은 평소 쓰시던 사투리를 버리고 표준어를 쓰
시며 공손하게 인사를 하고 내 어깨를 한 번 쓰다듬어주고 나갔다.
참고 있던 눈물이 다시 왈칵 쏟아졌다.

"우선 레몬차 한 잔 드시지요. 조리실 정순영선생님이 정성을 들여
만든 것이니 마셔보시지요. 차를 마시면서 어머님들의 의견을 수렴하
겠습니다."

덕형엄마가 먼저 찻잔을 들고 레몬차를 마셨다.

항복엄마는 창밖만 바라보고 있었다.

원장님이 조용하게 이야기를 시작했다.

"덕형어머님"

차를 마시던 덕형엄마가 원장님을 쳐다보았다.

"어머님들께서는 회사에서 서류를 가지고 일을 하시지요. 그 일도
힘드실 줄 압니다. 하지만 어린이집 교사들은 살아있는 서류를 가지

고 일을 한다고 생각하시면 됩니다. 살아있는 서류라서 잠시도 쉴 수가 없지요. 일반서류는 특별한 일이 생기면 잠시 한 곳에 쌓아두었다가 다시 펼쳐서 일을 하면 되지만 아이들은 그럴 수가 없습니다. 늘 살아서 움직이고 있죠. 잠시도 가만히 있지 않고 사방팔방으로 뛰어 다니기도 하고 사실 뛰어다니기만 하면 좋겠습니다. 가끔 날아다니는 아이들도 있어 선생님들의 가슴이 철렁철렁하죠. 하지만 이 모든 것이 생각해보면 건강하다는 증거가 아니겠습니까? 일곱 살 아이들의 건강한 신체에서 나오는 행동이 아니겠습니까? 나이에 맞는 장난 끼 가득한 항복이랑 덕형이라 생긴 일이니 어머님들께서 부디 박소연선생님을 용서해 주시기 바랍니다."

갑자기 원장실 문이 벌컥 열리면서 항복과 덕형이가 뛰어 들어왔다. 원장님도 항복엄마도 덕형엄마도 놀랐다. 물론 내가 제일 놀랐다.

"선생님, 제가 잘못했어요. 다시는 안 그럴게요. 제가 덕형에게 문방구에 가자고 졸랐어요. 아침에 아빠구두를 닦아드렸더니 칭찬하시며 이천 원을 주셨는데 그거로 문방구에 가서 천 원씩 뽑기 하자고 졸랐어요. 덕형이가 어린이집 끝나고 가자고했는데 내가 막 졸랐어요. 늦게 가면 내가 원하는 뽑기 장난감이 없어질까 봐 그랬어요. 그래서…… "

항복이가 눈물을 참으며 울먹거리는 목소리로 말을 했다.

"그런데 어떻게 내려왔니?"

원장님이 덕형에게 물어보았다. 덕형이도 울먹거리며 작은 목소리로 대답을 했다.

"우리 선생님 점심도 안 먹고 왜 이렇게 안 오냐고 여수경선생님께 물어보니 알려주었어요."

N0

옆에 있던 항복이가 울음을 참는 목소리로 말을 이었다.

"여수경선생님이 우리가 없어져 모든 선생님들이 걱정을 했고 경찰차까지 와서 우리를 찾으러 다녔다고 알려 주셨어요. 우리가 없어진 문제로 회사에 있던 엄마까지 지금 어린이집에 왔다고 했어요."

"우리한테 여수경선생님이 왜 집으로 갔냐고 물어보았어요."

덕형이가 상황을 다 알게 되었는지 울기 시작했다.

"그래서 내가 말했어요. 항복이가 아침에 아빠한테 받은 돈이 있는데 같이 문방구에 가서 뽑기 하자고 했고 나도 같이 문방구에 가서 뽑기가 하고 싶어져서 가방을 메고 나갔다고요. 그런데 우리 때문에 어린이집 선생님들이 놀이터랑 골목길을 찾아다녔고 경찰들까지 와서 집까지 우리를 찾으러 갔다고 했어요, 선생님들이 찾으러 다닐지 몰랐어요."

이번에는 항복이가 나를 끌어안으며 울음을 터트렸다.

"선생님 미안해요. 밖에서 우리엄마가 화내는 목소리 다 들었어요."

이번에는 덕형이가 나를 끌어안으며 울음을 터트렸다.

"선생님 저도 미안해요."

나는 아이들을 꼬~옥 끌어안으며 말했다.

"나도 미안해. 아침에 화를 내서……덕형아, 항복아 비 맞았는데 춥지는 않았니?"

"춥지 않았어요. 지금 여름이잖아요."

"선생님! 여름엔 비 맞으면 시원해요. 그것도 몰라요? 그리고 엄마 내가 잘못한 거니까 선생님한테 화내지마!"

항복이가 엄마를 보며 크게 이야기를 했다.

그것을 지켜보던 덕형엄마가 항복엄마의 어깨를 한 손으로 잡으며 말을 했다.

"아이고! 제자들이 이렇게 선생님을 사랑하는데……항복엄마 없던 일로 합시다."

원장님께서 덕형이랑 항복의 머리를 쓰다듬어 주며 말을 이었다.

"어머님들, 기왕 오셨으니 맛있는 점심식사하시고 가십시오. 조리실 정순영선생님도 아까 레몬차를 주면서 점심식사에 초대하셨으니 말이지요."

덕형엄마는 항복엄마의 팔에 손을 두르며 팔짱을 꼈다.

"네~ 원장님. 그럼 기왕 왔으니 점심대접 받고 가겠습니다. 장난꾸러기 아들 녀석들 덕분에 맛있는 점심을 어린이집에서 얻어먹게 생겼네요."

원장님께서 두 엄마를 모시고 2층 또바기 방으로 올라가는 소리가 들렸다. 두 녀석들이 내 얼굴을 빤히 쳐다보면서 말했다.

"선생님! 배 많이 고프지요. 오늘 선생님이 좋아하는 오므라이스에요."

아이들의 말에 너무 많이 울어서 퉁퉁 부은 눈으로 웃었다. 마음은 활짝 웃었는데 눈은 퉁퉁 부어서 웃어지지 않았다.

"아이고~ 이 애물단지들, 하지만 사랑스러운 녀석들! 다치지 않아서 다행이야."

"빨리 올라가요."

"우리 반 아이들이 기다리고 있어요."

아무런 일없이 내 품으로 돌아온 아이들이 너무 사랑스럽고 감사했다. 내가 읽은 위인전에 나오는 위인들은 대부분 아이였을 때에 모두 장난꾸러기들이었다는 것이 갑자기 생각이 났다. 밖에서 비가 내리는 소리가 본격적으로 들리기 시작했다. 저렇게 비가 쏟아지기 전에 아이들을 찾아 정말 다행이었다. 앞으로 아무리 힘들어도 생각 없이 함부로 말을 쏟아내지 말아야겠다. 사람은 가끔 사람들이 쏟아내는 어처구니없는 말에도 흠뻑 젖으니 말이다.

말. 조. 심. 해. 야. 지.
우리 예쁜 오성과 덕형이를 위해……
아니, 물푸레나무반 아이들을 위해……
나 자신을 위해……
물푸레나무반 파이팅!

4. 자작나무 숲의 나무처럼 우리도 자랐어요

5세 자작나무반 신입교사 강은혜선생님

우리 반 아이들은 옥구공원에 자주 나갈 수가 없었다. 다른 반처럼 짝꿍을 만들어 제법 걸어가야 하는 옥구공원 같은 야외활동은 엄두가 나지 않았다. 4월에도 일주일에 한 번 정도 나가고 주로 어린이집놀이터에서 놀았다. 또 어린이집 행사와 봄 소풍을 다녀오니 다른 반처럼 옥구공원을 자주 가지 못하고 어느새 5월이 되어 버렸다. 5월이 되어도 은빛 자작나무 숲의 자작나무들은 멀대 같이 서서 하늘을 향해 여전히 두 팔을 벌리고 있었다. 손톱만한 잎들이 어느새 자라 제법 커다란 이파리들이 되어 있었다. 자작나무들은 점점 녹음이 짙어지고 있었고 연한 청포도 빛을 띠던 이파리들은 짙은 초록빛이다 못해 나무의 잎들이 서로 뭉쳐 설핏 검정빛이 느껴지기 까지 했다. 나뭇잎들 사이로 뿜어져 나오는 강렬한 초록을 보면서 광합성 작용이 이루어낸 멋진 작품처럼 느껴졌다.

7월의 자작 나뭇잎들은 햇살을 모아 광합성을 한 후 짙은 초록동

굴로 들어가는 모습이었다. 연두색의 나뭇잎은 도무지 찾아 볼 수가 없었다. 6월의 장마 비를 견디고 나자 성큼 자란 자작나무들이 되어 있었다. 그렇게 자작나무들이 자라는 동안 나무 밑에서 우리 반 아이들은 옹기종기 모여 개미를 관찰하거나 무당벌레를 관찰하기도 하고 나뭇가지를 사용하여 공 벌레를 건드려 동그랗게 말리는 모습을 보며 놀이를 했다. 가끔 집게벌레도 만날 수 있어서 집게를 나뭇가지로 건드리며 집게가 움직이는 것을 관찰하기도 했고 비가 내린 후에는 거미줄에 물방울들이 매달려 있으면 나뭇가지로 물방울들을 쳐 떨어뜨리기도 했다. 자작나무만큼이나 자작나무반 아이들도 놀이를 통해 마음과 몸이 자라고 있었다. 3월에 적응을 하지 못해 떼쓰고 울던 울보도 다른 친구들을 때리던 심술보도 조금씩 자리를 잡아갔다. 놀이에는 관심이 없고 친구들을 괴롭히던 방해꾼도 점차 또래놀이에 관심을 가지고 친구들과 협동놀이를 시작했다. 5월이 되자 교육계획안에 계획했던 수업들을 가지고 우리 반도 드디어 교실 안에서 자연스럽게 해내기 시작했다.

7월의 어느 아침, 자유놀이 시간이었다. 아이들이 서로 협조하면서 벽돌블록을 가지고 계단을 만들기 시작했다. 남자 아이들이 교실 중앙에서 만들던 벽돌블록이 잘 쌓아지지 않자 여자 아이들이 그것을 쳐다보다가 조용히 가서 한 쪽 벽에 붙이더니 삐뚤빼뚤하게 만들어진 계단을 바로 잡아주었다. 그런 모습이 너무 기특해 "비뚤어진 벽돌을 이렇게 바로 잡는 법은 어떻게 알았어요?"라고 물어보았더니 한 손으로 벽돌을 잡고 다른 한 손으로 벽돌을 바로 정리하며 윤진아가 대답을 했다. "곽세영선생님이 벽돌블록이 자꾸 움직이면 벽 쪽으로 붙여서 쌓으면 밀리지 않고 쌓을 수 있고 벽에서 힘을 받고 있기 때문에 덜 밀린다고 했어요."

　교구장이 없는 벽에서부터 벽돌블록을 처음엔 맨 밑에 한 개씩 스무 줄을 놓더니 두 번째 칸에는 열여섯 줄을 놓고 세 번째 칸에는 열두 줄을 놓고 네 번째 칸에는 여덟 줄을 놓고 맨 위에는 블록을 네 줄을 놓으니 계단으로 된 길고 긴 다리가 되었다. 아이들 중 함박꽃반이나 목련꽃반부터 다녔던 아이들이 차례대로 양손을 들더니 나비모양을 만들고 계단을 올라갔다. 새로 들어 온 아이들 중 몇이 줄을 서지 않자 민혁이와 윤혁이 두 쌍둥이들이 아이들의 줄을 자연스럽게 세워주었다. 다른 영역에서 놀이를 하던 아이들이 계단을 오르고 내리는 소란함에 놀이를 하던 것을 멈추고 쳐다보더니 재미있어 보였는지 하던 놀이를 멈추고 자기들도 와서 계단을 오르기 시작했다. 중심이 흔들리는 여자아이는 남자아이들이 손을 잡아주었다. 신체활동시간인 체육시간을 통해 신체놀이를 하던 것이 은연중에 몸에 습관처럼 베였는지 아이들이 서로 잡아주며 놀이를 했다. 나는 아이들이 놀이를 하는 것을 쳐다보다 또 울컥 눈물이 날 뻔 했다. 3월 그 북새통, 6,25 난리는 난리도 아니라며 조리실 두 선생님이 우리 반을 볼 때마다 혀를 차시곤 했는데 이렇게 놀이를 하면서 평화스럽다니 실로 놀라운 일이 아닐 수 없다. 원장님이 말씀하신 것처럼 진짜 100일을 참아주니 아이들이 가지고 있는 성품대로 순한 아이들일수록 빨리 적응을 하면서 이미 놀이를 잘하고 있는 아이들에게 부드럽게 스며들었다. 대신 불안정애착의 아이에게 원망을 하거나 짜증을 부려서는 안 되는 일이라며 끝까지 믿고 견뎌주고 토닥여주어야 한다고 원장님께서 나를 응원해주었다. 사실 이론적으로는 알겠는데 이

것을 건너내기가 무척 어려웠다.

아이들이 계단을 오르고 내리다가 한 명이 인형을 들고 계단을 오르자 너도 나도 인형을 골라서 손에 들고 계단을 오르내렸다. 계단을 오를 때마다 벽돌블록이 틀어지자 쌍둥이들은 놀이대신 삐뚤빼뚤해지는 벽돌을 양쪽에서 바로 잡아주면서 아이들이 놀이를 할 수 있도록 도움을 주고 있었다. 보는 내내 얼마나 기특하던지!~ 나는 아이들이 다치지 않게 계속 눈으로 쳐다보면서 입으로는 연신 "조심조심 천천히 올라가세요."를 외치고 있었다. 미소를 머금은 체 말이다. 여자아이들은 바구니에 과일을 담아서 머리에 이고 계단을 오르내리며 주도적으로 놀이를 확장시켰다. 인형을 좋아하는 정은이는 인형과 포대기를 가지고 와서 등에 인형을 업혀달라고 했다. 나는 포대기로 인형을 업혀주었다. 정은이는 인형을 업고 계단을 오르내렸다. 남자 아이들은 계단 오르내리기가 싫증이 났는지 그만 두고 자기들끼리 영역에 있는 교구들을 살피다가 자기들이 하고 싶은 것을 찾아서 영역의 책상위로 갔다. 노이타는 블록을 좋아해서 책상위에 블록바구니를 쏟더니 기하학적인 조형물을 만들기 시작했다. 강태주는 말랑 블록으로 동물이나 꽃모양을 만들더니 나를 쳐다보며 만든 것을 자랑했다. 그것을 본 노이타가 나에게 오더니 내 손을 잡고 자기 있는 책상으로 나를 데리고 가서 자기가 만든 기하학적인 특별한 모양을 보라고 했다. 그런 모습의 이타가 귀여워 잘 만들었다고 말하고 꼭 안아주었다. 그리고 무엇을 만든 것이냐고 물어보니 달나라에 있는 토끼들이 사는 곳을 가기 위해 만든 지구와 달 사이에 있는 우주 정거장이라고 말을 해주었다. 나는 이타의 대답에 너무 놀라서 칭찬을 엄청 해주었다. 어쩜 이렇게 예쁘고 창의적인 아이들이 많을까 아이들 한 명 한 명이 너무 소중했다.

여자아이들은 여전히 계단을 오르내리고 최민혁과 최윤혁은 계단을 보수하면서 아이들이 발을 움직일 때마다 틀어지는 계단을 잡아주고 있었다. 나는 아이들이 놀이하는 모습과 노이타가 만든 조형물과 강태주가 만든 조형물을 스마트폰으로 찍어두며 관찰일기에 쓸 내용을 메모하기도 했다. 장애전담반 조나영선생님은 최안나와 송유리 그리고 김정민을 데리고 손으로 만지며 할 수 있는 오감놀이 중 촉감놀이를 하고 있었다. 우리 반에 드디어 평화가 찾아왔다. 가끔 조나영선생님과 눈이 마주치면 서로 마음을 읽은 듯 미소를 주고받았다. 아이들의 이야기소리와 웃음소리가 놀이 중간에 들려왔다.

점심식사 시간이 되었다. 아이들과 함께 식사를 마치고 도시락으로 먹은 식판을 스스로 정리하게 했다. 아직 스스로 할 수 없는 친구들만 도움을 주면서 아이들이 양치를 할 수 있게 했다. 양치를 하고 놀이를 잠시 하는 동안 식사를 하느라 지저분해진 교실의 밥풀과 반찬을 휴지로 닦아내고 소독약을 뿌리고 행주와 물걸레로 식탁 위와 바닥을 닦았다. 아이들에게 낮잠시간임을 알려주며 놀잇감을 정리하게 했다. 나는 장을 열고 자기 이불을 들고 가서 스스로 깔아보게 했는데 기존에 다니던 아이들은 정말 잘해도 너무 잘했다. 기본생활습관이 몸에 아주 잘 베였다. 오늘은 모차르트의 플롯과 하프를 위한 협주곡 2악장을 들려주었다. 아이들이 플롯의 아름다운 선율을 듣다가 하나 둘씩 잠이 들기 시작했다.

"아~~~~아아아아아아아앙! 싫어! 싫어! 싫어! 아빠 싫어!"

준희가 낮잠시간에 누워서 잠을 자다가말고 벌떡 일어나서 자기 이불을 끌고 문밖으로 나가서 복도에 이불을 질질 끌고 다니며 소리를 질렀다. 나는 다른 아이들을 재워주다가 놀라서 후다닥 일어나 복도로 준희를 따라서 나갔다. 영아반 아이들은 이미 잠이 들었을 텐데 준희 때문에 깨면 큰일이다. 나는 얼른 쫓아가서 준희를 잡아서 안아주었다. 준희는 내 품에 안겨서도 울면서 싫다고 소리를 질렀다.

"왜 그래 준희야?"

"으아아아앙! 싫어 다 싫어!"

나는 준희의 등을 가볍게 토닥토닥 두드려 주면서 천천히 달래주었다. 내가 등을 토닥이는 박자에 맞추어 준희의 울음이 자자들고 있었다.

"으~아~아~ 싫어~ 싫어~"

나는 준희의 귀에다가 대고 작은 소리로 말을 했다.

"준희야! 선생님 말 좀 들어봐. 뭐가 싫어서 소리를 질렀어?"

준희는 내가 귀에 다가 아주 작은 소리로 말을 하자 울던 울음을 그치고 귀를 쫑긋 세우고 내 말에 집중하느라 가만히 있었다. 그러더니 자기도 목소리를 낮추어 울먹거리며 내 귀에 대고 말을 했다.

"아빠가 던졌어…… 깨졌어."

깨졌다는 소리에 나는 나도 모르게 아이의 얼굴이랑 손과 발을 살펴보고 입고 있는 옷의 목둘레를 당겨서 등과 가슴을 살펴보았다. 아무런 이상이 없었다. 그리고 다시 귀에다가 대고 작은 소리로 물어보았다.

"준희야 아빠가 무엇을 던졌는데? 음, 어떤 게 깨졌어?"

소리는 잦아들었지만 아직도 목울음을 울고 있는 준희의 등을 계속 쓰다듬으며 어루만져주었더니 목울음이 서서히 자자들면서 나를 똑바로 쳐다보았다. 그리고 다시 내 귀에다가 자기도 작은 소리로 말을 해주었다.

"아빠가 엄마랑 싸웠어. 내가 싸우지 말라고 계속 말했는데 둘이가 내 말을 안 듣고 서로 소리를 질렀어. 둘이가 내 말을 안 들었어. 둘이가 나빴어. 그리고 아빠가 엄마한테 재떨이 던졌어. 그래서 텔레비전이 깨졌어."

나는 준희의 얘기를 듣고 너무 놀라서 아이를 힘 있게 꼭 끌어안아주었다. 얼마나 놀랐을까 그렇지 않아도 겨우 마음을 달래서 불안정애착을 안정애착으로 바꾸고 있는 중인데 또 집에서 싸움을 하다니……

준희는 3월에 우리 어린이집에 새로 입학한 아이다. 아침등원시간마다 엄마나 아빠와 헤어질 때 신발을 신고 벗는 나무판이 있는 곳에서부터 뒹굴면서 울던 아이였다. 처음에는 아이가 성품이 까칠한 줄 알았는데 1학기에 부모 상담을 하면서 엄마와 아빠가 시댁문제로 인해 사이가 좋지 않아 자주 다투게 되면서 예민한 아이가 환경적으로 그러다보니 더 더욱 준희의 성품이 불안정해질 수밖에 없다는 것을 알게 되었다. 또 엄마가 준희를 상대할 때 그러면 안 되는 것을 알면서도 회사에서 업무에 시달려서 들어온 날은 몸이 지쳐서 스스로의 감정을 컨트롤 할 수 없어 같은 상황인데도 어떤 날은 용납을 했다가 어떤 날은 짜증을 부리며 아이에게 화를 냈다고 말해주었다. 그러다보니 준희의 감정도 기복이 생기면서 예민한 아이가 되었다고 했다. 이 문제에 대해 원장님께 상의를 들렸고 원장님이 준희의 아빠와 엄마 두 분을 따로 불러서 상담을 했었다. 그 후에는 두 분이 집에서 어떻게 하였는지는 모르겠지만 준희도 조금씩 부드러워지고 아침 등원시간에도 점 점 울면서 떼를 쓰는 날이 사라지고 있었다. 또 놀이시간에도 놀이에 집중을 하거나 다른 친구에 대해서도 관심을 가지고 또래친구들과 함께 협동놀이를 시작했었다. 준희를 볼 때마다 참 다행이라고 생각했었다.

여름으로 접어들면서 잘 지내던 준희가 오늘 낮잠시간에 예전의 모습으로 퇴행을 해서 너무 놀랐다. 나는 준희를 가슴에 안고 달래서 다시 잠을 자도록 토닥여주었다. 준희가 내 품속에서 잠이 들었다. 오늘 준희의 행동과 집에 일어난 일에 대해 원장님께 보고를 드리고 도움을 청해 보아야겠다고 생각했다.

그날 오후에는 놀이를 잘 하고 돌아갔던 준희는 그 다음날 아침 등원시간부터 현관 앞에서 엄마하고 집에서 놀고 싶다고 울면서 떼를 쓰기 시작했다고 한다. 엄마는 난감한 표정으로 시계를 계속 쳐다보면서 준희를 달래다가 결국 아침 당직선생님에게 아이를 부탁하고 우는 아이를 그대로 두고 출근을 했다고 나에게 알려주었다. 나는 출근하자마자 울고 있는 준희를 달래며 이유를 물었다. 준희의 대답은 또 엄마와 아빠가 다투었다고 했다. 서로 준희 앞에서 큰 목소리로 다투다가 헤어지자는 말을 했다고 한다. 아빠는 막 소리를 지르고 엄마는 울면서 헤어지자는 말을 했다고 한다. 준희에게 엄마와 아빠가 다투는 이유를 물어보았다. 그러자 엄마가 아빠에게 할머니 밉고 싫다고 말했다고 준희가 말했다. 준희가 싸우고 있는 부모님들 사이에서 얼마나 불안했을까를 생각하니 너무 안쓰러웠다. 준희를 꼭 안아 주었다. 엄마와 아빠에게 상처받은 마음을 녹여주려는 듯이. 준희는 안겨서 훌쩍거리며 울고 있었다. 마음이 짠해 왔다. 아이가 얼마나 불안했을까?……

　나는 원장님에게 이 사실을 보고하고 도움을 청했다. 원장님은 이야기를 다 듣고 준희 어머님과 상담시간을 정해달라고 했다. 그리고 혹시 준희의 그런 행동을 찍은 동영상이나 사진이 있으면 준비해 달라고 했다. 나는 3월 입학했을 당시 준희의 이상행동에 대해 찍어 둔 사진과 동영상을 준비했고 엄마와의 상담 전에 혹시 그런 행동이 또 나타나면 내가 달래고 있는 동안에 동영상을 조나영선생님에게 부탁드려야겠다고 생각했다. 엄마와 긴 통화를 한 후 상담시간을 잡았다. 엄마와 상담을 마친 원장님은 나에게 준희 친할머니와 상담을 해보겠다고 말을 했다. 엄마에게 전화번호를 받으신 원장님은 준희 친할머니에게 직접 전화를 걸었고 상담시간을 잡았다. 그동안에도 준희의 행동은 다시 예전처럼 불안해하는 모습이 너무 많았다. 준희를 임신했을 당시에도 직장생활을 하면서 스트레스를 받은 것이 뱃속의 준희에게 영향을 미쳤는지 또래의 다른 아이들보다 준희는 예민하고 까다롭고 감정이 매우 불안정한 아이였다.

　시간이 꽤 흐르고 7월 셋째 주가 되어서야 원장님과 할머니의 만남이 이루어졌다. 꽤 긴 시간 동안 말씀을 나누었다. 할머니는 준희의 행동에 대한 두 가지 동영상과 사진을 보았다고 했다. 동영상과 사진은 두 종류로 준비하라고 해서 시키시는 데로 준비해 드렸다. 준희가 환하게 웃으며 다른 친구들과 협동하며 놀이를 하는 사진과 동영상 그리고 불안할 때 나오는 울고 떼쓰는 사진과 동영상을 준비해 드렸다. 할머니는 두 동영상과 사진을 보셨고 원장님께서 엄마와 상담했던 내용을 토대로 고부간의 갈등이나 문제점들을 다른 시각으로 보실 수 있도록 프레임을 만드셨다. 준희의 입장에서 가족구성원들을 고려했을 것이었다. 긴 상담이 끝난 후 할머니는 원장님과 함께 준희를 만나려고 우리 교실로 오셨고 준희를 한참동안이나 끌어안고 계심으로 무언가 미안함을 표현하시는 듯 했다. 내 손을 꼭 잡으며 준희를 잘 부탁한다는 말씀을 하셨다. 준희는 할머니를 엄청 좋아하는 것 같았다. 할머니의 손을 잡고 교실에서 자기가 만들고 놀던 교구놀잇감들을 설명하기도 했고 쌍둥이 친구를 소개하기도 했다. 할머니는 잠시 교실에 있는 아이들과 놀이를 하는 준희를 바라보시다가 흐뭇한 표정을 지으시고는 가셨다. 할머니의 인자한 미소에 원장님과의 상담이 잘 이루어진 것을 알았다.

원장님은 아이들 한 명 한 명을 너무 귀하게 여기고 아이들의 성품이 잘 자라기를 바라시는 분이시다. 우리들은 아직 서툴러 엄마들하고 상담하는 것도 엄청 두려운데 아이들의 할머니까지 모셔와 상담을 하시다니 새삼 원장님이 대단해보였다. 집안의 문제까지 가지고 와서 가족 상담으로 한 아이의 장래를 위해 솔선수범으로 상담을 해내시는 것을 보니 정말 달리 보였다. 존경심이 저절로 생겨났다. 나도 나이가 들면 저렇게 용감해질 수 있을까? 원장님의 노력이 부디 결실을 맺어 준희네 가정이 화목해지기를 바란다. 그래서 더 이상 준희가 엄마와 아빠의 다툼으로 불안해지지 않기를 간절하게 바란다.

옥구공원의 자작나무들이 긴 장마와 한 여름 뙤약볕을 통해 더욱 푸르게 자라났듯이 우리 반 아이들도 아직 너무 어리긴 하지만 각 가정마다 있을지도 모르는 환경적인 비바람과 뙤약볕을 겪으며 심지가 굳어지고 견고해지기를 바래본다.

자작나무반 친구들아 너무 사랑한다.
지금처럼만 예쁘게 자라렴.

5. 놀이터에서 한 즐거운 물놀이

4세 이팝꽃반 교사 곽세영선생님

6월이 되면서 아이들이 어린이집 놀이터에 나와 놀기에는 햇볕이 점점 강하게 느껴졌다. 아이들은 더위와 상관없이 바깥놀이를 너무 좋아했다. 더위가 점 점 기승을 부리고 있어 아이들을 데리고 미끄럼을 타고, 시소를 타고, 모래놀이를 하려면 그늘이 절실히 필요했다.

교사회의시간에 이점에 대해 토의를 하고 작년보다 조금 빠르게 놀이터의 햇볕을 차단하는 그늘 막을 치기로 했다. 작년에 쳤던 검정 비닐 그늘 막은 한 여름을 지나자 처절하게 전사를 했다. 빨아서 다시 쓰기에는 역부족이었다. 뜨거운 햇볕과 비바람을 맞으며 거의 세 달 가량 놀이터를 지켜주느라 찢어지거나 상한부분이 너무 많았다. 정리를 할 때 보니 상한 부분이 너무 많아 버릴 부분은 가위로 오려 버리고 깨끗한 부분은 세탁을 해서 물기를 제거하고 깨끗하게 말려 각 반 미술영역에 넣어주었다.

아이들은 검정비닐 그늘 막으로 스카치테이프를 이용해 인형 머리 카락으로 변신을 시키거나 큰 요구르트 병에다가 둘러서 검정치마로 표현해보기도 했다. 상자바닥에 깔고 카펫이라고 부르기도 했다. 아이들은 미술영역에 있는 그늘 막을 가지고 오리고 자르고 꾸미고 붙이며 재미있게 활용을 했다. 얼굴에 테이프를 사용하여 수염을 달기도 했고 귀밑머리에 붙여서 구레나룻을 표현하기도 했다. 아이들의 아이디어는 무궁무진했다.

올해 새로운 비닐이 필요해 비품 담당인 윤보영선생님에게 햇볕가리개용 검정비닐을 주문하게 했다. 회의를 마친 윤보영선생님은 바로 검정 비닐 그늘 막을 인터넷에서 찾아내어 주임인 나에게 보여 주었다. 바로 확인을 하고 원장님께 보고를 한 후 주문을 하게 했다. 이틀 후 검정비닐 그늘 막은 택배로 어린이집에 도착하였다.

비닐을 치는 날은 평소보다 일찍 오후통합을 시키고 그날 오후통합 담당선생님을 제외한 모든 선생님들은 각 자 자기반 일을 멈추고 놀이터에 나와서 그늘 막을 함께 쳐야 된다고 회의시간에 말해 주었다.

6월 둘째 주 금요일 오후 4시 교사 단톡방에 모두 놀이터로 나오라는 카톡을 전했다. 인터넷으로 주문한 햇볕가리개용 검정비닐을 치기 위해 공익근무요원인 최동우군과 나는 먼저 일을 시작했다. 공익근무요원인 최동우군은 고맙게도 어린이집 모든 일에 스스로 동참해서 일을 해주었고 아이들도 무척 좋아해 영아반에 들어가 밥을 먹여주거나 남자아이들의 배변활동을 돕기도 했다. 아이들도 최동우군을 잘 따랐다. 아이들은 자기들을 좋아하는지 싫어하는지 정말 잘 안다. 어린데도 불구하고 진심으로 자기들을 위해 주고 사랑하는지 본능적으로 알게 되는 모양이다. 본능? 참 신기하고 놀라운 감정이다. 짓궂은 남자아이들이 최동우군을 더 잘 따랐다.

"최동우선생님! 원장실에 창고열쇠 있어요. 가지고 가서 창고에서
사다리 좀 가지고 와 주세요."

"네 알겠습니다. 주임선생님. 빛의 속도로 다녀오죠."

"고마워요. 빛의 속도는 넘 위험해요. 로켓정도의 빠르기로만 부탁
해요. 하하하"

"그럼 난 로켓속도로 슝~~~"

"난 여기서 택배상자 뜯고 준비하고 있을게요."

최동우군이 발 빠르게 움직여 원장실로 들어가는 것을 보면서 칼
을 가지고 택배 상자의 테이프 선에 맞추어 자르고 테이프를 뜯어내
기 시작했다. 검정 비닐 그늘 막은 아주 꼼꼼하게 포장이 되어져 왔
다. 손아귀의 힘이 보통 들어가는 것이 아니었다.

"세상에 보내는 분이 엄청 꼼꼼하신 분이네. 어쩜 이리 뜯기가 어
렵냐!"

나는 보통 여자들이 잘하지 못하는 망치질이나 컴퓨터를 고치는
일, 형광등을 갈거나 전기배선, 전기선 코드 정리하는 일을 잘했다.
아들이 없는 집 둘째 딸로 자란 나는 남자들이 하는 일을 잘해내야
했다. 엄마에게 아들 같은 딸이었다. 어릴 때부터 집에서 엄마를 돕
다보니 그렇게 되었다.

최동우군이 창고에서 설치용 사다리를 가지고 놀이터로 오는 동안
선생님들이 한 분씩 놀이터로 나왔다. 손바닥만 붉은 고무로 된 목장
갑을 끼고 만반의 준비를 하고 모였다. 노끈을 사용해 군데군데 비닐
을 묶었다. 묶기 전에 비닐이 찢어지거나 풀어지지 않게 속에다가 싱
을 박았는데 비를 맞거나 바람에 펄럭거리다가 떨어져도 아이들이

다치지 않게 펠트지를 둥글게 말아서 심을 만들었다. 심을 넣은 연결고리는 노끈으로 조여 놓았다.

최동우군이 사다리를 가지고 놀이터에 도착했다. 접이식 사다리가 설치되자 나와 최동우군은 심을 박아 단단하게 연결된 긴 끈을 가지고 어린이집 건물과 놀이터 주변의 나무와 전신주를 기둥삼아 연결하여 그늘 막을 쳤다. 다행히 중앙에 있는 미끄럼틀이 가운데에서 지지대 역할을 해주었다. 넉넉히 산 검정 비닐은 놀이터 전체를 햇빛으로부터 보호해주었다. 검정비닐로 그늘 막을 치니 놀이터가 더욱 아늑해보였다.

아이들에게 오전과 오후에 비타민D의 흡수를 위해 야외활동을 하지만 여름철의 직사광선은 조금 무리가 있었다. 아이들은 바깥놀이를 너무 좋아해 더위와 상관없이 늘 바깥놀이를 하자고 했다. 비가 오는 날에도 나가고 싶어 해 우비나 우산을 쓰고 옥구공원까지 다녀오기도 했다. 암튼 이렇게까지 놀이를 좋아하는 우리 아이들이 오랫동안 햇볕에 노출이 되면 일사병에 걸릴 위험이 있었는데 이제 그늘 막을 치고 나니 아이들과 놀이하는 것에 대해 안심이 되면서 마음이 편해졌다.

7월이 되자 날씨는 더욱 더 맹렬하게 뜨거워졌다.

우리 반은 7월 한 달 동안 매주 물놀이에 관한 계획을 세웠다. 부모님에게 여러 벌의 여벌옷을 준비해 달라고 했다. 아이들이 좋아하는 물놀이를 혼자서 감당하기엔 안전에 염려가 많았다. 물놀이를 끝내고 아이들을 씻기고 수건으로 닦이고 옷을 갈아입히는 것이 번거로워 혼자는 늘 부담이 되었다. 같은 4살을 담당하는 옆 반의 서푸름선생님에게 두 반이 함께 물놀이를 하자고 제안을 했더니 올해 우리 어린이집에 새로 들어온 신입교사 서푸름선생님이 너무 좋아했다. 선생님에게도 미리 귀뜸을 해서 여벌옷을 여러 벌 받아놓으라고 당부했더니 그렇게 했다. 같이 연간 계획과 월간 계획을 짜고 주간 계획을 짜지만 수업은 각 반에서 따로 했다. 선생님에게 아이들 물놀이는 함께 하자는 말에 표정이 밝아졌다. 서푸름선생님도 혼자서 어떻게 감당을 해야 하나 걱정을 하고 있었다고 말했다. 같이 하자는 말에 기분이 매우 좋은 듯 했다.

"서푸름선생님. 내가 씻겨서 선생님에게 보내면 유희실에서 수건으로 닦이고 마른 옷으로 갈아입혀주세요. 물놀이 하는 날은 유희실 놀이터 쪽 문을 열어 둘 거예요."

"네. 주임선생님."

"옷 갈아입은 아이들은 유희실에서 놀 수 있게 해주고 최동우군의 도움을 좀 받죠."

"선생님반과 우리 반 모두 합쳐 14명이니까 옷을 갈아입히면서도 눈으로 아이들 안전을 고려해야 돼요. 나는 놀이터 수돗가에서 아이들 씻기면서 물놀이 하는 아이들을 계속 확인하며 씻길 테니까. 선생님은 유희실에서 닦이면서 놀고 있는 아이들의 안전에 유의해줘요. 물놀이하는 동안 사각지대가 생기면 안돼요. 알겠죠? 나는 아이들 다치는 게 제일 무서워!"

"네 알겠어요. 물이 바닥에 떨어져 있으면 미끄러워 넘어질 수도 있으니 신경 쓸게요."

나는 서푸름선생님에게 아이들 오전 간식을 먹이며 먼저 먹는 아이들부터 순서대로 옷을 갈아입히고 물놀이를 하고 나서 놀이가 거의 끝나갈 때에는 얌전한 아이부터 씻기고 수건으로 닦여 유희실에서 블록을 가지고 놀이를 하게 한 후 남은 아이들을 마무리하자고 알려주었다.

"물놀이하면 준비하고 정리하는 일은 번거롭지만 대신 낮잠시간에 재워주지 않아도 피곤해서 음악만 들려주면 아주 잘 잘 거야!"

"네. 왠지 너무 재미있을 것 같아요?"

"아이들 물놀이 할 때 선생님여벌옷도 가지고 와요. 아이들과 놀아주다보면 옷이 젖을 거야. 같이 노는 거지 뭐! 시원하고 재미나. 우리가 신나면 아이들이 더 재미있어하고 활기차!"

"네. 하하하. 아이들이 물놀이 좋아하고 재미있어하면 자주 해주죠!"

"그래 그러자고. 우리가 준비하고 정리하느라 좀 힘들어서 그렇지. 아이들이 신나고 재미있어하면 그게 최고지."

신입이라 우리 어린이집에 어떤 교구교재가 있는지 잘 모르는 서푸름선생님에게 우리 어린이집에 있는 다양한 물놀이용 교구들을 알려주고 그것을 가지고 효과 있게 놀이하는 방법도 설명해주었다. 아이들이 놀이할 때 단체사진과 인물사진을 잘 찍는 방법도 팁으로 알려주었다. 물놀이를 할 마음의 자세가 준비가 되었다. 이제 날씨와 미세먼지만 없으면 아이들과 재미있는 물놀이를 할 수 가 있다.

어제 저녁 살짝 내리던 비가 그치고 날씨가 화창한 새벽에 나는 눈을 비비며 스마트폰으로 미세먼지를 확인했다. 스마트폰에는 미세먼지 농도 아주 낮음으로 나와 있었다. 나는 물놀이하기 좋은 날인 것을 예감했다. 이른 시간이었지만 서푸름선생님에게 바로 연락을 해

평소보다 일찍 서둘러 출근을 해달라고 부탁했다.

선생님과 함께 창고에 비치된 물놀이용 풀장이 들어 있는 플라스틱상자를 가지고 나왔다. 상자를 열자 베이비파우더냄새가 났다. 꺼내자 파우더를 듬뿍 바른 물놀이용 커다란 풀장이 나왔다. 파우더를 발라놓았더니 서로 달라붙지 않았다. 비닐로 만든 제품을 오랫동안 보관할 때는 파우더를 듬뿍 뿌려두지 않으면 녹아서 서로 달라붙어 있을 때가 많았다. 여름용품을 위해 항상 날짜지난 파우더를 어머님들께 모아두었다.

물을 채워야하는 풀장을 놀이터 한쪽에 두고 전기로 바람을 넣어 팽팽하게 만들었다. 수돗가의 물과 연결을 해 풀장에 물을 받았다. 아침에 등원을 하는 큰 반 아이들이 야외용 커다란 풀장을 보며 기쁨의 소리를 질렀다. 현관으로 가는 대신 놀이터의 풀장 주변으로 쭉 둘러섰다.

"우와!~ 이팝꽃반, 조팝꽃반, 너무 좋겠다. 오늘 물놀이해요?"

"무현! 이현! 안뇽? 오늘 지성이랑 지우랑 물놀이해!"

서푸름선생님이 풀장에 물을 받으며 아이들과 얘기를 나누었다. 나는 물놀이를 할 때 같이 사용할 놀이용 장난감을 풀장 주변에 챙기며 서푸름선생님이 아이들과 나누는 얘기를 들었다.

"우리담임선생님에게 허락받고 아이들과 같이 놀아주고 싶어요! 그러면 안돼요? 그렇게 해주세요! 네?"

이현이 하는 말을 듣고 나는 장난감을 배열하며 이현에게 말했다.

"무현, 이현 너희들 조팝꽃반 지성이 지우만 예뻐하지 말고 우리반 소라랑 창유랑 태영이랑 시완이랑 환이랑 은수랑 강산이도 예뻐해 주라!……"

"주임선생님! 김환은 김탄 동생이고 강산은 강한동생이잖아요. 시완이도 주완이 동생이고 노태영도 노이타 동생이잖아요. 소라랑 창유만 혼자고 나머지는 다 형이 있잖아요. 그러니까 그런 거지요."

주임이라 준비 할 서류나 책임질 서류가 너무 많아 형제나 남매혹은 자매를 우리 반으로 몰아주었다. 행사나 부모참여 수업을 할 때부모님관리만이라도 하지 않도록 원장님께서 배려를 해준 것이다. 7세 아이들은 그것까지도 통찰을 한 것이었다.

"진짜 그러네. 그래도 우리 반 아이들 예뻐해 주라."

"네, 알겠어요. 선생님반 아이들도 정말 예쁘고 귀여워요."

"물푸레나무반 내일 페트병으로 물총 만들지? 다음 주에 물총놀이를 이용한 물놀이계획이 있던데…… 선생님이 알려주지 않았어?"

"선생님! 그럼 페트병 모은 이유가 물총 만들려고 그랬던 거예요?"

"아마 그럴걸."

마침 출근을 해 아이들과 함께 선생님들이 걸어오는 모습이 보였다. 이현과 무현을 발견한 박소연선생님이 멀리서 큰 소리로 외치며걸어왔다.

"무현! 이현! 안녕? 왜 너희 물놀이 하고 싶어서?"

"네. 선생님! 우리들도 아이들과 놀고 싶어요. 끼워주라고 말해주세요."

"안 돼. 오늘 아침 우리 반은 텃밭관리 해야지. 가지랑 방울토마토고추, 상추, 치커리, 가지, 감자밭의 잡초도 뽑아야 해 어젯밤에 비가와서 흙이 말랑말랑할 때 잡초가 잘 뽑혀. 오후에는 영어 특별활동하는 날이잖아!"

"우와! 실망. 대 실망! 물놀이 대신 잡초를 뽑아야 하다니!"

"얘들아 빨리 신문지로 모자 만들자."

어느새 어린이집 나무울타리 대문을 지나 놀이터로 들어왔다.

"무현. 이현. 들어가자! 유희실에서 신문으로 친구들 모자도 우리가 만들어주자!"

"네. 알겠어요. 선생님! 잡초 뽑을 때 가지랑 방울토마토랑 고추도 따요?"

"그래. 오늘 풋고추 몇 개 따서 아이들하고 된장 찍어서 먹자."

"와 신난다. 나 매운 거 잘 못 먹는데 풋고추는 맵지 않아서 먹을 수 있어요."

박소연선생님은 이현이와 무현에게 대답을 해주면서 아이들을 어린이집의 유희실 안으로 데리고 들어갔다. 아침 당직인 문희경선생님이 유희실에서 아이들을 보육하다가 작은 창문을 열고 내다보며 두 손바닥을 입 주변에 둥글게 말아 나팔을 만들고 큰 소리로 얘기를 했다.

"주임 선생님!~ 목련꽃반, 함박꽃반도 내일 같이 물놀이하면 안 돼요?"

"되요. 됩니다, 되고말고요. 아이들이 좋아하는 물놀이인데 안 돼도 되게 해야죠. 영아들은 물에 그냥 앉아 있게만 해도 좋아하죠!"

"선생님 작년에 사용하던 물놀이용 풀장 작은 것 창고에 있어요?"

"창고에 가면 플라스틱박스 앞에 일일이 사진으로 붙여두었으니 찾아보세요."

"네. 알겠어요. 고맙습니다."

"고맙긴요. 같은 어린이집 아이들인데요."

나는 일일이 답변을 하며 아이들이 물놀이용 장난감을 가지고 놀기 편하게 장난감들을 배치하는 작업을 끝마쳤다. 오전 간식까지 먹고 아이들과 준비해서 나오면 지금 받아 놓은 물이 햇볕을 받아 알아서 적당히 따뜻해져 있겠지…… 아이들이 좋아할 것을 생각하며 수건으로 손을 닦고 교실로 들어갔다.

물놀이 때문에 한 반에서 합반을 하여 간식을 먹게 했다. 규칙을 잘 지키고 간식을 잘 먹는 아이들만 물놀이에 참석할 수 있다고 말해 주었더니 갑자기 아이들이 평소보다 규칙을 얼마나 잘 지키던지, 우리 반 아이들뿐만 아니라 옆 반 아이들도 규칙을 엄수했다. 그런 아이들이 너무 귀여워 서푸름선생님을 향해 눈을 질끈 감았다가 떴더니 선생님은 나의 뜻을 알아듣고 고개를 끄덕이며 엄지손을 치켜들었다.

오늘 오전 간식은 야채 스틱이랑 요플레였다. 아이들 모두 자리에 얌전하게 앉아 포크를 사용해 간식을 먹었다. 평소 같으면 포크 대신 손으로 집어먹었거나 오이는 먹기 싫다고 떼를 쓰던가, 먹기 싫은 오이나 당근을 잘 먹는 다른 친구의 간식그릇에 몰래 넣는 행동을 하던 아이들도 먹어보려고 노력을 했다. 오이와 당근을 싫어하는 백소라와 노태영도 물놀이를 하려고 오물오물 오이를 씹고 있었다.

옆 반 김나현과 서예인은 야채를 좋아한다고 했다. 벌써 다 먹고 야채 싫어하는 친구는 누구냐며 대신 먹어주겠다고 하더니 야채를 싫어하는 친구들 것도 대신 다 가져다가 먹고 요플레를 먹기 시작했다. 요플레도 입을 요플레 통에 가져다 대고 수저로 떠서 흘리지 않게 하며 잘 먹었다. 어떻게 하나 쳐다보니 마무리만 선생님에게 부탁을 했다. 서푸름선생님이 통에 요플레가 남지 않게 잘 긁어서 주자 받아서 먹고 요플레통이 깨끗하게 된 것을 눈으로 확인하자 자리에 있는 간식그릇을 정리했다. 바로 바구니로 가서 담아 둔 여벌옷 중에 자기 것을 찾아가지고 와서 선생님에게 갈아입혀 달라고 했다. 어리지만 참 야무진 아이들이었다.

우리 반도 간식을 다 먹은 이창유부터 여벌옷으로 갈아입혔다. 수영복을 대신해 입어야 한다고 주간계획안에 안내를 하며 알려주었더니 엄마들이 알아서 짧은 반바지나 에어컨바지라고 부르는 소재가 부드럽고 입지 않은 것 같은 느낌의 몸뻬바지와 티를 보낸 엄마들도 꽤 있었다. 여자아이들이 그런 꽃무늬 바지 그러니까 일본말로 몬뻬라고 부르는 바지를 입으니 귀여운 꼬마아줌마들 같아 웃음이 절로 나왔다. 티는 어깨가 훤히 보이는 끈만 있는 티셔츠를 주로 보내주었다. 아이들의 옷을 갈아입히는 사이 평소에 오이와 당근을 싫어하던 소라도 오이향이 싫어 눈물을 글썽여가며 결국 두 개나 먹고 요플레를 먹고 있었다. 소라까지 간식접시를 정리하고 옷을 갈아입혀 달라고 내게로 왔다.

"선생님, 나 오늘은 오이랑 당근을 두 개씩 먹었어요. 잘했지요?"

"골고루 먹어야 머리도 몸도 건강해지니 먹게 하는 거예요. 우리 소라 오늘 아주 잘했어요. 최고예요!"라며 엄지손을 치켜 주니 활짝 웃었다. 소라가 자기 스스로도 기특한지 기뻐하며 나를 끌어안았다. 잘했다고 등을 토닥여주며 머리를 쓰다듬어 주었다.

아이들과 손을 잡고 유희실을 지나 놀이터로 난 문을 통과해서 밖으로 나왔다. 짱짱하게 비추는 햇살을 검정비닐 그늘막이 차단시켜주었다. 뜨거운 온도가 아이들이 물을 가지고 놀기에 아주 좋았다.

다행스럽게 엄마들 모두 Beach용 고무슬리퍼를 신겨 보내주었다. 물놀이하기에 아주 적절했다. 젖어도 되는 여벌옷으로 갈아입은 아이들이 풀장 곁에 둥글게 서자 나는 아이들을 한 번 빙 둘러보고 물을 가지고 놀이를 할 수 있는 바가지, 물뿌리개, 물을 담을 수 있는 커다란 통, 볼풀 공, 플라스틱 채, 모형 배, 물고기 종류, 낚싯대, 개인 물통, 스펀지를 말로 해주고 물건들을 가리키며 따라서 단어로 말해보게 했다. 그리고 사용법을 설명해주었다.

옆 반 김나현이 장난감을 손으로 가리키며 자기 반 담임 선생님에게 말했다.

"선생님 이거 다 가지고 놀이해도 돼요?"

"다 가지고 놀이를 해도 되는데 먼저 스펀지로 물 나르기부터 할 거예요."

"네. 선생님!"

먼저 아이들에게 준비운동을 시키고 물을 가슴에 적시게 한 후 풀장 안으로 들어가게 했다. 소근육 활동을 위해 두 반 아이들에게 **'스펀지로 물 모우기'** 활동을 시켰다. 내가 먼저 모범제시로 스펀지를 사용하여 풀장안의 물을 흡수했다가 손으로 꽉 짜서 아이들의 개인 물통에 물을 모우는 법을 보여주었다. 아이들이 풀장 안으로 들어가더니 스펀지로 수영장의 물을 흡수해서 손잡이가 있는 개인물통에 작은 손가락을 움직여 스펀지를 꽉 짜 물을 모우기 시작했다. 물통에 물이 점점 차올라오니 신이 나는지 여자아이들은 아기상어 노래를 부르기 시작했다.

"아기 상어 뚜루루뚜루. 귀여운 뚜루루뚜루. 바닷 속 뚜루루뚜르 아기상어~~"

제일 빨리 물통에 물을 가득 채운 류시완이 나에게 손짓을 했다.

"선생님! 물이…… 물이…… 물이…… "

적당한 단어가 생각이 나지 않은 것 같은 표정을 하고 있었다.

"시완아! 물이 물통에 가득 찼어요? 시완이가 하고 싶은 말은 가득 찼다는 말이지요?"

"네~ 물이 가. 득. 찼어요. 가~ 득~"

"그러면 그 물을 다시 풀장에 부어요."

"네. 선생님. 가. 득. 찬. 물 풀장 부어요."

시완이는'가득 찬'이라는 말을 발음할 때 한 음절씩 천천히 말을 했다. 혼자서 몇 번 더 가득 찬이란 말을 해보며 물을 퍼 담았다. 그 모습이 너무 귀여워 동영상으로 찍어두었다.

스펀지를 사용해 물 모우기 놀이를 몇 번 시도한 아이들에게는 '볼 풀 공 담아보기'활동을 하게 했다. 커다란 통에 볼풀 공을 띄우고 플라스틱 뜰채로 볼풀 공을 떠서 담아보게 했다. 아이들 중 몇 명은 풀장에서 스펀지로 놀이를 하다가 나와서 개인 물통에 볼풀 공을 떠 담는 놀이를 시작했다. 풀장에는 아이들이 놀다가 두고 간 색색의 스펀지가 화려한 색깔의 열대어처럼 물위에 둥둥 떠 있었다.

남자아이들은 배를 가지고 놀기도 했고, 자석이 붙어있는 플라스틱 물고기를 풀장에 쏟아 넣고 낚시질을 해보기도 했다. 여자 아이들은 손잡이가 있는 개인 물통에 작은 바가지를 사용하여 물을 계속 퍼 담거나 스펀지로 소꿉장난감을 닦으며 설거지 놀이를 해보기도 했다.

아이들이 놀이를 하다가 점 점 주도적으로 확장활동을 시작했다. 아이들이 놀이를 하는 동안 즐겁고 행복한 표정을 짓고 있어 얼굴을 확대해 사진을 찍어주었다. 순간적으로 짓는 행복하고 만족한 표정들은 우리들에게도 밝고 명랑한 기운으로 흘러들어왔다. 서푸름선생님과 나는 눈으로 아이들의 안전을 확인하며 스마트폰으로 계속 사진을 찍었다. 마치 이런 맑고 고운 표정들을 통해 행복한 시간들을 멈추어 두려는 사람들처럼 순간포착을 위해 애를 썼다.

최동우군이 약속시간에 맞추어 놀이터로 나왔다. 물분사기를 호수 끝에 연결하여 총처럼 만들고 검지 손을 사용하여 누르자 호수 끝에 샤워기처럼 달린 물분사기에서 물이 쏟아져 나왔다. 최동우군이 하늘을 향해 물을 뿌리자 물이 하늘로 올라가다가 중력의 법칙으로 둥글게 곡선을 그리며 땅으로 떨어져 내렸다. 놀이를 하던 아이들이 우르르 몰려와 그 밑으로 와서 비를 맞는 것처럼 두 손을 하늘로 향해 올리거나 얼굴을 위로 쳐들고 떨어지는 물을 입을 크게 벌리고 모았다가 양치질을 하듯 뱉어내거나 비처럼 맞으며 기분이 몹시 좋은지 토끼들처럼 깡충거리며 소리들을 질렀다.

"애들아 시원해? 비오는 거 같지?"

최동우군이 쌍둥이 지성이와 지우에게 물어보았다.

"네. 비오는 것 같아요."

"좋아요. 너무 좋아요."

지성이와 지우가 동시에 대답을 했다.

여기저기서 아이들이 손을 흔들며 소리를 쳤다.

"나도요!"

"나한테도 해줘요!"

최동우군이 총처럼 만들어진 호수를 흔들자 물방울 때문에 공중에 무지개가 떴다.

조팝꽃반 김나현이 검지 손으로 허공을 가리키며 큰 소리로 말했다.

"무지개가 생겼어! 하늘을 봐봐. 얘들아! 하늘에 무지개가 생겼어. 너무나 예쁘지?"

"와아! 무지개다~ 진짜 무지개야~"

나현이의 말에 예인이가 두 손을 볼에다 가져다대며 애교를 부리 듯 간드러지는 목소리로 말했다. 목소리와 행동이 너무 우스워서 서 푸름선생님과 나는 서로 마주보며 웃었다.

"너무 예쁘다."

여자아이들이 눈을 가늘게 뜨고 물과 빛으로 인해 허공에 생기는 무지개를 쳐다보며 말했다. 남자아이들은 무지개를 손으로 만져보려 고 까치발을 들거나 두 발을 공중으로 몇 번 깡충거리며 무지개를 손으로 잡아보려고 했다. 무지개가 손으로 만져지지 않자 한 쪽 다리 로 땅을 차며 분한 듯 말했다.

"에이 가짜 무지개야!"

"그래. 가짜야, 가짜! 손으로 만져지지 않잖아!"

남자 아이들 몇 명은 머리를 흔들며 다시 낚시를 하러 가거나 스 펀지를 이용한 물모으기를 하러 풀장 안으로 들어갔다.

"아니야!~ 아니야!~ 진짜 무지개야!"

나현이가 화가 나는지 남자 아이들을 향해 소리를 질렀다.

"하늘에 구름처럼 무지개가 떠 있는 거야! 구름도 만질 수는 없어, 너희들 바보야?"

"나현아! 그렇다고 친구들에게 바보라고 말하면 안 되죠!"

"알겠어요. 선생님. 하지만 진짜 바보들이에요. 무지개도 모르고!······"

옆에 서서 듣고 있던 예인이가 나현이를 쳐다보며 말했다.

"나현아! 구름은 만질 수가 없어?~~"

"응. 아빠랑 엄마랑 비행기 타고 괌에 갔을 때 구름이 아주 가까이 있었어."

"그래? 너는 좋겠다. 비행기도 타고!…… 구름도 가까이서 보고! ……"

"응 좋았어, 내가 비행기타고 가다가 엄마한테 하늘에 왜 비누거품이 있어? 라고 물어보았더니 엄마가 그랬어. 저게 바로 구름이야. 라고 알려주었어."

"우와! 구름이 비누거품이야?"

"비누거품 아니래. 구름은 물방울이 모인거래. 솜사탕처럼 보이지만 손으로 만질 수는 없다고 했어. 우리 엄마가!……"

옆 반 나현이 예인에게 하는 말을 들으며 구름을 단어로만 아는 것이 아니라 인지를 하고 있었고 물방울이 모여 구름이 되는 과학적인 근거도 정확하게 알고 있었다. 자기가 아는 만큼 친구에게 설명을 하는 4살 나현이가 기특했다.

우리 반 강산이 나현이와 예인이가 하는 말을 듣고 슬그머니 내 옆으로 오더니 말했다.

"선생님! 무지개랑 구름은 같은 거야?"

"아니요. 달라요."

"그런데 왜 김나현 구름 만질 수 없다고 했어?"

"그건 눈으로 보면 보이는데 만지려고 하면 손으로 만져지지가 않아서 그래요."

"구름… 무지개… 말이야?"

"네. 구름하고 무지개요."

"음~ 그럼 구름... 무지개... 내 티라노사우루스랑 같은 거네!"

"강산. 그게 무슨 말이에요?"

"선생님. 집 공룡 책 있어. 엄마… 동물원 가면 티라노사우루스 만나? 엄마… 동물원… 티라노사우루스… 없대. 으응 그러니까 책 눈으로 봐. 손으로 만질 수 없어. 무지개도? 티라노사우루스도!……"

이제 막 말을 잘하기 시작한 강산이 자기 의견을 말해주었다.

"그랬구나! 강산이 너무 섭섭했겠다."

옆에서 나현이가 가만히 듣고 있다가 강산을 향해 말했다.

"강산아! 최동우선생님이 물을 뿌리니 무지개가 보였지?"

"응"

"하늘에 구름도 보이지?"

나현이는 하늘에 있는 구름을 손으로 가리키며 강산에게 설명을 했다.

"응"

"저런 건 만질 수 없지만 티라노는 만질 수 있어!"

"정말?"

"우리 반에 말라위사우루스, 브라키오사우루스, 티라노사우루스 공룡이 많아. 보러와."

"진짜? 그렇게 많아?"

"응. 우리 반 남자 아이들이 공룡가지고 놀면서 티라노라고 말하던데! 나는 티라노사우루스는 좋아하지 않지만 강산이가 보고 싶다고 하니까 우리 반에서 보여줄게. 무지개는 만질 수 없지만 티라노사우루스는 만질 수 있어."

"알았어."

4살이라 아직 옹알이 언어를 사용하고 있는 친구들도 많이 있는데 나현이와 강산은 언어사용과 인지력이 탁월한 아이들이었다. 나현이는 아마 공룡인형들을 보여 주며 만지게 할 모양이다. 무지개를 구름에 빗대어 설명을 하고 티라노사우루스는 인형으로 만질 수 있어 티라노사우루스가 무지개나 구름하고는 다름을 알려주는 아이들만의 방법과 대화에 웃음이 절로 나왔다.

"선생님 그만 놀고 싶어요."

백소라가 곁에 와 내 옷을 잡아당기면서 이야기를 했다.

우리 반의 백소라는 깔끔한 것을 좋아해서 처음에는 풀장에 들어가서 놀이를 하더니 아이들이 몇 번 풀장 밖으로 나와 놀이를 하다가 다시 풀장으로 들어가게 되니 풀장 안에 모래가 생기고 잔디나 풀잎이 둥둥 뜨자 풀장 안으로 들어가지 않고 밖에서만 물놀이를 했다. 움직일 때는 까치발을 하고 천천히 걸어 다녔다. 조심성이 아주 많은 아이였다.

"소라야! 까치발을 하고 다니면 다칠 수도 있어요. 편안하게 발을 디디고 다녀요."

까치발을 들고 놀이를 하는 소라를 쳐다보며 몇 번인가 말을 해주었다.

"그만 놀 거예요. 물이 더러워졌어요. 발바닥도 불편해요."

"그럼 선생님이 신발을 가져다줄까?"

"네. 신발주세요."

소라에게 신발을 가져다주고 아이들 모두 들을 수 있게 큰 소리로 말을 해주었다.

"이제 정리하고 들어가도록 해요?"

다른 아이들은 더 놀이를 하고 싶은지 내 말을 들은 척도 하지 않았다.

"선생님 더 놀고 싶어요?"

한참 만에 지우와 지성이가 말을 했다.

노태영이 달려와서 내 손을 잡고 흔들며 말했다.

"선생님! 조금만 더 놀게 해주세요. 네~~"

다른 아이들은 놀이를 멈추지 않고 계속 했다.

"알았어요. 그럼 15분만 더 놀고 정리해요."

아이들의 성화에 시계를 보면서 서푸름선생님에게 신호를 보냈다. 서푸름선생님이 전체 아이들을 눈으로 지켜보는 동안 백소라를 먼저 데리고 가서 몸을 닦여주었다. 서푸름선생님이 유희실로 데리고 가서 수건으로 닦이는 동안 최동우군이 대신 아이들을 눈으로 놀이하는 모습을 지켜보다가 유희실로 다섯 번째 아이가 들어갈 때 최동우군도 같이 들어가서 유희실에서 아이들과 블록으로 놀이를 하게 했다. 어느새 원장님이 나오셔서 흩어져 있는 장난감과 물놀이 교구들을 한 곳에 모으고 물뿌리개로 뿌려 깨끗하게 씻은 뒤 소쿠리에 담아 놓았다. 늘 말없이 도와주시는 원장님이 감사했다.

매년마다 하지만 스펀지 물모우기는 아주 단순한 활동인데 아이들이 좋아했다. 스펀지에 물이 흡수되는 것을 가만히 보고 있다가 손으로 눌러 짜면 물이 스펀지에서 나와 자기들이 가지고 있는 작은 물통에 가득 차는 것을 보며 만족감을 느끼는 것 같았다. 물을 좋아하는 아이들에게 물놀이를 시키지 않으면 화장실에 몰래 나와서 온 몸이 젖도록 수돗물을 가지고 놀이를 한다. 그러니 7월과 8월은 아이들에게 어떤 방식으로든 물에서 충분히 놀이를 할 수 있게 해야 한다. 오늘도 아이들은 물놀이를 하고 점심식사를 맛있게 먹었다. 양치질을 마치고 낮잠시간이 되자 자기들의 이불에 쓰러져 코를 골면서 잠이 들었다.

　잠든 모습은 모두 아기천사들 같았다.
　사랑한다. 이팝꽃반 친구들!
　사랑한다. 조팝꽃반 친구들!

6. 사람이 사람의 마음을 얻는 일

6세 떡갈나무반 정유미아빠 정시온

너무나 송구스럽고 죄송한 일이 생겼다.

그 날 밤, 술을 많이 마셨는데도 잠을 이룰 수가 없었다. 사실 유미엄마와 헤어지고 나서 사람을 만나고 사람을 믿는 일이 나에게는 너무 어려운 일이 되었다.

대학에서 그녀를 처음 만난 날, 그녀는 풋풋하고 싱그러운 새내기였다. 그녀는 내가 군대에서 제대를 하고 다시 건축학과로 복학을 했을 때 교양과목으로 스페인어를 같이 듣게 된 여학생이었다. 건축가 가우디에 관심이 많았던 나는 언젠가 반드시 가우디가 만든 건축물들을 보러 스페인의 바르셀로나에 가고 싶었고 가우디의 나라인 스페인에 대해 알고도 싶었기에 스페인어를 배우게 되었다. 학년은 같았지만 나이가 나보다 어린 그녀는 스페인어 과목을 듣는 여학생 중 가장 예뻤다. 아니 내 눈에만 그리 보였을 수도 있다. 연한 레몬색의 꽃무늬가 들어간 블라우스에 카키색 치마를 입는 그녀는 대체적으로 무채색 계열의 옷을 입었던 강의실의 여러 학우들 사이에 입고 있는 옷 색깔 때문에도 눈에 확 띄었고 언제부턴지 알 수 없지만 어느새 마음속으로 들어와 있었다. 아마도 첫눈에 반한다는 말이 그때의 내 모습을 보고 한 말이듯 싶었다.

교내는 봄이 되면서 꽃들이 막 피기 시작했고 군대의 병영생활이라는 추운계절을 보내고 온 복학생이었기에 그녀는 마치 요정처럼 빛나보였다. 건축과에 다니는 같은 과의 여학생들이 청바지에 흰색티 셔츠차림을 하고 다니기도 했기에 더 더욱 그녀는 나에게 빛나 보이는 사람이었다. 스페인어 과목을 듣는 시간이 기다려졌고 결국 나는 그녀와 사귀게 되었고 사랑에 빠졌다. 우리는 4학년이 되기 전 겨울 방학이 되면서 겁도 없이 과감하게 동거를 시작했다. 지금 생각해보면 왜 그랬는지……

내 나이 26살에 나는 아빠가 되었다. 그 당시 나는 취직도 하지 못하고 있었다. 아이는 우리의 관계를 더욱 끈끈하게 결속시키며 결혼이라는 선물로 연결되는 축복의 연결고리가 될 줄 알았는데 뜻하지 않은 이별이 기다리고 있었다. 그녀는 아이를 낳자 바로 정리를 하고 스페인으로 유학을 떠났다. 떠난 이유는 아주 많았겠지만 나에겐 산후우울증이라고 말했다. 산후우울증도, 그녀가 목구멍으로 삼켰던 아주 많은 이유들도, 나는 정확하게 알지 못했다. 아이와 함께 세상의 끝에 버려진 것 같았다. 그녀의 행동을 이해 할 수 없었다. 지금 생각해보니 이해 할 수 없었던 나도, 아이를 버리고 떠난 그녀도 어린 나이였다. 결국 나는 유미를 데리고 부모님 집으로 들어가게 되었다. 아이의 탄생 소식을 듣고 결혼식을 올려주려고 준비했던 어머니는 무척 당황해하셨지만 침착해 지려고 애를 쓰셨고 내 앞에서는 슬픈 티를 내지 않으셨다. 아버지와 어머니는 손녀인 유미를 너무 사랑했고 정성스럽게 잘 키워주셨다. 어머니에게 유미를 맡기고, 꼬물꼬물한 아가의 아빠가 된 나는 온 기력을 다해 취업준비를 했다. 유미를 책임져야 한다는 생각이 내 온 몸의 신경세포를 타고 흘러 다녔다. 결국 나는 대기업은 아니지만 아주 미래가 밝은 중소기업인 기린건축회사에 취직을 했다.

　유미는 2살까지 할아버지와 할머니의 품속에서 자랐다. 아버지는 나에겐 그리도 잔정이 없으시더니 퇴근을 하고 오면 손을 닦고 바로 유미를 보고 계셨다. 어머니가 저녁을 준비하는 동안 유미를 포대기에 업어서 재워주기도 했다. 미혼부가 된 나를 딱하게 여긴 이모들이 보행기도 선물하고 아기침대도 선물했지만 유미는 할머니 품이나 할아버지 등으로 옮겨 다닐 뿐 보행기나 침대에 잘 앉히지도 눕히지도 않았다. 아버지와 어머니는 유미를 볼 때마다 입 꼬리가 저절로 올라갔다. 유미는 아빠와 엄마 대신 할아버지와 할머니의 사랑을 듬뿍 받고 자랐다.

　유미는 3살부터 자작나무숲 어린이집을 다니기 시작했다. 바로 들어 갈 수가 없어 어머니가 입소신청을 위해 어린이집 대기에 걸어 놓고 이년동안 기다려서 들어가게 되었다. 처음 적응하는 동안에는 오전 간식만 먹으면 유미를 데리고 왔다. 그 다음은 점심식사를 하고 나면 데리고 왔다. 유미가 아이들하고 선생님과 친해져서 놀이를 시작하자 낮잠을 재우기 시작했다. 4살이 되자 오후간식을 먹고 나서도 친구들하고 놀이를 더하고 싶어 해서 5시가 되어서야 데리고 올 수 있었다. 성격이 밝아 또래 친구들과도 사이가 좋은 유미는 늦게 까지 남아있는 친구와 더 놀이를 하다가 귀가를 하고 싶어 했다. 가끔 어머니에게 동창모임이나 외국으로 여행을 가는 일이 생기면 퇴근을 하고 내가 6시 30분까지 유미를 데리러 갔다. 유미가 5살이 되면서 독립을 했는데 독립을 하고 싶어서가 아이라 회사의 간부사원이었던 아버지가 지방에 있는 자회사의 대표이사로 발령이 나면서 부모님이 지방으로 내려가게 되어 의도치 않게 유미와 나는 독립을 하게 되었다. 어머니와 아버지는 한 달에 한 번 올라와서 나와 유미를 보고 가셨다. 밑반찬도 해오시고 김치도 담아왔다. 자연스럽게 유미는 시간연장반으로 들어가게 되었다. 처음에는 7시 30분이면 데리러 갈 수 있었는데 나 역시 회사에서 3년 차가 되면서 자연스럽게 업무가 많아졌다. 아이가 있는데 퇴근은 점점 늦어지고 있었다. 시간연장반으로 들어가니 늦은 퇴근을 하고 8시에도 9시에도 데리러 갈 수 있었다. 시간연장반의 여수경선생님은 나이가 지긋하여 우리 유미에게는 너무 좋았다. 할머니와 자란 유미는 자연스럽게 여수경선생님과도 친해져서 늦게 데리러가도 집처럼 편안하게 놀고 있었다. 시립 자작나무숲 어린이집의 도움을 받으며 편안하게 직장생활을 했다. 유미에게 늦은 시간까지 같이 놀이를 할 수 있는 친구들과 선생님이 있어 너무 감사했다. 이런 도움 없이 나처럼 혼자서 아이를 키우는 사람은 어떻게 아이를 키워낼 수 있을까! 참으로 고마운 일이었다.

　며칠 전 그날.

　생각만으로도 미안함 때문에 얼굴이 달아오른다. 우리 회사가 엄청난 규모의 새로운 건축물 시공을 따내게 되었다. 건축물이 어떤 방법으로 시공을 하게 될지에 대해 회사의 간부사원들과 사장님 앞에서 처음으로 브리핑을 하게 되었다. 우리 팀이 함께 설계하고 도면작업을 했지만 브리핑은 나에게 시켰다. 며칠 동안 혼자서 거울을 보면서 몇 번이고 연습을 했지만 높으신 분들 앞이라 많이 떨렸다. 영업부를 선두로 각 부서별로 발표를 했고 나도 준비한대로 발표를 했다. 생각보다 발표를 잘 해 기분이 좋았다. 끝나고 회식으로 저녁식사 시간이 이어졌다. 회식을 하면 식사만 하고 늘 집으로 귀가를 하는 나에게 오늘은 2차까지 가야한다고 선배가 귀띔을 했다. 특별한 날이니 술자리까지 따라가야 한다는 선배의 얘기에 나는 유미가 걱정되어 시간연장을 담당하는 여수경선생님에게 오늘 회사에 행사가 있어 부득불 회식에 참석을 해야 한다고 카톡으로 알려드렸다. 식사를 마치고 끝나기를 기다리는 나에게 오늘 각 부서별로 브리핑을 했던 사원들을 사장님이 부르신다고 했다. 사장님이 있는 곳에 가기 전에 나는 다시 선생님에게 평소보다 조금 늦어질지도 모른다고 카톡을 넣었다. 선생님은 10시까지니 걱정하지 말고 회사 일을 보라고 했다. 사장님과 함께 있는 방에서는 발표를 했던 직원들이 회사의 비전과 이번에 맡은 건물에 대한 이야기꽃을 피우고 있었다. 나는 집중을 하지 못한 체 초조했다. 시간이 금방 흘러갔다. 시계를 보니 회식하는 장소에서 택시를 타고 가도 어린이집까지 10시에 도착하기엔 글렀다. 갑자기 머리가 멈춰지는 것 같았다. 오늘 회식이 생기거나 늦어 질 경우를 대비해 여수경선생님에게도 유미에게도 실수를 하지 않기 위해 이모나 친척 중 누구든 대책을 마련해 두었어야 했는데 브리핑에 집중하느라 그만 간과했다. 10시는커녕 술이 들어가자 점 점 더 분위기가 고조되었다. 11시 아니면 12시 과연 언제쯤 끝나게 될지 알 수가 없었다. 시계를 보니 9시 38분. 나는 잠시 화장실을 다녀온다고 옆 동료에게 알리고 나왔다. 그리고 전화를 걸었다. 그리고 오늘 상황을 알려드렸다. 빠져나갈 수 없는데 너무 늦어질 것 같아서 전화를 드린다고 했다. 여수경선생님에게 도움을 청했다. 여수경선생님은 유미를 오늘 집으로 데리고 가도 되냐고 물어왔다. 나는 그러면 너무 민폐지만 감사하다고 말했다. 여수경선생님은 오늘 하루 유미를 집으로 데리고 갈 테니 걱정하지 말고 마음 편하게 회사업무를 마치고 아침에 갈아입을 옷을 어린이집에 가져놓고 출근을 하라고 했다. 그러기로 하고 전화를 끊었다. 죄송한 마음과 감사한 마음이 동시에 밀려왔다. 얼른 다시 사장님이 계시는 방으로 들어갔다. 일단 유미의 귀가가 해결되고 나니 마음이 편해졌다. 그제야 사장님과 간부사원들이 권하는 술을 받아서 마실 수 있었다. 칭찬의 말도 귀에 들어오기 시작했다. 새벽 1시가 되어서야 모든 회식이 끝이 났다. 택시를 타고 오는 동안 늦은 시간이었지만 여수경선생님에게 감사의 인사말을 카톡으로 전했다. 집으로 와서는 미안한 마음에 잠을 이룰 수가 없었다. 복잡한 심경이라 쉽사리 잠이 오지 않았다.

다음 날 내 사정을 아는 회사동료에게 어제 일어난 일에 대해 이야기를 하고 걱정스러운 마음으로 평소보다 일찍 퇴근을 해서 유미에게 갔다. 내 염려와 걱정은 유미를 만나자 사라졌다. 유미는 어제 일을 아주 재미난 듯 얘기해주었다. 어제 조팝꽃반 서푸름선생님도 퇴근하지 않고 시간연장반 아이들이 놀이하고 있는 교실에서 다음날 수업준비를 하느라 여름과일사진을 코팅하고 있었는데 여수경선생님이 아빠와 전화 통화하는 것을 듣고 오후에 출근을 하는 여수경선생님에게 아침에 다시 유미를 데리고 나오려면 번거롭게 왔다 갔다 해

야 하니 유미를 어린이집과 가까운 자기 집으로 데려가면 어떻겠냐
고 물어봤다고 했다. 그 말을 들으니 나는 미안한 사람이 한 사람
더 생겨난 걸 알 수 있었다. 그러자 여수경선생님이 유미는 지금 이
순간만큼은 시간연장반이고 마지막까지 담당인 여수경선생님이 책임
을 져야하니 여수경선생님도 같이 서푸름선생님집에 놀러 가면 어떻
겠냐고 해서 한바탕 웃음보가 터졌다고 했다. 유미는 여수경선생님이
랑 함께 서푸름선생님 집에 가서 자고 왔다고 했다. 여수경선생님의
차를 타고 서푸름선생님 집에 가는 동안 무엇을 야식으로 먹을지 사
다리타기를 했다고 한다. 보쌈, 훈제족발, 닭발도 있었지만 치킨과 피
자가 사다리타기에서 나와 그 밤에 치킨이랑 피자랑 시켜 먹고 캠프
하는 것처럼 재미있게 얘기하며 놀다가 아주 늦게 잠을 잤다고 했다.
칫솔과 치약은 어린이집 떡갈나무반 교실에 올라가 찾아가지고 지퍼
백에 담아서 가지고 갔다고 했다. 그래서 양치질도 했다고 말했다.
서푸름선생님 집은 우리 집보다 작지만 인형도 많고 예쁜 향기도 났
다고 했다. 아침에 서푸름선생님이 머리를 감겨주고 드라이로 말려주
었다고도 했다. 서푸름선생님이 가지고 있는 색깔고무줄을 가지고 머
리도 예쁘게 빗겨주었다고 했다. 그러는 동안 여수경선생님이 간단하
게 계란프라이와 식빵을 구워 놓아 유미는 빵을 쨈에 발라서 먹고
우유를 마시고 선생님들은 커피를 마셨다고 했다. 서푸름선생님의 손
을 잡고 등원을 했고 여수경선생님은 바로 집으로 갔다고 했다. 두
분 선생님에게 너무 감사하고 미안했다. 죄송한 마음에 두 분 모두
식사라도 대접해 드리고 싶었다. 하지만 여자 분들이라 조심스러워
식사를 같이 할 수는 없었고 작은 선물이라도 해야 마음이 편할 것
같아 집으로 가기 전에 유미와 함께 백화점에 들렀다. 여자 분들에게

필요한 것이 무얼까 고민하며 여기저기 기웃거리며 다니자 유미가 왜 그러냐고 물어보았다. 두 분 선생님에게 고마워서 선물을 해야 될 것 같다고 말하며 어떤 선물을 골라야 할지 모르겠다고 말하자 서푸름선생님 집에 예쁜 향기가 나는 가습기가 있다고 했다. 어젯밤 집에 도착해서 선생님이 가장 먼저 가습기를 켜는 일을 했는데 우리 집과 다르게 3개의 작은 병에 든 Oil을 물에다가 각 각 한 방울씩 떨어뜨리고 전기를 켜자 오렌지와 꽃향기가 났고 자는 동안 내내 켜두었다가 아침에 껐다고 했다. 나는 유미가 알려주는 힌트를 가지고 아로마 Oil 전문매장을 찾았더니 마침 백화점 3층에 아로마Oil 전문매장이 있었다. 매장 직원의 도움을 받아 자몽과 오렌지, 페퍼민트 Oil을 사고 여수경선생님에게는 아로마 바디제품을 사서 포장을 했다. 집으로 와서 컴퓨터를 사용해 감사의 인사말과 작은 성의를 꼭 받아주셔야 제 마음이 편해질 것 같다는 내용의 편지를 쓰고 프린터기로 뽑았다. 내용을 다시 읽어보고 작은 봉투에 담아 포장된 선물 앞에 붙였다. 혼자서 아이를 키우는 일이 참으로 어렵다는 것에 대해 매일 매일 실감하고 있지만 새삼스럽게 힘들다는 마음이 절실히 느껴지는 이틀이었다.

아침에 유미에게 선물이 들어있는 종이가방 두 개를 주면서 등원을 해 서푸름선생님에게 모두 드려 오후에 여수경선생님이 오시면 드릴 수 있게 했다. 아이를 귀가시키지 못해 선생님 집에서 잠을 재운 것에 대한 부끄러움이 밀려왔다. 유미에게 잘 하라고 말을 한 뒤 어린이집 앞까지 데려다 주고 출근을 했다. 회사에 도착을 해서는 업무에 집중하느라 또 유미의 일은 까마득히 잊어버리고 말았다. 작년에 주임을 달고부터 일이 많아졌다. 내년에는 대리를 달아야 한다고 선배가 말해주었다. 직급하고 상관없이 주어진 일에 최선을 다해보려고 한다. 나는 유미라는 이름을 가진 여자아이의 아빠니까!……

　며칠이 지나자 누군가 말 한 것처럼 시간이 약이라고 유미를 어린이집의 선생님 댁에서 재웠다는 것에 대한 민망함도 조금씩 엷어져 갔다. 다음에 그런 일이 또 생기면 하고 생각하자 머리가 아파왔다. 24시간 어린이집도 있다는 말은 들었지만 그런 곳에 보내고 싶지는 않았다. 서울에 사는 이모, 대학생인 이종사촌동생, 회사동료 중에서 내 사정을 이해할 만 한 여자분? 누구에게 부탁을 해도 민폐이긴 마찬가지였다. 생각이 이어졌지만 마땅하게 답을 찾지 못했다. 회식자리를 피하거나 식사 후 빨리 나오는 방법밖에는 없다고 결론을 내렸다.
　이번 주에 어머니와 아버지가 함께 올라오신다는 연락이 왔다. 어머니가 와준다는 소식이 이리 반가울 수 없었다. 어머니가 오면 유미를 대중목욕탕에 데리고 가서 몸의 때를 좀 밀어주고 미장원에도 데리고 가서 머리카락도 좀 예쁘게 정리해달라는 부탁을 드려야겠다. 어머니가 있어서 참 다행이라고 생각했다.

　민폐를 끼쳤던 사건의 밤이 두 주 정도 지난 어느 날 평소처럼 유미를 데리러 어린이집에 가니 시간연장반 여수경선생님이 잠깐만 기다려 달라고 했다. 나는 어린이집 현관에 서서 유미의 신발을 신고가기 편하게 신발장에서 꺼내 문 앞에 깔아둔 마루의 끝부분에 바르게 놓았다. 선생님은 유미와 함께 종이 쇼핑백을 들고 나왔다.

"유미아빠! 지난 번 아빠가 보내주신 선물의 답례품이에요."

"네? 무슨~~~"

"김영란법 때문에 원래 선물을 받을 수 없는 건데 유미아빠가 선물과 함께 보낸 편지를 읽고 선물을 받지 않을 수가 없어서 우선 기쁘게 받았습니다. 대신 우리도 서푸름선생과 함께 유미아빠에게 선물을 준비했어요. 서푸름선생도 나도 답장을 써놓았으니 꼭 읽어주세요."

"혹시 제가 실수를 한 것은 아니죠?"

"아닙니다. 유미아빠가 느끼는 미안함과 고마움에 대한 우리들의 마음입니다."

"그럼 저도 감사히 받겠습니다."

영문도 모르는 유미는 그저 선물이 왔다 갔다 하는 게 좋은지 박수를 치며 웃었다.

"우와! 우리 아빠도 선물 받았다. 아빠! 우리 집에 가서 풀어 봐요."

"선생님 고맙습니다. 안녕히 계세요."

유미가 선생님에게 배꼽인사를 했다.

"선생님 안녕히 계세요."

나도 유미처럼 바르게 서서 인사를 드렸다.

"유미 안녕! 내일 만나요. 유미아빠도 안녕히 가세요."

집에 돌아오자마자 유미는 신발도 벗기 전에 선물을 풀어보자고 발을 동동 굴렀다. 우선 손만이라도 씻고 나서 풀어보자고 말을 한 뒤 화장실로 같이 들어가 손을 씻고 나왔다. 유미가 종이 쇼핑백에서 포장이 잘 되어있는 선물들을 꺼내었다. 나는 에어컨부터 켰다.

"아빠! 아빠선물인데 내가 뜯고 싶어요?"

 이미 뜯을 기세를 완벽하게 갖추고 유미는 내 눈을 똑바로 쳐다보며 물어보았다. 그런 유미가 너무 귀여워서 웃음이 났다.

 "그래. 아빠가 양보할게. 유미가 뜯어봐!"

 말하기가 무섭게 유미는 선물포장지의 테이프를 손톱으로 떼려고 애를 썼다. 잘 되지 않자 나를 쳐다보았다.

 "아빠가 도와줘?"

 "네 도와주세요."

 나는 포장지를 뜯고 상자를 열어보았다. 한 개의 상자에는 책 한 권과 손수건이 들어있었다. 또 한 개의 상자에는 티셔츠 두 벌이 들어있었다. 하나는 유미 꺼, 하나는 내꺼. 너무 귀여운 티셔츠였다. 책이 들어있는 상자는 서푸름선생님이 준 선물이었고 티셔츠는 여수경선생님이 준 선물이었다. 두 분 모두 편지를 써서 보내주었다.

 "유미야! 그런데 너희 어린이집에서 서푸름선생님은 누구야?"

 "아빠는 그것도 몰라요?"

 "원장님하고 너희 담임선생님하고 시간연장반 여수경선생님은 알겠는데 작년, 재작년 담임 선생님들도 다 아는데 이번에 새로 들어오셨나 보다. 어린이집에 올해 새로 들어온 선생님들 중 한 분?"

 "지난번에 나 아파서 병원 들렀다가 옥구공원에 간 날 그날 나처럼 보라색 치마바지 입은 선생님. 머리 길고 얼굴이 아주 예쁜 선생님. 기억 안나요? 아빠는 왜 서푸름선생님을 몰라? 얼마나 예쁜데 서푸름선생님은 우리어린이집에서 아이들한테 인기도 짱으로 많아요!……"

 "그렇구나!"

"아빠. 나 이 티셔츠 내일 어린이집에 입고 갈래요."

"그래. 그런데 시간연장 선생님이 사줬다고 아이들한테 이야기하면 안 돼!"

"알았어요. 나도 눈치 있어요. 티셔츠 이야기하면 결국 아빠가 나를 데리러오지 못해 서푸름선생님 집에서 자고 온 이야기부터 시작해야 하잖아요."

"헐!~~~"

"나도 헐!~~~"

엄마 없이 자라다보니 눈치가 생긴 걸까 아니면 여자 아이들이 대체적으로 눈치가 빠른 걸까 갑자기 마음이 쿵하고 내려앉았다.

"아빠! 나는 어린이집에서 저녁 먹었어요. 아빠는요? 아빠 밥 먹었어요?"

"응 회사 식당에서 먹고 왔어."

"아빠 나 시원한 코코아 마시고 싶어요. 양치는 코코아 마시고 할 거예요. 이제 세수하고 동화책 읽으며 코코아 마시고 있을 테니까 아빠는 선생님 편지 읽어요."

유미는 내 대답도 듣지 않고 자기 방으로 들어가더니 잠옷으로 갈아입고 화장실로 들어갔다.

나는 부엌에서 코코아가루를 뜨거운 물에 먼저 풀어두고 찬 우유를 넣어 수저로 저은 후 유미 방으로 가지고 들어가 책상 위에 두고 나왔다. 냉장고에서 맥주 한 캔을 꺼내어 땄다. 캔을 손에 들고 식탁으로 가서 두통의 편지를 읽기 위해 자리에 앉았다. 맥주가 목으로 넘어가며 몸이 시원해졌다.

여수경선생님의 편지를 먼저 읽었다. 나이가 드셔서 편지의 첫 부분이 아들에게 쓴 편지 같았다. '유미아빠에게~'라는 첫 문장이 마음을 뭉클하게 했다. 혼자서 아이를 키우는 내 마음을 십분 이해를 한다는 내용이었다. 원장님과 자작나무숲 어린이집 선생님들 모두 유미가 밝게 잘 크고 있어서 감사하고, 유미아빠가 혼자서도 유미를 아주 씩씩하게 잘 키워 모두 감동하고 있다고, 원장님도 늘 돕고 싶어 하는 마음이 있으니 가끔 혼자서 감당할 수 없는 일이 생기면 그날처럼 손 내밀어 도움을 청하라는 내용이었다. 나는 나도 모르게 눈물이 흘러내렸다. 편지의 내용 때문에 목울음이 올라와 한참을 진정시켜야 했다. 유미에게 들킬까봐 얼른 눈물을 닦고 마음을 진정시켰다. 이렇게 고마운 분들이 하늘아래 있을까? 하늘아래 있으니 내가 이런 편지를 받게 되는 거지 싶으니 가슴이 먹먹해졌다. 한참을 진정시키는데 유미가 화장실에서 대변을 봤는지 닦아달라고 소리쳤다.

"아빠 나 똥! 똥 쌌어요. 똥 닦여주세요."

"그래. 알았다. 아빠 간다."

말은 아주 어렸을 때부터 엄청 잘했는데 이상하리만치 배변을 가리는 것은 다른 아이들보다 늦되었다. 엄마가 없는 마음의 상처가 심리적으로 저렇게도 발현되나 싶었다. 할머니가 늘 대변보고나면 뒷마무리를 하는 법을 알려주는데도 아직 잘 되지 않는 모양이다. 유미의 대변을 닦여주고 손을 씻고 나왔다.

"유미야! 아빠 코코아 타놓았어. 세수하고 로션 발라야 해."

"응! 알았어요."

나는 다시 식탁에 앉아서 남은 맥주를 다 들이켰다. 그리고 봉투를 열어서 서푸름선생님의 편지를 읽었다. 서푸름선생님의 편지는 여수경선생님의 편지와는 많이 달랐다. 일반 편지지가 아닌 자세히 보니 컴퓨터에서 프린트로 출력한 어린왕자가 그려진 편지지였다. 직접 펜을 사용해 손 글씨로 쓴 글이었다. 어린왕자에서 나오는 여러 가지 유명한 문장들을 가지런한 글씨체로 써서 보내주었다.

그리고 -유미가 장미꽃이라면 최선을 다해 장미꽃을 지키려는 유미 아빠의 모습은 어린왕자처럼 우리 어린이집교사 모두에게 귀감이 됩니다. 요즘 새삼스레 어린왕자에서 나오는 문장들을 다시 생각해 보는 시간입니다. 보내주신 선물 감사합니다.- 라고 적혀있었다. 편지의 글을 다시 읽어보며 책의 포장을 뜯자 '어린왕자' 책이 나왔다. 아주 감성적인 선생님인가 보았다. 이번엔 나도 모르게 소년처럼 웃음이 나왔다. 책과 손수건 3장. 기분이 아주 좋아져서 맥주 한 캔을 더 마시려고 냉장고를 열어 맥주를 꺼내는데 유미가 말했다.

"아빠! 내가 서푸름선생님에게 물어봤어요."

"뭘 물어봤는데?"

"남자친구 있냐고 물어봤어요. 선생님은 남자친구 없다고 했어요. 그래서 우리 아빠도 여자 친구가 없다고 선생님에게 말해주었어요."

"……"

"내가 선생님에게 말했어요. 나는 서푸름선생님이 너무 좋아요. 우리 엄마 했으면 좋겠어요. 그랬더니 선생님이 놀라서 눈을 동그랗게 뜨고 한참 쳐다보다가 웃으며 나를 꼭 안아줬어요."

"그랬어?……"

나는 유미의 말에 너무 놀랐지만 마땅하게 대꾸할 말이 없어서 쭈뼛거리며 서있었다. 그러자 유미가 오더니 내 엉덩이를 탁치며 한마디하고 자기 방으로 들어갔다.

"아빠! 난 이제 엄마가 필요한 나이가 되었다고요? 그리고 참고로 아빠도 이제 여자가 필요한 시간이에요."

어릴 때 할머니랑 있으며 드라마를 아주 많이 봤는데 그래서 저런 가? 드디어 딸에게도 유아 사춘기가 오고 있구나 싶었다.

손에 아직 맥주 캔이 들려 있었다. 나는 다시 서푸름선생님의 편지를 읽어보았다. 세상에서 가장 어려운 일은 사람이 사람의 마음을 얻는 일이고 해가 지는 것을 보려면 해가 질 때까지 기다리지 말고 해가 지는 쪽으로 가야한다는 두 문장에 초록색의 펜으로 줄을 쳐두었다. 이유가 있었을까 사람이 사람의 마음을 얻는 일이 얼마나 어려운지 나는 알고 있다. 유미엄마를 놓치고 나니 그 말이 피부처럼 느껴져 사람의 마음을 얻으려고 노력을 하는 대신 나는 마음의 문을 닫았다. 아름다운 석양을 좋아하는 어린왕자에게 해가 질 때까지 기다리지 말고 해가 지는 쪽으로 가라는 문장이 성큼성큼 걸어서 마음으로 들어왔다. 좋아한다면 용기를 내보라는 말처럼 들려왔다. 편지지를 내려놓고 맥주 캔을 들고 아파트 창가로 다가가 밖을 쳐다보았다.

하늘에는 눈썹 같은 초승달 위에 별 하나가 떠 있었다.

'서. 푸. 름.'

'이름이 참 예쁘구나!'

하지만 나는 용기가 나지 않았다. 나는 아이가 있는 남자가 아닌가!……

어느 여자가 아이가 있는 남자에게 그 아이의 엄마가 되어주기 위해 용기를 낸단 말인가. 상상조차 되지 않았다.

나는 유미방문을 열고 유미에게 큰 소리로 이렇게 말해주고 싶었다.

"'세상에서 가장 어려운 일은 사람이 사람의 마음을 얻는 일이다. 이 녀석아! 이제 겨우 6살인 조그마한 녀석이 네가 무슨 인생을 안다고 아빠한테 까불고 있어, 이 귀여운 놈, 에구 에구 내 새끼!……'"하면서 볼을 마구 비벼주고 싶었다.

하늘에 떠 있는 별빛과 달빛이 오늘따라 참 쓸쓸하게 느껴졌다.

7. 천천히 아주 천천히 나에게로 와요

7세 물푸레나무반 교사 박소연선생님

더위가 한 풀 꺾이자 견딜만한 여름밤은 고맙게도 짧았다.

새벽부터 햇살이 새들처럼 날아와 창가에서 눈부시게 지저귀고 있었다.

쨍~쨍~쨍~ 아주 시끌시끌하다.

우리 반 아이들의 목소리처럼 시끄럽다.

햇살의 목소리가 이토록 시끄러울 줄이야. 바로 눈앞에서 눈을 간지럽히니 나는 햇살 때문에 눈을 바로 뜰 수가 없었다. 햇살은 참으로 장난꾸러기구나 싶다. 시끄러운 햇살이 우리 반 아이들만큼이나 좋다. 뽀송뽀송 소독도 되고 양털처럼 포근한 따스함을 주기도 하니까! 나도 모든 아이들에게 햇살 같은 따스한 선생님이 되고 싶다. 눈부신 햇살 때문에 눈을 감고 침대에 누워서 어젯밤 일을 떠올려 보았다.

8월의 셋째 주 불타는 금요일의 밤.

늘 불타고 있어도 나오는 상관이 없어 매 번 어린이집에서 특별한 행사나 교사모임이 없으면 집으로 와서 잠시 쉬다가 미뤄 두었던 책을 읽거나 드라마 몰아보기를 하거나 다음 달 월간교육계획안을 짜거나 주간교육계획안을 미리미리 짜두었다. 저녁 무렵부터 어두워지더니 갑자기 소나기처럼 시작된 비는 밤새도록 그칠 줄 모르고 내렸다. 불타는 금요일이라도 특별하게 할 일이 없던 나는 비가 내리자 집 창가에 서서 예쁘게 차려입고 데이트를 나가던 선생님들을 생각하며 슬그머니 짓궂은 웃음을 웃고 있었다.

나는 비가 막 쏟아지는 그 시간, 가족들과 저녁을 외식으로 한다며 퇴근 무렵 옷과 얼굴을 만지던 선생님들과 남자친구와 데이트를 하려고 한껏 치장을 하고 퇴근을 하는 선생님들을 부러워하며 늘 그렇듯 금요일저녁이라도 특별한 일이 없어 집에서 다음 달에 아이들이 가지고 놀 수 있게 펠트지를 사용하여 미리 가을에 대한 문장으로 꾸밀 수 있는 언어교구를 만들고 있었다. 그 때 밖에서 마구 쏟아지는 빗소리가 들려 창문을 닫으려고 일어나 창가로 다가서다 창밖의 풍경이 너무 아름다워 눈을 떼지 못했다. 갑자기 내리는 여름 소나기로 우산을 준비하지 못한 사람들이 허둥지둥 신문이나 책을 가지고 머리만 가리고 뛰어가거나 자기의 가방이나 손수건을 머리에 대고 마구 뛰어가는 모습을 보며 영화 한 편이 떠올랐기 때문이다. 한국영화 **클래식**의 남자주인공과 여자 주인공이 외투를 우산삼아 머리를 덮고 뛰어가면 **자전거 탄 풍경**이 부르는 **나에게 넌 너에게 난** 이라는 노래가 영상과 함께 흘러나왔는데 창밖의 풍경 때문에 영화와 노래가 동시에 생각나자 갑자기 쓸쓸하단 생각이 들었다.

생각해 보니 나는 연애라는 것을 단 한 번도 하지 못했다. 어느새 서른 살. 드디어 앞의 숫자가 2에서 3으로 바뀌었다. 머리가 나빠 공부를 잘하지 못한 나는 적어도 남들이 하는 공부의 배는 해내야 전교에서 겨우 상위권에 들어갈까 말까 했다. 대학을 가기 위해 남자친구는 사치에 가까웠다. 아버지는 일찍 돌아가셨고 엄마가 생활비를 벌기 위해 일을 했다. 특별하게 잘하는 것이 없었던 엄마는 내가 고등학교를 다닐 때에는 식당에서 서빙과 설거지를 하며 돈을 벌었다. 나는 그런 집안 형편 때문에 대학보다는 사실 고등학교만 나와 바로 돈을 벌어야 했다. 하지만 엄마는 힘들더라도 꼭 대학을 가서 전문적인 직업을 갖길 원했다. 아마 전문적인 직업을 가질 수 없었던 자신을 생각하며 더 그랬던 것 같다. 나는 엄마를 위해서라도 대학을 가야했다. 대학을 가기 위해서는 장학금을 꼭 받아야 했고 그러기 위해서는 경주용 명마를 길들이는 것처럼 옆은 쳐다보지 말아야 했다.

대학에 들어가서도 나는 아르바이트를 3개에서 4개를 해야 했다. 토요일과 주일에만 하는 초등학교 과외부터 편의점, 치킨가게, 학교 도서관 사서일, 금요일에는 동네의 데이케어센터에서 어르신들께 노래와 미술을 지도했다. 매일하는 알바와 월, 수, 금요일마다 하는 알바, 주말에 하는 알바 등 학교수업을 마치면 늘 알바를 위해 뛰어가야 했다. 장학금으로 학비는 어떻게 할 수 있었지만 학교생활을 유지하기 위해서는 정말 숨이 가쁘게 뛰고 또 뛰어야 했다. 생각해보면 세상에서 숨 쉬는 공기와 햇볕만 공짜지 나머지는 다 돈을 내야했다. 비가 내리는 날에는 우산을 사기 위해 돈을 써야했으니까! 더욱이 기숙사에서 밀려나 학교 근처에 방을 구하고 월세를 내야하는 형편에 이르자 나에게 남자를 사귄다는 것은 아예 생각도 할 수 없는 먼 이

웃나라 이야기 같았다.

　매월 월세, 수도세, 전기세, 가스사용료, 스마트폰사용료를 준비해야 했다. 또 하루에 꼬박꼬박 세끼의 음식을 원하는 몸뚱이를 가지고 있었기에 나는 돈을 벌지 않을 수 없었다. 난 가끔 다섯 끼를 먹지 않게 하신 것에 감사기도를 드렸다.

　궁핍이 몸 전체에서 절절 흐르고 있었다. 나는 자주 반찬이 필요하지 않은 라면으로 한 끼를 때웠는데 이유는 음식물 찌꺼기를 담아서 버리는 비닐봉지조차 돈을 주고 사야했기 때문이었다. 가끔 단백질 보충을 위해 삶은 계란 한 개를 나에게 허락했다. 삶은 달걀 한 개를 먹는 날은 나에게 아주 특별한 날이었다.

　학교생활을 하는데도 잔잔하게 들어가는 돈은 참으로 많았다. 한 사람이 살아가는데 이토록 돈이 많이 든다는 게 신기할 정도였다. 나는 가끔 여러 상황이 동시에 일어나 너무 지쳐 죽음을 생각해보기도 했다. 죽음이 생각날 때마다 오늘까지만 열심히 살아보고 그래도 안 되면 내일 죽자는 심정으로 살았다. 그러면 죽어야 되는 내일은 또 열심히 살 오늘이 되어 있기에 힘에 부쳐서 죽고 싶을 때마다 죽음을 내일로 미루었다. 그래서 감히 말하건대 가난은 정말 무섭고도 두려운 흉측한 놈이다.

　대학을 졸업하면서 바로 자작나무숲어린이집의 교사가 되었다. 원장님은 성품이 훌륭하시고 배울 점이 너무 많은 분이셨다. 나는 지난 7년 동안 아파도 결근 한 번 안하고 출근을 했다. 아이들과 함께 놀고, 함께 대화하고, 함께 프로젝트를 하고, 매 달 치루는 행사를 하다보면 어느새 한 달이 되었고 월급통장엔 돈이 쌓였다. 난 여러 가지 아르바이트를 하지 않아도 되는 것이 너무 좋았다. 오직 자작나무 숲어린이집에만 최선을 다하면 되었다. 그건 무어라고 표현할 수 없는 기쁨이었다. 시립이라 일의 양이 무척 많았고 행사도 많았지만 배울 수 있어서 좋았다. 아이들과 수업에 필요한 책도 웬만하면 어린이집에 구비되어 있는 책과 시립도서관을 이용했다. 가끔 필요한 새 책은 교보문고에 가서 서서 필요한 부분만 읽어오기도 했다. 점심과 저녁은 어린이집에서 먹었다. 교구를 만드는 일, 월간이며 주간이며 일일보육일지 등등 시립어린이집의 수많은 서류들은 퇴근을 미루고 어린이집에서 마무리하고 왔다. 전세자금을 마련해 집을 얻자 월세가 나가지 않으니 60% 이상의 돈을 은행에 저금할 수 있었다. 웬만한 거리는 운동 삼아 걸어 다녔고 야식이나 간식을 허락하지 않았다. 친구들과의 만남도 일 년에 네 번으로 자제했다. 3년짜리 적금, 5년짜리 적금, 10년짜리 적금을 들었다. 그것을 혹여 라도 쓰게 될까봐 무언가를 해야 했는데 제일 먼저 집을 사기로 했다. 내게 있는 적금통장과 직장이라는 신용을 가지고 은행에서 대출을 일으켰다. 24평도 안 되는 지금의 이 작은 아파트를 얻을 수 있었다. 생각만으로도 너무 숨차게 뛰어온 나의 삶이다. 다시 돌이켜보니 기특해서 스스로 내 어깨를 토닥토닥 두드려주고 싶은 심정이다. 대출을 일으켜 24평 아파트를 사게 된 일은 정말 내가 한 일 중에 가장 잘 한 일 같았다. 아파트로 이사를 하는 날 엄마는 도와주러 와서 짐을 푸는 내내 눈물을 흘리셨다. 자꾸 기특하다는 혼잣말을 하시면서.

나는 내리는 비를 쳐다보다가 영화장면이 생각났고 영화장면을 떠올리자 지금까지 숨차게 살아온 날들이 생각이 났다. 그러는 동안 나는 그 흔한 연애 한 번을 하지 못했다는 생각이 들었다. 이런 저런 생각이 꼬리를 물고 떠오르자 여름인데도 괜히 울적해져서 따스한 차 한 잔이 마시고 싶어졌다. 물을 끓여 카모마일 티백을 꺼내 튤립 모양의 잔에 담았다. 차를 한잔 마시고 빗소리를 들으며 잠이 들었는데 새벽이 되자 하늘은 울음 그친 아이처럼 뚝 그치고 언제 그랬느냐는 듯이 해맑게 웃고 있다. 마치 빛살에서 또로로롱 하프소리가 나는 것 같았다. 잠들면서까지 비를 보느라 창문의 커튼을 치지 않았더니 유리창 안으로 스며든 빛살이 알람을 대신했다. 어제의 일들을 생각하다가 벌떡 침대에서 일어나 창문을 열고 밖을 내다보았다. 흙과 나무와 꽃과 풀이 비를 흠뻑 먹고 다시 게워 낸 향기는 너무 상큼했다. 비는 모든 생물들에게 들어갔다가 다시 그 생물들의 냄새를 흠뻑 묻히고 공기 중에 바람과 함께 게워 내 아름다운 향기를 풍겼다. 나는 이 냄새가 고급 향수보다 좋았다. 흙과 풀과 나무들이 서로 비벼대면서 만든 향기. 나무들이 어제보다 조금 더 짙은 초록색으로 변해 있었다. 나뭇가지 사이로 햇빛이 반짝거렸다. 쾌적한 하루가 시작되었다.

아침 창가에 서서 상큼한 바깥공기를 마시고 있는데 갑자기 전화벨이 울렸다. 스마트폰을 보니 낯선 전화번호다. 받을까 말까하다가 가끔 어머님들 중 전화번호가 바뀌었거나 본인의 배터리가 방전되어 주변 지인의 스마트폰을 이용하여 전화를 주시는 경우도 종종 있었다. 나는 스마트폰의 초록색 전화표시판을 손가락으로 밀었다.
  "여보세요?"
  "안녕하세요?"

"누구세요?"

"음! 기억하시려나? 지난 번 비오는 날 남자아이들 둘을 같이 찾으려 다녔던 경찰입니다. 박소연선생님이시죠? 저는 조민규순경입니다. 반갑습니다."

순간 몸이 경직되는 것 같았다. 민망함이 엄지발가락 저 밑에서부터 신경세포를 따라 올라오고 있었다. 너무 창피하고 부끄러웠다. 왜 전화를 했을까? 나도 모르게 떨리는 목소리로 대답을 했다.

"아, 네!…… 기억합니다. 그런데 무슨 일로?"

조민규 순경에게 대답하는 순간 잊고 있던 여러 가지 생각이 동시에 같이 떠올랐다. 편해지면 커피를 사라던 조민규 순경의 마지막 인사말.

'감사하면 오늘 말고 다음에 꼭 나에게 커피 한잔 사요.'

까마득 잊고 있었다. 어쩌면 그 날 일들을 잊고 싶었는지도 몰랐다. 또 다시 민망함이 온 몸의 세포를 따라 흘러 다녔다.

"하하하 기억하시지요. 제가 그 날 고마우면 저에게 커피를 사라고 했던 말!"

"아! 네……"

"그건 그렇고 '카카오 톡'은 왜 안보십니까?"

"네, 그게 무슨 말씀이신지……"

"가끔 오전 11시에 카카오 톡에 메시지를 남겼어요. 그런데 한 번도 읽지를 않더군요. 왜 제 글을 읽지 않았어요?"

나는 지금 무슨 상황이 전개되고 있는지 알 수가 없었다.

"도무지 무슨 소린지요? 저에게 톡을 남기셨다고요?"

"네 메시지를 남겼는데 단 한 번도 내 메시지를 읽지를 않아 아무래도 이상해서 오늘 결국 전화를 드렸습니다. 우선 제 카카오 톡을 읽어주시고 1시간 후에 다시 전화를 드리겠습니다. 잠시 전화를 끊겠습니다. 1시간 후에 다시 전화 드릴 테니 꼭 받으세요. 부탁드립니다."

무슨 이런 황당한 경우가 있는지 기가 막혔지만 일단 스마트폰의 카카오 톡을 열어본 후에 화를 내도 될 듯했다. 카카오 톡을 열어서 찾아보니 조민규 순경의 카카오 톡 글은 우리 반 엄마들과 어린이집 선생님들 개인 톡과 단체 톡을 지나고 고등학교 친구들과 대학교 친구들의 톡을 지나 여러 광고용 톡들을 지나 엄마의 카카오 톡 밑에 있었다. 38이라는 숫자가 붙어 있었다. 지층이 쌓이듯 그 사람이 보낸 사연은 시루떡처럼 쌓여 있었다. 아마도 11시에 올린 글은 아이들과 가장 바쁘게 활동을 할 시간이었고 그 이후 다른 어머님들의 카톡이 올라오면서 이민호 순경님 카톡은 자연스럽게 밑으로 내려가기를 반복했던 것 같았다. 또 중요한 일은 엄마들이 카톡보다는 전화를 하시는 경우가 많다보니 신경을 쓰지 않았고 전체 지우기를 누르면서 이런 황당한 경우가 생긴 듯 했다.

"세상에!⋯⋯"

매일은 아니었지만 꽤 자주 11시에 정말 일기를 쓰듯 나에게 편지처럼 긴 글을 써놓았다. 그리고 사진들과 유튜브로 음악을 보냈다. 나는 손가락으로 화면을 잡아당겨 맨 위의 시작점을 찾기 시작했다. 놀랍게도 맨 위에 내 사진이 올라와 있었다. 스토커? 어떻게 아이들과 놀이터에서 같이 놀면서 활짝 웃고 있는 사진을 찍은 것일까? 손으로 화면을 내리며 사진을 보기 시작했다. 묶음사진하고 음악이 진짜 많았다.

나는 다시 처음으로 가서 사연을 읽기 시작했다.

박소연선생님 안녕하십니까?

반갑습니다. 나는 조민규라는 사람입니다.

나이는 하하하 내가 2살 어립니다. 경찰대학을 졸업하고 5년차 경위입니다. 하지만 소연님뿐만 아니라 어린이집 교사 분들이 대체적으로 아이들과 함께 있어서 그런지 다들 너무 어려보입니다. 그래서 사실 저도 소연님에 대해 알아보기 전까지 대학을 막 졸업하여 저보다 나이가 훨씬 어릴 것이라고 감히 생각했습니다. (선생님에 대해 알아본 것은 심히 미안합니다. 결례를 무릅쓰고 나에게 아주 소중한 사람이 될지도 몰라 신중에 신중을 기하느라 요즘 잘못하면 소송감이 될지도 모르는 이런 용감한? 행동을 했습니다. 하지만 추후 제 마음을 알아주신다면 반드시 이해를 하실 것이라고 생각합니다.) 전 나이는 상관이 없으니까요. 그리고 사귀는 사람이 있는지를 제일 먼저 알아보았습니다. 실수를 하면 안 되니까요. 하하하! 이 일도 미안합니다. 그 날 뒷자리에 앉아서 자꾸 눈물을 흘리고 있어 신경이 쓰였습니다. 티슈를 건네주어도 제 얼굴을 한 번도 쳐다보지 않고 무슨 생각을 그리도 많이 하는지 창밖만 쳐다보는데 선생님의 옆모습이 너무나 단정하고 예뻐서 눈을 뗄 수가 없었습니다. 하지만 사실 그것으로 다였다고 생각했습니다. 다음 날 경찰차로 순찰을 돌다가 옥구공원에서 시비가 붙었다는 신고가 들어왔습니다. 그 연락을 받고 출동을 해서 시시비비를 다 해결하고 돌아서 나오는데 그곳에 선생님과 물푸레나무반 아이들이 있었습니다. 선생님이 아이들과 너무 재미있게 놀고 있어서 눈을 떼지 못했습니다. 놀이 중간 중간 아이들과 눈높이에 맞춰 웃고 있는 모습이 너무 인상적이었습니다. 놀고 있는 아이들의 표정을 사진으로 찍어주며 장난이 너무 심한 아이들에게는 다치지 않게 주의를 주면서 질서를 강조하는 선생님을 발견하고 멀찍이 서서 한참이나 넋을 놓고 쳐다보았습니다. 그리고 나도 모르게 제 스마트폰을 주머니에게 꺼내 줌을 해 선생님의 소녀 같이 웃고 있는 해맑은 모습을 찍고 말았습니다. 여기까지는 거의 스토커지요. 미안합니다. 내가 선생님을 너무 좋아하는 표정을 짓자 그 날 같이 운전을 해준 선배님께서 옆에서 자꾸 선생님과 잘 어울린다며 한 번 사귀어 보라고 부추기다보니 그리고 순찰을 돌다가 어린이집놀이터에서 또 옥구공원에서 자주 만나게 되었습니다. 선생님은 모르셨겠지만. 그래서 나 나름대로 규칙을 만들어 보았습니다. 요즘 SNS를 사용하는 젊은 사람들의 방식이 아니라 아버지 세대인 아날로그 방식으로 연애를 해보고 싶다는 마음이 들었습니다. 편지지나 편지봉투는 아니지만 대신 카카오 톡을 이용해서 내 마음을 전하고 싶은 마음이 들었습니다. 그래서 실수를 하지 않기 위해 소연님에 대해 먼저 알아본 후 남자친구가 없는 것을 확인하고 용기를 내어 톡 편지를 시작합니다. 선생님을 위해 제 마음을 담은 노래 한 곡을 먼저 보내 드립니다. 꼭 들어주시고 특히 번역된 가사에 의미를 아주 많이 부여하니 잘 들어주시기 바랍니다. 제가 선생님의 마음을 한 번 훔쳐보려고 합니다. 이 시점에서 미리 말하지만 전 도둑이 아니고 경찰입니다. 그러니 그냥 훔침을 당해주시면 안 될는지요. 한 젊은 청년의 부탁입니다. 시작하기 전에 미리 말해드리는데 전 참 괜찮은 사람입니다. 저는 모태솔로이고 경찰공무원이 되기 위해 초지일관 앞만 보고 달렸습니다. 하하하~~

이런 내용의 메시지와 함께 경찰들이 한꺼번에 모자를 하늘로 던지며 찍은 졸업사진. 동기들과 운동복을 입고 축구를 하면서 찍은 사진. 엄마와 아버지, 형제들과 함께 마당에서 고기를 굽는 사진, 쌈채소를 야외식탁에 차리고 분주하게 식사를 준비하면서 찍은 다란한 가족사진 몇 장, 경찰관 정복을 반듯하게 입고 찍은 사진. 가장 최근 사진은 누가 찍어준 것 인지는 모르겠지만 서서 찍은 사진 뒤로 우리 반 아이들이 뛰어 놀이를 하고 아주 멀리에 있지만 내 모습도 콩알만 하게 보였다.

그날 정신이 없어서 조민규 순경의 얼굴을 제대로 쳐다보지 못했는데 아주 훌륭한 청년이었다. 미소 짓는 얼굴이 훈남이라 사진을 쳐다보며 절로 웃음이 났다. 치열이 얼마나 고른지 이토록 잘 생기고 멋진 사람의 사랑고백을 받는다는 것은 꿈에도 생각을 못했고 어젯밤에 혼자의 쓸쓸함을 하늘이 알기라도 한 듯 이 아침에 이런 톡 편지를 받게 될 줄이야. 누군가에게 좋아한다는 말을 듣는 것이 이렇게나 뿌듯하고 행복함으로 가득하게 느껴질 줄 몰랐다.

조민규순경이 쓴 카카오 톡 편지를 읽고 나니 몸의 세포마다 즐거운 음표를 달아놓은 것 같았다. 웃음이 절로 나왔다. 두 살이나 어린 사람이 나를 좋아한다고 말하는 것도 상상하기 어려운데 이렇게 잘 생기고 단란한 가족에 직업이 뚜렷한 사람이 나에게 사랑을 고백하다니 이게 꿈인지 생시인지 나는 얼굴을 꼬집어보았다. 무지하게 아픈 것을 보니 생시였다.

유투브의 음악들은 모두 단정하고 반듯한 사랑노래였다. 그 사람의 사진이나 내 사진들 사이사이에 그는 음악을 넣기도 했고 나를 좋아하고 있다는 사랑고백과 함께 시인들의 시를 적어 넣기도 했다. 여러 가수들의 노래와 그 사람의 사진과 내 사진. 사랑에 대한 간결한 문장들. 사랑에 대한 고백이 아주 고급스럽게 표현되어 있었다. 마치 편집을 아주 기가 막히게 한 사진과 수필과 시집 한권을 읽은 느낌이었다. 이 모든 것이 어제 저녁 비가 내리는 그 시간부터 시작된 듯 했다. 기쁨이 밀물처럼 밀려왔다. 행복한 밀물이었다. 적절한 타이밍에 전화벨이 울렸다.

"박소연선생님, 제 마음을 받아주실 건가요?"

"아, 네…… 그런데 제가 그럼 어떻게 해야 하는지요?"

"선생님집 근처로 가겠습니다."

"네?"

"오늘부터 1일하죠? 그리고 데이트를 시작하지요."

"지금 방금 일어났는데……"

"준비하는데 시간이 얼마나 걸리겠는지요?"

"음, 한 시간. 그런데 제 집을 알아요?"

"하하하 제가 뭘 모르겠습니까? 제가 한 시간 후에 모시러 가지요. 선생님이 준비하는 동안 오늘 첫 번째 데이트 코스를 알아보고 있겠습니다. 절대 후회하지 않도록 노력하는 사람이 되겠습니다. 받아주셔서 감사합니다."

어떨떨 했지만 사실 나도 모태솔로이긴 마찬가지였다.

"네! 한 시간 후에 도착해서 전화주시면 내려가겠습니다."

"네. 나의 선생님!"이라고 말하며 전화를 끊었다.

'헉 나의 선생님? 이건 또 무슨 이상한 호칭! 내가 자기만의 선생님이란 뜻인가?'라고 생각하면서도 나는 머리를 감기위해 욕실을 향하고 있었고 입가에는 미소가 저절로 피어올랐다. 그와 내가 생애 처음으로 모태솔로를 벗어나는 시간인 것이다. 나는 방금 유투브영상으로 들은 노래를 흥얼거리며 물을 받기 시작했다. 꿈을 꾸고 있는 것 같았다. 갑자기 항복이와 덕형이가 오작교의 까치처럼 느껴졌다.

아! 이~~ 고마운 녀석들!……
우짜지? 이 고마움을……

자작나무숲 어린이집 1

초판 1쇄 발행 2021년 6월 1일

지은이 ㅣ 송휘령
펴낸 곳 ㅣ 자운영꽃
출판등록번호 ㅣ 2021년 5월 6일 제 2021-000065호
ISBN ㅣ 979-11-974769-1-4
주소 ㅣ 경기도 파주시 경의로 1046, 502호(야당동)
E-mail ㅣ revive1208@naver.com